CANTEEN

山本勝之氏の愛とでたらめに捧ぐ

ダイナー

平山夢明

ポプラ文庫

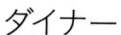

menu

prologue
an aperitif 007
〈食前酒〉
chapter 1
MeltyRich & Honey soufflé 085
〈メルティ・リッチと蜂蜜のスフレ〉
chapter 2
Ultimate sextuplex & Venezuela thick darkness 155
〈究極の六倍とベネズエラの濃い闇〉
chapter 3
Delmonico regulations & Skin's lullaby 221
〈デルモニコの掟とスキンの子守歌〉
chapter 4
Gorgon's hair & Humvee's rock 311
〈ゴーゴンの髪とハムヴィーズ・ロック〉
chapter 5
Tinman's heart & Chimp piss 391
〈ブリキ男の心臓とチンパンジーの小便〉
chapter 6
Diva Premium Vodka 457
〈歌姫のウォッカ〉
epilogue
a digestif 517
〈食後酒〉

prologue
an aperitif

〈食前酒〉

男から拳骨《げんこつ》で顔を殴られたのは、その日が生まれて初めてだった。

夜。人気《ひとけ》のない山の中。わたしたちは穴を掘っていた。

隣にいるディーディーも、さっきから何度もシャベルを取り落としては頭や背中を殴りつけられていた。

「らって、もてないんだものぉ～」

空気の漏れたような声でディーディーは泣いた。

彼女はコンビーフの缶にくっついている蓋《ふた》を捻《ね》じ切るような道具で左手の爪を剝《は》がされていた。金属の切り込みに差し込まれた彼女の長くきれいな爪が、ミシミシ割れながらめくり取られていくのをわたしは見た。彼女はひと巻きされるごとにヒールで床を強くタップし、途中まで巻いておきながら一気に引き毟《むし》られたりすると、嚙み締めた歯の間から吐き戻すような音をさせた。実際、親指の爪が毟られていたときに彼女は少し吐いた。そんなわけで、震えているし、血でぬるぬるの指では巧くシャベルの握りが摑《つか》めないしで、彼女はそれをたびたび取り落とす。すると男たちから殴られ、たまにそうし

た暴力はわたしのほうにも飛び火した。

「この莫迦女《ばか》！　あ、こっちにも莫迦がいる」

ついでに蹴っておけ、という具合に男たちの足は転んだディーディーの背中や腰に泥跡をつけた後、こっちの脇腹や尻に飛んでくる。

とにかく口の中がねちゃねちゃしてて気持ちが悪かった。昼過ぎにシン・オークボの事務所を出てからヨコハマの倉庫で拷問《ごうもん》され、それからここに連れて来られた。倉庫で散々吐きまくったから胃には何も残っていないはずだけど、水一杯飲ませてもらえるわけもなく、すすげない口のなかが血と泥といろいろでミックスされ、とにかく変な臭いがしていた。

「モツト！　モツトホルネー」

黒い男たちのなかでひときわ変なアクセントで喋《しゃべ》るのがいて、そいつが癇性《かんしょう》の豚のように棒っきれを振り回しながらわたしたちを小突き回した。背が低くてちんちくりん、街で見かけても一瞬で記憶から消しているようなタイプ、つまり厭《いや》な男ということ。

「ねえ、ほれひっとわたひたちのあいる穴らよ」

「うるせぇ！　黙って掘れ！」

別の男がまたディーディーを殴った。額から何本も血の筋を垂らしている彼女は、会

ったときとは別人のようになっていたし、始めは殴られると硬かった頭の音も、腐ったカボチャ風に変わっていた。
「うー」痛むのか嘆いているのか、どちらともとれる唸《うな》り声をあげ、ディーディーはシャベルを動かし続ける……のだけれど、どうしたって彼女の掘る分はわたしのより少ない。生きるか死ぬか、というより、ほとんど殺されかけているこの状況で、こんなことを不満がるのも莫迦げてるけど、でも、やっぱり、わたしは自分だけ頑張っているような気がして苛苛《いらいら》した。

思い起こせばディーディーとは友だちでもなんでもない。知り合いですらない。だって先週まで彼女とその彼氏であるカウボーイが、この世に存在してることすら知らなかったんだ。

【求む運転手。報酬三十万。軽リスクあり】
携帯闇サイトの募集を読んだのが先週の木曜。あれからまだ一週間も経っていないのにわたしはこうして穴を掘っている。もともと思い出すのも厭なことがあって離婚したわたしは、長いことグダついてから何とか親のコネを使って地元の事務用品問屋に就職したんだけれど、生きている気がまったくしなくて、その日その日をやり過ごすことだ

けを考えていた。それで本当に莫迦な話なんだけど、お弁当を買いに寄ったコンビニで女性誌の特集記事を立ち読みしたら、凄くきれいなリゾートホテルの紹介があって痺《しび》れた。ああ……外国へ行ってこんな風に最高な気分のうちに死ねたら良いな、なんて思った。そしてそれは雑誌を買って、ベッドで寝ころびながら眺めるうちにわたしのなかでガッチガチの固い願望に変わっていた。いや、そんなんじゃないな、やってくるはずの現実になってたんだ。で、本当ならこつこつ蟻《あり》さんのように貯金でもして行けばいいのだろうけれど、手取り十二万のお給料で家に四万入れている身では全額貯めるのに何万年かかるかわからないし、信販系やサラ金系とは過去に元・夫含めて、いろいろぎったんばっこんしたのでカードは作れないし、使えないし、信用ゼロだし。宝くじを当てるとか、耳掻き一杯ほどの遺産を期待して親が死ぬのを待つってのも現実的《リアル》じゃないし、変な待ち方してるとそのうち心がこじれて妙な弾みで自殺してしまうかも、と、ぶすぶす煙《くすぶ》っていたら、いつのまにやら闇サイトを眺め、たまたま目についたディーディーの書き込みに返信してたんだ。

送られてきた番号にかけてみると、電話口に出たカウボーイは、いつもガムを噛んでいるような口ぶりの男だった。

年齢のわからない声の持ち主で、電話に出た途端、「チャオ!」と言った。それだけ

でも頭がおかしいということはわかったけれど、彼に代わって説明してくれたディーディーは冷静だったので、本当にお金がもらえるかもしれないとわたしは思ってしまったのだった。

『単なる運転手とはいえ、リスクはあるの。それは覚悟しておいてね。書いてあったでしょう、軽リスク。読んだ？』

「読んだわ。撃ち合いとかあるの？」

電話の向こうで『ハッ』と声がした。

『そんなことならズブの素人のあんたを雇ったりしないし、こうして説明もしない。必要なことは運転のできる運転手よ。あんたは指示通りに運転してくれれば良いの。うまくいけば小一時間ですべてが終わるわ。車の運転はできるんでしょう？』

「……銀行強盗とかじゃないわよね？」

ディーディーはそこで手を叩いて爆笑し、もう聞いてらんないといった感じで携帯がカウボーイに渡された。彼は早口で、ふたりを拾ったら指定された駅まで送れば良いだけだよ、チェリー・ハニー・パイと告げた。おしまいに、カウボーイはシンジュクのとある交差点を待ち合わせ場所に指定した。

『遅れるなよ。十分遅れたらあんたと仕事はしない。別の奴を使うよ。ハニー・パイ』

「本当に車であんたたちを送るだけでお金をもらえるのね」

『イェー』

「その場でもらえるのね」

『イェー』

「タクシーとか使えばいいじゃない。それにわたし、パイ嫌いだし」

間。

『煙草が吸えねえジャン！　イェー』

怒鳴るようにカウボーイは叫ぶと、笑いながら電話を切った。

「なんなの、こいつら……」

　こうした約束とも言えないような曖昧《あいまい》なやりとりだけで事は進んだ。今にして思えば、逆に半《なか》ば冗談のようなやりとりだったから、わたしはノコノコ出かけていったんだ。これがもっとドラマで見るようなドスの利いた男相手の会話だったら、すごく警戒しただろうし、怖かったと思う。絶対に行かなかった。わたしは案外、臆病だし、小狡《こずる》いし、自暴自棄にはなっていたけど莫迦じゃないんだ。

　で、翌日、約束の十分前に落書きと風俗店のステッカーや、神だかなんだかに悔い改めないと『あんたら、きっと死んでから苦労するよ』と脅すチラシでベッタベタな電柱

のある交差点に立っていた。

わたしは都内で生まれ育ったくせにシンジュクに来たことは数えるほどしかなかった。ロクデナシばかりがいそうだし、汚らしいし、ドブ臭いし、なんだか街全体が醸《かも》し出す、残飯みたいな雰囲気になじめなかった。だから同じものが他所《よそ》で買えるのならそうしていたし、デパ地下特集などでイセタンが紹介されていても、どこか他所の国の話のように無視していた。それぐらい自分にとって意味のない街だった。

なのにわたしはその日、そこに立ち、いかにもデタラメな人間たちと金のためだけにリスキーな仕事をするという脳天気なことをヤりに来ていた。

約束の時間になってもふたりは現れなかった。あれだけ時間をうるさく言っておきながらという思いはあったが、こんなもんだろうなと腑《ふ》に落ちてもいた。正直、どこかホッとした気分もあったんだ。三十分を過ぎてわたしは財布を覗《のぞ》いた。五百円あったので駅まで戻り、マックのハンバーガーでも食べて帰ろうとした。

「オオバさん？　オオバカナコさんね」

電信柱を離れて少しすると後ろから声をかけられた。振り返ると前髪を眉《まゆ》の辺りで一直線に切り落とした、白のコットンパンツにカーキのブラウス、黒いジャケットの女が立っていた。

「お待たせしてごめんなさいね」

彼女はわたしが頷《うなず》くのを確認すると先に歩き出した。表通りをだらだらと進み、コンビニや韓国料理屋の前を通り過ぎると、ガソリンスタンドやら教会の先にコインパーキングがあった。女はその入口で路駐しているワンボックスカーに近づいた。オレンジ色のワイシャツをヘソ上で結んだ黒パンのアフロ女がソフトクリームを舐《な》めている画《え》が全面を覆っていた。溶けた飴《あめ》のようにデフォルメされ『COOOL!!』と風船ガムのような吹き出しがある。背景はアシッド系サイケ、女の脇には黒猫。ビッチシスターのおでましというわけだ。車はあちこち擦《す》り傷や凹みが修理もされぬままでいて錆《さび》が蜘蛛《くも》の巣のように伸びていた。場末のストリップで厚化粧のバーさまに遭遇したような気になっていると、スライドドアが開いた。

「どうぞ」後ろで女が呟《つぶや》く。

拉致《らち》されたらやだなという思いがよぎりながら、「どうも」とか言ってステップに足をかけた。車内はカーテンが引かれていて薄暗かった。奥の席で、カウボーイハットにサングラスの男が躰《からだ》を前後に揺らしていた。

「オオバカナコさんよ、カウボーイ」

その声に男が歯を剝《む》き出した。

「喰うか?」白いジャケットに白いシャツ、白いジーパンの男は口にくわえていたチュッパチャプスを差し出してきた。やけに日焼けしていて髭剃《ひげそ》り跡《あと》が青黒い。

「帰ろうかな」

振り向くと女が首を振った。

「冗談は止《よ》しなさい、カウボーイ」

男は首をがくがく震わせ、「HAHA!」と笑った。

「知らないひとから、やたらと物をもらっちゃいけないって教わったの」

「悪かったよ。とにかく入ってくれ、話を聞いてくれ、アンド、力を貸してくれ」

「あなたも横にいてくれるんでしょう?」

「そうしたほうが良さそうね」

彼女が頷いたのでわたしは運転席の後ろのシートに座った。

女が入口近くのシートに腰を下ろし、ドアを閉めた。

「あたしはディーディー。彼はカウボーイ」

「そして、あんたはオオバカナコだ」男は言った。「だろ?」

「ええ、そう。そうね」

カウボーイが喋ると強烈なトイレの芳香剤の臭いが鼻を打った。安物の香水で、うが

いをしているに違いない。

「喰うか？」カウボーイはまたチュッパチャプスを突きだした。

「いらないわ。で、これは冗談なの？　本気なの？」

「本気よ。彼はちょっと風変わりだけど頭はキレるの」

「へえ、そう」

「喰うか？　もう知らない仲じゃないぜ。俺たち」

「まだ赤の他人よ、いらない」

「あんたはここで、エンジンを掛けたまま待機していて。あたしたちが戻ってきたらトーキョー駅まで送ってほしいの」

「それで？」

「それでおしまい。降りるときにお金を渡すわ」

「三十万よね？」

カウボーイはまたキャンディーを突き出した。

「喰うか？　こっち側はあんまりしゃぶってないから、まだ新しい」

「この人は頭の海馬とかを壊してるの？　何も憶えらんないみたいだけど……」

「そういうものは包みを解いたら人にはあげられない物なのよ、カウボーイ」

「なんて堅物《かたぶつ》なんだ」

ディーディーの言葉にカウボーイはふて腐《くさ》れてシートに勢いよく背中を預けた。その瞬間、上着の下に変なものが見えた。革のナイフケースの莫迦でかいやつ。

「時間が少し押してしまったの。これからすぐ取りかかるわ」

「わたしのせいじゃないわ、ディーディー。わかってる？　わたしのせいじゃない」

「彼のせいなの」

カウボーイは親指を押っ立てた。

「痔《ぢ》だよ。『し』にてんてんじゃない、『ち』にてんてんのほうだ。太さも大きさもこれぐらいある。俺はこう見えても人がたまげるぐらいの大痔主なんだ。そうだよな、ハニー・パイ？」

「ええ、そうね」ディーディーが、さらりと返した。

「今日は仕事前の緊張からか血が一杯でた。トイレから予定通りに出られなかったんだ。すまない、オオバカナコ」

「もう良いわ。わたしはふたりのプライバシーや健康には興味ないの。申し訳ないけど」

「冷たいんだな、オオバカナコは」カウボーイはそう呟くと口笛を吹いた。聞き覚えの

あるメロディーのような気はしたが何の曲だか思い出せなかった。

「あんた、この車の運転はできるわね」

ディーディーが念を押した。その時、初めて彼女の口からセルロイドのような臭いのするのに気づいた。片目が奇妙なほうを向いていたが、ゆっくり戻った。

「ええ。やれるわ」

ディーディーは前の座席に移動するとグローブボックスから何か取り出し、尻ポケットとウェストに差し込んだ。

「いくわよ、パンプキン」

「OK！　ビンボー・バニー！　いぇっほぉ！」

ディーディーの声にカウボーイが奇声をあげ、車から飛び出た。

「愛してるぜ」ふたりは車の横で溶けた餅《もち》をひっつけたような【べっとりキス】を披露した。

「二十分とかからないわよ」

ディーディーがわたしを見る。

「俺のソウルシスターの尻を暖めておけよ！　オオバカナコ！」

カウボーイがキーを投げて寄こす。それはボディに当たって落ちたのでわたしは外に

出て探さなければならなかった。しゃがみ込み、タイヤの脇から手を伸ばし、ごそごそ拾い上げた頃にはふたりの姿はなかった。わたしはため息をつくとスライドドアを閉め、運転席に入るとエンジンを掛け、待機した。

そうなんだ。わたしは言われたようにした。だから次に約束を果たすべきは彼らのはずだったんだ。

車にはナビもＣＤも付いていなかった。仕方なくラジオのボタンを押すと、どうでも良いような声の男がどうでも良いような話をして、アシスタントのどうでも良いようなお愛想笑いを垂れ流していた。

わたしは時計を確認すると二十分と目安を付けた。ふたりが何をするにせよ、ろくでもないことには違いない。あのカウボーイはブッ壊れてる。そういえばキスして出て行くときには飴を舐めていなかった。後ろの座席を振り返ると、ちょうど、彼が座っていたところにチュッパチャプスが貼り付いていた。先が熱を加えられたラードのような色をして、棒が天井を向いている。わたしはカウボーイがその上に座り込み、白いパンツに染みをつけ苛苛させるのを想像し、愉快になった。きっと文句をしゃべり倒すに違いない。ディーディーがウンザリした調子で宥《なだ》めるはずだ。

いったい彼女はあんな男のどこが良いのだろう？

子どもを抱いた若い母親が通り過ぎた。彼女の人生には決して、今、自分が置かれているような状況は入り込まないはずだ。彼女の世界は単純でモノトーンで鉄壁だ。旦那を送り出し、家事をし、育児をして、旦那の帰りを待つ。そのサイクルを無限に続けることで彼女の未来は保証され、人生は守られていく。わたしとは違う。それに近いことをかつてはしていたが、今は完全に降りてしまった。世の中というのは本当にレールに乗っているのと外れるのとでは、その後の展開に雲泥の差がある。この世は基本的にレールに乗っている者を対象に作られている。だから、一度そこから零《こぼ》れると、簡単なことがとても難しくなっていく。カード一枚作るにも、部屋ひとつ借りるにも、えらく手間暇かけなければならないし、たいてい、うんざりするような目に遭う。

ラジオが正午を告げた。

次から次へと湧《わ》いてくる生あくびを嚙み殺しながらわたしは待った。ガソリンは満タン。異常を知らせる警告ランプはついていない。車は清潔とは言えないけれど生ゴミや残飯が満載ということはない。ここからトーキョー駅までなら小一時間もあれば余裕で着く。つまり、夕方には三十万円を懐《ふところ》にしてわたしは自由になっているというわけだった。そんな感じで、その時のわたしはハンドルに顎《あご》を載《の》っけながら取らぬタヌキのなんたらをやっていた。ぼんやり温《ぬる》ったるいラジオを耳にしながら、パーキングの管理会社

が立てた駐車規則とかいう看板を眺めていると、酔っぱらいの叫び声がした。

わたしはまた生あくびを噛み殺し、下を向いて頭を掻《か》いた。まだ騒いでいる。やっぱり、この街はだめだ。こんな昼日中《ひるひなか》っから頭のおかしな連中が大手を振って歩いているんだ。もう、しばらく来るのは止したほうが良い――そう思った瞬間、叫んでいるのは女だと気づいた。

顔をあげると、かなり離れたところで、赤い服の男が女に抱えられてふらふらしていた。ああ、グデングデンじゃないかと思った途端、その女が自分に向かって金切り声をあげた。

ディーディーだった。扇風機《せんぷうき》のように腕を振り回している。

わたしはサイドブレーキを外すとアクセルをふかし、車を出した。

「なにやってんのよ！　莫迦女！」

スライドドアを開けたディーディーが喚《わめ》いた。支えていたのはカウボーイだった。白いジャケットもジーパンも真っ赤で、ぐったりしていた。

「早く早く！」ディーディーは叫んだ。

彼女は口の開いた鞄を持っていて、いくつもの福沢諭吉の束が覗いていた。あちこち、真っ赤に汚れていた。

「走れぇ!!」

ディーディーが思いきり座席の背を蹴り飛ばした。我に返ったわたしはアクセルに足を伸ばしたのだが、それより先に物凄い衝撃で車が三メートルほど弾《はじ》き飛ばされた。車体が斜めになって停まった。黒いベンツが追突してきたのだ。

ベンツのドアは開いていて、もう男たちがこちらに駆け寄ってきていた。

「おねがい！　車だしてぇ！」

ディーディーの悲鳴が響き、血の逆流する思いでわたしはアクセルを踏み込んだ。

「てめえ！　こら！　車停めろ！」板前みたいな白シャツの男がわたし側の窓に飛びついた。手には短刀《ドス》が握られており、男はどうやってしがみついているのか見当もつかないけれどその柄で窓ガラスを殴りつけ、叩き割ろうとしていた。

左に急ハンドルを切って路地に突っ込むと男が振り落とされ、路上でボールのように転がった。

「はやくぅ！　はやくよぉ！」ディーディーが泣き声になっていた。

ラブホの林立する路地を闇雲に飛ばした。時折、黒い車が見えるたび肝《きも》が冷えた。

「殺されるわよ！　あんたも死ぬのよ！」

「なんでそんなことになるのよ！」

いきなりクラクションが鳴り、ベンツが猛スピードで突進してくる。

「もう刑務所でイイ！　刑務所でイイカラ、交番で停めてぇ！　交番で停めてヨォ！」

ディーディーがわたしのヘッドレストを、ぼかすか殴りつけてきた。

「いやよ！　そんなの！」わたしはベンツに追いつかれまいとアクセルを踏んだ。

もう少しすれば路地を抜けて広い道に出る。そうしたら適当な場所に隠れた後、逃げてしまおうと思った。お金なんかいらない。こんな莫迦莫迦しいことはごめんだった。

何もわからないのに殺されるなんて、今朝起きたときには思いもしなかった。

幹線道路が見えた。そのまま直進し、一気に飛び出そうとした。

ところが、前方に乳母車を引いた人影が出てきた。

「だめよ！　轢《ひ》くのよ!!　スピード落とさないで！」後ろを見たディーディーが喚く。

「轢いて！　イイカラ、轢いて！　あたしがやったことにするからぁぁぁ！」

クラクションを鳴らした。鳴らしながら、乳母車の脇をギリで擦り抜けられないかと思ったが、歩行者はなぜか道路の真ん中で棒立ちになってしまった。

「無理！　停まるわ」

「駄目！　後ろ来てる！　轢いて！　轢いて！　お願い！　お願いします！　轢いてください！」

「ありえない！　赤ちゃんいるんだよ！」

「死ぬわよ！　イイの？　あたしたち死ぬのよ」

フロントガラスに乳母車がギュンと迫った。

やった……。と思った瞬間、ブレーキを踏んでいた。危機一髪で尻を振りながら車は停まった。ディーディーとカウボーイが景気よくシートの背にぶつかり、焼けたタイヤの臭いが車内に充満し、フロントは手を伸ばせば乳母車に触れられるところまで迫っていた。

乳母車を押していたのは男だった。彼は顔もあげず、停まったままでいた。

どいて！　と、クラクションに手を当てた途端、窓ガラスが粉雪のように飛散し、顔に当たった。横から伸びた手に首を摑まれ、ハンドルへ頭をぶつけられると、野良猫のように引きずり下ろされた。ディーディーの悲鳴が聞こえた。

わたしたちの真後ろに停車したベンツに引きずり込まれる時、男が見えた。顔も躰もゴリラのようだった。そいつは乳母車を傾けると中身が空なのを見せ、にやりと歯を剝いた。ベンツに投げ込まれた時、何かを言おうとしたけれど急に鼻が破裂したような激痛に口が利けなくなった。耳鳴りと鼻血が口のなかに溢《あふ》れた。

間抜けな話だけど、その時初めて、これって殴られたんじゃない？　と思った。

シン・オークボの事務所でいろいろ尋問された。たぶん、わたしたちが他の組織の手先だったり、まかり間違って警察関係者だったりしないかを確かめたんだと思う。カウボーイは腹と胸を刺されていて凄く出血しているのに、何の手当もしてもらえなかった。ディーディーが何度もお願いしたけれど、そうすると面白がって逆に殴ったり傷口を踏みつけたりするものだから終《しま》いにはカウボーイがディーディーに止めろと命令する有様だった。

†

その事務所に長くはいなかった。懸念《けねん》するような背景や動機が何もないただの愉快犯みたいなモンだったとわかると彼らは気が抜けたようになり、また別の車に乗せられ、ヨコハマに移動させられた。

それからのことはあまり思い出したくない。

今まで三十年生きてきたけれど、見たこともないものを見、聞いたこともないものを聞いた。人がゆっくりと死んでいくのを見た。それも吐き気がするようなやり方で、吐き気のするような苦悶の叫びをあげながら……。この世には、本当に死んだほうがマシ

ってことがあるんだ。あれを見たら死は痛みからの解放だから、怖いことでもなんでもなくて楽になることなんだと心底、思った。自分が心臓麻痺を起こさないのも不思議だったし、ディーディーが発狂しなかったのも不思議だった。彼女はカウボーイを食べさせられたのに……。

シン・オークボの事務所では叱られたり、殴られたり、詰問されたりという、まだ【人間の世界】が残っていたし、怖ろしくて仕方のなかったヤクザだったけれど、やはりどこまでも人間だった。でもヨコハマは違った。倒産した水産会社が持っていた冷凍倉庫は暗く、厭な臭いがしていた。彼らがここを選んだのは壁の間に充塡《じゅうてん》された断熱材が防音になることと、床の血糊《ちのり》が洗い易いからなのだということも知らなかった。

わたしたちは縛られたまま床に転がされていた。

やがて顔から肩まで真っ黒な上半身裸の男がやってきた。腰にフレンチレストランのウェイターがするようなエプロンをつけていたけど、どこもかしこもヘビメタがするような刺青《いれずみ》だらけで黒々していた。危ない男だとわかったのは、彼が現れた瞬間、男たちの態度が変わったからだった。口数が少なくなり、男の動きから目を離さない。彼が何かしてほしいことがあれば言われる前に動いたりもしていた。つまり、みな一様に緊張していたんだ。

で、その勘は正しかった。

男はカウボーイに近づくと何かをした。胸糞《むなくそ》の悪くなるような悲鳴がカウボーイからあがった。あれほど衰弱していた彼のどこにそんな力が残っているのかと驚くほどの声だった。男は立ち上がり、なおも悲鳴をあげ続けるカウボーイを見ながら口に何かを運んでいた。カウボーイの右目があったところに赤い穴が開いていた。

わたしは顔を背《そむ》け、吐いた。

男は男はカウボーイの髪を摑むとそのまま易々と奥のほうへと引っ張っていった。

わたしもディーディーも声が出せなかった。

「脱げ」大きな釘抜《くぎぬ》きを持った別の男が言った。

躊躇《ためら》っていると、ディーディーがパッとすっぽんぽんになった。均整の取れた躰で贅《ぜい》肉《にく》がまるで無かった。わたしも彼女に倣《なら》った。すると男が釘抜きの先でわたしの下腹部をなぞった。そこには薄い傷がある。

「汚い躰だ。しまりがなくてぶよぶよしている」黙っていると男は釘抜きで傷跡を押した。わたしはあることを思い出し、涙が溢れた。

もうひとりの男が全身、上半身、顔のアップをデジカメで撮っていった。

「おまえらを今からオークションに掛ける。売れりゃ買い主の元に届ける。売れなけり

や始末《ボイ》する」

釘抜きの男がやけにのんびりした口調で言う。

どこかで口笛が聞こえた。刺青男だった。次の瞬間、カウボーイが再び凄まじい絶叫をあげたが、わたしは見ないようにした。注射の順番を待っている時の何億倍もの【厭な感じ】が毛穴のひとつひとつから侵入してわたしの心臓を突き刺していく。

携帯を持った男が客先と値段の交渉をしているのが聞こえてきた。どうやらわたしは八十万円でディーディーは二百万円のようだった。

「売りゃれたら、ろーなるんす?」

シン・オークボから散々に殴られ歯の欠けたディーディーが震え声を出した。

「しらん。家具として使うのかもしれんし、皮を剥いて壁に飾るのかもしれん。生きたまま解体するのを記録するのかもしれないし、単に豚や犬に喰わせるのもいる。国や文化によって楽しみ方もいろいろあるからな」

「ふにゃ、ふんかのちかい」ディーディーが呆《ほう》けたようにくり返した。

「買い主は日本人だけじゃないってことだ。とにかく日本人の女なら滅茶苦茶《めちゃくちゃ》にしたいっていう奴らが、この国にはごまんといる」

その時、床にビニール袋のようなものが投げられ、濡れた音を立てた。

ディーディーが息を飲んだ。

ごっそり皮が付いているかつらに見えた。

その途端、狂ったようなカウボーイの笑い声が聞こえ、電動工具の駆動音《モーター》がそれに重なり、断末魔に変わった。

男たちのひとりが真っ青な顔になると刺青男のいる辺りから目を逸《そ》らし、床に小さく吐き戻した。それからも工具の音は続いたが、もう悲鳴はなかった。カウボーイは逝《い》ってしまったんだと思うと羨《うらや》ましかった。死ぬのは怖くはないし、昔は死にたかったけれど、方法は選びたかったし、誰かの玩具《オモチャ》になって拷問死なんていうのは絶対に厭だった。

横で水の音がした。ディーディーが失禁していた。腫《は》れた唇に、ぶよぶよになった顔、わたしも似たり寄ったりだとは思ったけれど、その目が先を見詰めていた。

刺青男が近づいてきていた。手にぬめった林檎《りんご》大のものを……。

ああ、もう話すのは限界。

とにかくわたしたちにはその後、買い手が付かなかった。殴られた顔が酷《ひど》かったのと歳《とし》を食いすぎているからだとまた殴られた。

ディーディーは車の中で頻《しき》りに指の痛みを訴えていた。刺青男が爪を剝ぎ取ったからだった。T字型の手製の道具らしい小さなねじ切りをもった刺青男が彼女の前に立った

時、周囲の男が何か訊こうとした。「サービスだよ」刺青男は固まっているディーディーの腕を取った。

「ひやら、ひやれす……」小さな声でディーディーがお願いした。

刺青男の上半身もエプロンも、大怪我をしているように血塗《ちまみ》れだった。しかし、それは全部カウボーイのものだった。

「ひゃめれ……らんれもしゅるから……らすけて。ひゅるひてくらさい」

「わたしも！　ごめんなさい！」思わず声をあげていた。

刺青男は涙でマスカラが剝げて縁が真っ黒になったディーディーの目を見、子どもを落ち着かせるような感じで「シッシッ」と何度も唇を尖《とが》らせた。

「片面のみ焼く方法。表側に火を通すのであるが黄身はほぼ液状にしておくのが重要。水をフライパンに入れることで……」

「あらた、らに言ってるろ？」爪を切り込みに差し込まれながらディーディーが震えた。

刺青男は何かを語ったが意味がわからなかった。

「弱火でじっくりと焼くことで脂《あぶら》が溶け出し、カリカリに揚がった状態になる。香ばしいクリスピーな歯応えが」

突然、ディーディーの顔が歪み、胃が痛くなるような悲鳴がした。貝がこじ開けられ

るような音がし、爪が肉との間に繊維を引きながら毟られていった。それはきっちり五回くりかえされた。

終わると床に散らばっている鱗《うろこ》のような爪を刺青男は拾い上げてポケットにしまい、奥のほうへ戻っていった。

ディーディーは泣き声があまりに大きいので口にボロ布が突っ込まれた。それからわたしたちは袋を被せられ、車に乗せられた。きっとあの刺青男に豚のように解体されて死ぬんだと覚悟していたわたしは「行くぞ」と声をかけられた時、ちょっとホッとした。

どのくらい時間が経ったろう。気がつけば真っ暗な山で、こうして穴を掘っていた。

†

「早くしろ！　夜が明けちまうぞ」

何度も怒鳴られたけど手足がうまく動かなかった。

そのうちに男たちも手伝うようになり、わたしたちの躰が人形のようにギクシャクとして、まったく役に立たなくなった頃、ふたつの穴が完成した。

男たちが手にした、か細い懐中電灯の光に浮かぶ穴は底抜けに暗かった。

「どうすれば良いですか」と半ばまで声に出したところを蹴り落とされた。這《は》い上がろうとしたが、躰が言うことをきかない。バッテリーの切れた玩具のような気分だったとこへ、ドシャドシャ土が降ってきた。

「やめて！」悲鳴をあげると口に土が入り込む。それでも埃《ほこり》っぽい味に咽《む》せながらまた悲鳴をあげる。自分にできることはそれしかなかった。生き埋めにされるんだ。そう思った途端、腹の底がズンッと冷え冷えしてきた。

「助けて！」そう叫ぶとおでこへまともに石をぶつけられたような衝撃がして気が遠くなった。シャベルで殴られたのだとわかった。ぬるぬるとしたものが髪の間から溢れ、呆然としていると、ディーディーの悲鳴がした。

「ひゃめて！」「ひゃすけて！」

　肩や腹を柔らかく踏まれるようにドシドシ土が降り注いでいるなか、ふたりとも同じようなことを言っていると思うとおかしくなって、ちょっと笑った。と、その瞬間、刺青男が言っていたのが卵とベーコンの焼き方についてなんだと気づいた。男たちはわたしたちを売ろうとした——オークションに掛けて。それは必ずしも殺さなくても良いということじゃないのかな？　彼らにとって利用価値があれば、今、ここで死ななくても良いのかもしれない。

わたしは無我夢中で叫んだ。

「できます！　わたし！　できます！」

「ダマレ！」シャベルが肩に当たり、骨が鳴った。

それでも叫び続けた。

「できます！　役に立ちます！　殺さないで！」

またシャベル。気が遠くなった。今度のは、まともにこめかみの辺りに当たったんだ。

すでに土で胸の下まで埋まり、始めは気づかなかったけれど頑丈《がんじょう》な縄で締め付けられたように躰が動かなくなっていた。土ってすごい。

「お願いします！　ねえ！　絶対に損はさせませんからぁぁぁぁぁぁ！」

不意に土の雨が止んだ。

口の中に砂粒が残っていたけれど、喋りやすくするために少し飲み込んだ。

足音がした。懐中電灯がまともに顔を照らした。

「どういうこと？」

低い声がした。上品なコロンの匂いがした。

「わたし！　わたし、絶対に得です。裸とかそんなのは駄目だけど。絶対に生かしておいたほうが得です」

頭の上で失笑が起きた。

しかし、低い声はそれに同調せず、穴の縁に屈《かが》むと重ねてきた。

「ここで死なないからって後が楽っていう保証はないよ。どちらにせよ似たり寄ったりなんだ」

「良いんです。死ぬのは、死ぬのは別に構わないの。でも、今は厭なんです」

「やっぱり、あんたは勘違いしてる。あんたはもう死んでいるんだよ。今俺たちがやっているのは生きる権利のないブツを埋めているだけのこと。あんたはもう死んでいる。それは事実だ」

よくはわからなかったけれど、とにかく頷いた。男たちは手を止め、しかもわたしに向かって上役《うわやく》っぽい人が話しかけてきている。これはチャンスだ。もうこれにすがる以外、何の手もなかった。

「わかります。もう以前のような生活なんかいらない。気に入らなかったら殺してください。いつでも良いです。好きな時に殺して」

自分でも訳のわからないことを口走っていた。

遠くで一度、クラクションが鳴った。

低い声の男が立ち上がり、離れた。ディーディーの穴も作業が中断されたようで、周

囲は静まりかえっていた。携帯でぼそぼそと話す声が暗闇から聞こえる。

「こういう奴、いるんだよ。往生際《おうじょうぎわ》の悪い女って」別の懐中電灯がわたしを照らす。

「ハッタリだよ。早く済ませて叙々苑《じょじょえん》の焼肉、喰いに行こうぜ」

わたしは黙って目を逸《そ》らしていた。

足音が戻ってきた。

「一度しか訊かない。あんたの言葉に意味がなければ後はこの作業を終わらせるだけになる。わかるか」

「はい」

「……我々に何の得があるんだ？」

わたしは懐中電灯を睨《にら》みつけた。どちらにせよ、もうこれで決まる。怖くなかった。

「わたし、料理が得意なんです」

沈黙。

しばらくすると、それはさざ波のように始まり、やがて大きなうねりとなった。

彼らは爆笑していた。

森が笑っているようだった。

なかにはあまりに笑いすぎ、咳《せ》き込んでいるのもいた。

「本当です！　レシピさえあれば何でもできます！　すごくおいしいのよ！」

「やれやれ……」低い声が笑いを噛み殺しながら去っていった。

再び、生き埋めが始まった。しかも今度は土のくるペースが速い。

爪先《つまさき》から死の冷気が立ち上り、喉元まで摑みかかってきた。生まれて初めて失禁したけれど、もう何とも思わなかった。生あくびが何度も出て、吐き気も襲ってきた。土の上に唾《つば》を吐いたけれど何も出てこなかった。

ディーディーの喚き声も再開されていた。

首まで埋まってきた。

「よし。良いだろう。頭を潰《つぶ》せ」

不意に土のかけられるのが止んだ。

「うまくやれ。失敗するとギャーギャーうるさい」

頭上でシャベルが振り上げられた。先端がギロチンの刃のように立っている。あんなのがまともに当たったらひとたまりもないだろうな、キーンと耳鳴りが始まった。

不意に、シャベルが振り下ろされた。でも、それはわたしの頭ではなく脇の地面に落ちた。周りの土が掻き出され、両脇を支えられるとカブのように引き抜かれ、そのまま車へと引きずられた。

「買い手がついたよ」

声がかかり、コロンが香った。

ディーディーの叫び声が闇から聞こえた。

「あらしは？　あらしも連れてひってよ！　ねえ！　カナコ！　オオはカナコ！　ひくしょう！　オオバカナコったら！」

そうなんだ、わたしは昔から自分の名前が大嫌いだった。だから考え無しに結婚したりもした。名前を変えたかったからだ。オオバカナコ……大莫迦な子。みんなそう言って笑ってた。

——だけど今は、自分でもそう思う。

袋を被せられ車に乗った途端、わたしは気を失った。

†

頬が打たれ、痺れるような痛みが走った。

あの時、乳母車で通せんぼうをしたゴリラ男がいた。

「起きる時間だ」

ゴリラの声は低く、上品なコロンの匂いがした。アルマーニを着ていた。

わたしは躰をパイプ椅子にくくりつけられ、床も天井もセメント剝き出しの部屋にいた。両脇には小麦粉、スパゲッティ、砂糖、ジュースの箱がぎっしりと並んだ長い棚があり、それが奥まで続いていた。

「あんたはここのオーナーに買われた。何をするのかは店長に訊け」

ゴリラはそう言うと背後のドアを開けに行った。

髪を短く刈り込んだ、がっしりしたスーツ姿の男が現れた。目つきが鋭い。

「解《ほど》いてくれ」

ゴリラがわたしのロープを外した。

「臭うな」

「小便だ。洗う間がなかった」

男はゴリラの顔を睨みつけた。

「仕方なかろう。オーナーには説明してある」

「使うかどうかは俺が決める。腐った雑巾のような売女や、糞と泥の見分けもつかないようなジャンキーは、もうたくさんだからな」スーツの男がゴリラを脇にどかした。

「腕を見せろ」

わたしは言われるままに差し出した。自分でもどうしようもないぐらい、それは震えていた。

男は裏表に返しながら肘から指先までを念入りに眺めていた。

「俺は仕事を盗む奴が嫌いだ」

「盗む？」

「さぼるということだ。おまえは働き者か」

わたしは頷いた。

「三百六十五日、二十四時間、休みなしに働けるか」

頷いた、そうするしかない。もしかしたら助かるかもしれないんだ。自然と鼻が詰まってきた。

「ここは客を扱うところだ。誠実にサービスし、仕事に没頭できるか？」

「はい」

「ルールを守れるか」

「はい」

「怠《なま》けたり、俺を裏切るようなことをしないか」

「はい」

男はゴリラを振り返ると頷いた。

「役に立ちそうもないが、客の暇潰《ひまつぶ》しぐらいにはなるか……」

ゴリラは頷くと部屋を出て行った。

「立て。まず躰を洗え。病気の犬のようだ」

部屋を出ると廊下があり、右に進んで裏から大型のキッチンに連れてこられた。

大きな鉄板にグリル、コンロ、壁にはフライパン、鍋が暗いなかで並んでいた。中央には調理に使う長い島台、反対側には業務用の冷蔵庫、冷凍庫……。

「こっちだ」

カウンターの脇から通り抜けるとファミレスにあるソファ式のテーブルがふたつ並んでいた。窓はなく、壁には様々な写真の入った額が掛けてある。

奇妙なのは店のドアだった。隅にはジュークボックスがあったりして全体がアーリーアメリカンな感じなのに、そこだけ頑丈な鉄板で覆われていて異質な感じがした。

「俺はここの王だ。ここは俺の宇宙であり、砂糖のひと粒までが俺の命令に従う」

「はい」

「勝手なことは許さない。おまえは俺の許可なしに、ここから出てはならない」

「はい」

「どんな客でも、みな平等に扱う」男は言葉を選んだ。「但《ただ》し、親しくするな。ここは定食屋だ。食事を出し、酒を出し、リラックスさせる。それ以上でも以下でもない。客は殆《ほとん》どが常連だ。すべてと言っても良い。ここは会員制なのだ」

「会員制？」

「俺はボンベロだ。おまえは俺を店長もしくはボンベロさんと呼ぶ」

「はい」

「おまえは知らないことを自分の憶測でしてはならないし、俺の言いつけに疑問を持ってはならない。ここでおまえが勝手に考えて出せる正しい答えは存在しない」

「はい」

ボンベロはカウンターにあった籠《かご》からオレンジを取るとわたしに放った。

「喰え。そして便所の奥のシャワーで躰を綺麗にしろ。不潔な奴は我慢できん」

わたしはオレンジを皮ごと齧《かじ》っていた。普段はきちんと剝くのに。甘い果汁が舌の上に拡がった時、お腹の辺りが波打った。声が溢れ、自分が啜《すす》り泣いているのに気づいた。

ボンベロは何の表情も浮かべず、わたしを見つめていた。

「……繁盛してるんですね」

わたしは三口齧ったところで啜り泣きを止め、皮を手に吐き出した。

「どういう意味だ」

ボンベロは眉を顰《ひそ》めた。

「だって会員制で常連客ばかりなんて……普通は考えられないから……」

ボンベロは応える代わりにポケットから潰れた葉巻を取り出し、先端を尖らせると驚くほど火を長くしたライターで炙《あぶ》った。ゆっくりと火が葉を焼き込むのを待ってから、それを咥《くわ》えた。静かな店内にジジっと葉の焼ける音がした。

それからは完全な静寂。

わたしは自分の鼓動を聴いていた。

ボンベロは何か考えているようだった。そして結論が出たのか、濃密な白い煙を吐き出すと、わたしを真正面から睨みつけた。

「ここの客は全員が人殺しだ」

「え?」

「ここは殺し屋専用の定食屋《ダイナー》だ。おまえの客はすべて人を殺している。おまえは人を殺した人間から注文を取り、人を殺した人間に料理を提供し、人を殺した人間にコーヒーを注ぎ、つまり人を殺した人間をくつろがせる。気難しい奴が多い。極端な話、皿の置き方ひとつで消されることもあるだろう。おまえは自分が助かったつもりでいるのかも

しれないが、それはいま、ここでというだけの話だ。おまえがこの店で最初のウェイトレスというわけではない。先週まではちゃんといた。先週の金曜までは……」

ボンベロは移動し、レジの後ろの壁を指差した。

小さな額に入った女性の写真が八枚、飾ってあった。

「九枚目が、お前だ。近い将来、おまえはそこに貼られるだろう」

わたしは再び眩暈《めまい》を起こし、倒れた。

†

土のなかに埋められていた。息がつけず、台所の隅で潰れている固形のブイヨンみたいに、このまま誰にも知られず腐っていくんだ。顔の上には土砂が重い水枕《みずまくら》のように載っている。でも、まだ頭は妙にはっきりしていて〈ああ、人ってこんな風に死んでいくんだ……そうか、そうだったんだ……〉なんて、ぼんやり思ったりしていた。本当はもっとはっきりとそのことを考えても良かったんだけど、そうすると折角、襖《ふすま》一枚、隔《へだ》てて避けてあった〈物凄く怖い絶望〉が境を破って雪崩《なだれ》込んできそうなので、あまり考えすぎないようにしていた。

きっと、わたしは失敗したんだ。

頭はスコップで割られてしまったんだろうな……と、そこまで考えた時、自分はもしかしたらいったん死んでも、こうしていろいろ考えているんじゃないだろうかっていう最悪の考えを掘り当ててしまった。死んで終わり、そうしたら苦しくなるはずなのに。もしすでに死んでいるのに、こんな風にまたいろいろ気づいてしまっているのだとしたら、このままずっと埋まって腐っていくのを、まるごと味わってなくちゃならないジャン。そしてそして、腐ってずるずるになっていくのに、それでも意識があり続けたらどうする。転生とか、生まれ変わりとか、それすらできないまま、何年もミミズとか鼠《ねずみ》の団地になったりしているのは耐えられない。

思わず助けを呼ぼうとしたけれど、口が開かない。そうこうしているうちに、足に鈍い痛みが走った。何かが齧っているんだ。足も動かない。痛みだけ、痛みの感覚だけが生き残っているから、こうして苦しみ続けていくんだ。

……こんなのがわたしの最期なの。

ほーっ、と長い吐息が唇を抜けていくのがわかった。

目を開けると照明が眩《まぶ》しかった。足下に男が蹲《うずくま》っている。またピリッとした痛みが走

った。

〈えっ〉と声にならない声をあげると葉巻を横ぐわえにした男が振り向いた。

その顔には、興味のない時代劇を散々見せられたような退屈がへばりついていた。

男の名は――ボンベロ――だと、思い出した。

「ああ、ボン……」

「なんだ生きてたのか」

ボンベロは葉巻を摘《つま》み、立ち上がるとズボンの腰の辺りで手を払った。

わたしはレジ前の床で伸びてたんだ。

「はい。そんな感じです」

「棒っ切れのように倒れたから、てっきり卒中か何かで死んだ《ロクッタ》と思った。若くても、死ぬときはあのように死ぬ。生きてるなら働け」

「あ？　ああ」

「そこに広げた道具を倉庫《バックヤード》の棚に戻しておけ。終わったらシャワーを浴びろ。小便が乾いて、腐ったメロンのような臭いがする。死んでりゃ良かったのにとさっきから思ってたのがわかるか？」

ボンベロはカウンターの向こうへと入っていった。

膝小僧の下に一本、横線が走っていて、そこから薄く出血していた。傍に黒いビニール袋とペンチ、糸鋸《いとのこ》、ステーキ用の包丁があった。

「小さくしようと思ったんだが、鋸刃《のこば》を当てたら呻《うめ》いたんで様子を見ていた」

カウンターに載せられた角壜《かくびん》のピクルスとナッツの量をボンベロはチェックしていた。

「小さく」

「おまえだと、三分割以上にしないと手提げバッグに入らない。丸ごと運び出すのは面倒だ。首と胸とあそこは欲しい奴がいるかもしれないから残しておくにしてもな……」

わたしはそれ以上、詳しく話を聞くのは止め、立ち上がると道具を抱えて奥へ向かった。

廊下の奥にある倉庫は厚い木製のドアに仕切られていて、ドアの真ん中には舷窓《げんそう》のように縁を金属で飾られた丸硝子《まるガラス》が塡《は》め込んであった。入ると、中はセメントが剝き出しの壁に囲まれ、両脇に棚が並んでいた。左手の一番下に工具類が載っていた。そこに自分に使われるはずだったらしい糸鋸とペンチを置き、横の箱の上にビニールを置き、最後に包丁の場所を探したが、包丁が並んでいる場所はなかった。

振り返ると、舷窓はこちらからだけ覗くことのできるマジックミラーになっていた。

わたしはホールに戻るとカウンター越しに島台の前にいるボンベロに声を掛けた。

「包丁の置き場がわかんないです」

「投げろ」

ボンベロは手元でハンバーガーのバンズと黄色いものの詰まった壜を並べていた。

「え」

「投げろ。思い切り」

わたしが動けずにいると、ボンベロは顔を上げた。何の表情も浮かんでいない。距離は三メートルも離れていない。

わたしは混乱した。

何か妙なトリックがあるはずだ。でも、何なのかまったくわからない。

「怖いのか。オオバカナコ」

ボンベロは、ニヤリと嗤《わら》った。

「そんなことすれば、仕返しするでしょ。罰とか、酷いこと」

「しない」

「どうして?」

「お前は俺の命令に従っただけだ」

ボンベロは、壜を開けて中のマスタードをバンズに塗り始めた。

わたしは右手に持った包丁を見た。刃先が銀色に光っている。柄までステンレスでできたそれは、見た目よりもずっと持ち重りがする。こんな距離で投げつければ、死なずとも大怪我はする。

「命令に従わないのか。此の俺の命令に。此《こ》の店の中で……」

口調が退屈と苛立ちがないまぜになったものに変わった。

わたしは足を肩幅に開いた。

投げろというのだから投げるしかない……。腹を決めた。

「やります」

「ビッテ……どうぞ」

ボンベロはまるで興味がないといった感じで、こちらを見ようともしなかった。

わたしは包丁を振り上げた。

「本当にいきます」

わたしは最後に声を張った。

しかし、ボンベロは相変わらず、バンズに集中していた。

その不敵な横顔が、一瞬、あいつと重なった。

死ねばいい、そう思うと自然に腕が弧を描いた。

ぶんっとボンベロが揺れた。

――彼は最後までわたしのほうを見なかった。それだけはハッキリ言える。ボンベロはわたしが投げ始めたときも、投げ終わったときも、目は手元へ向けていた。でも、上半身、特に肩と右腕だけは、別の生き物みたいに動いたんだ。

信じられなかった。

包丁は、ボンベロの右手に握られていた。柄をきちんと摑んでいた。

象のあそこから小人が出て、それに横っ面を張られたような気分。見たことを信じられない時の感じ――脳が俄雨《にわかあめ》になってた。

「シャワーを浴びろ」

わたしの動揺などお構いなく、ボンベロは台の上に包丁をカチリと置き、バンズにレタスとスパムを挟んだものを食べた。

わたしは返事も忘れ、ぎくしゃくと躰を動かした。

「おい」

「はい」

角を曲がったとき、声がした。

「死にたくなったら俺に言え。自分でやるより楽に逝かせてやる。従業員向けサービス

だからタダで良い」

その声にジョークが混じっている気配は、一ミリもなかった。

また軽い眩暈が始まった。


シャワーブースは、出入口を除く三方がブリキっぽい鉄板で囲まれている殺風景なものだった。壁には石鹸《せっけん》と男物のシャンプー、リンスが擦《こす》り布とともに入った箱が取り付けてある。排水口だけが大きく、いやに目立っていた。シャンプーを使っていると、髪にこびりついていた砂利に触れた。わたしは、自分の足下で吸い込まれていく湯を、ぼんやり見つめた。自分が今、こうしていることが信じられなかった。

昨日だか一昨日《おとつい》の夜、部屋のベッドに潜り込んだ時には思いもしなかった不幸な渦の真ん中にいた。躰のあちこちが痛み、疼《うず》いていた。肩がうまく上がらず、背中を洗うのに苦労した。

ドアの向こうから声がした。

わたしは息を詰めた。

『服だ』

それだけ言って、影は去った。

外には籠《かご》、ケーキのようにふかふかの白いバスタオルと青い作業着があった。脱いだはずのわたしの服は靴ごと消えていた。かまわない。どうせ、おしっこまみれ、泥まみれだ。用意されていたスニーカーは少し大きかったけれど、履けないことはない。

「こっちへ来い」

ボンベロが流し台《シンク》の前で手招きした。

泡に皿とカップが沈んでいる。

「掃除だ。流しから始めろ。道具は下の物入れにある。スポンジだけは使い捨てにして良い。いいか、すべて舐められるぐらい、きれいにするんだ。忘れるな。それがおまえの命綱だ」

物入れから洗剤とスポンジを取り出し、流しに手を入れると、皿が三枚、カップが五つ、グラタンなどに使う深皿がひとつ出てきた。

「あれも忘れるな」

ボンベロはコンロの上の寸胴鍋《ずんどうなべ》を指差した。

掃除は苦手だったが、人が少しずつ解体されるのを見て悲鳴を堪《こら》えたり、土の中に埋められて死んでいくのを待つより、ずっとマシ……でもまさか、それが延々と続く掃除

オリンピックの始まりだとは思わなかった。

ボンベロは〈命令のプロ〉だった。

彼は常にわたしを監視し、怠けぬよう、要所要所で調整し、注意し、脅した。

調理場は普通のレストランの半分ぐらいの広さだったけど機能的な配置になっていた。ホールを正面にして左手の壁に業務用の冷蔵・冷凍庫があり、右手に焼き物を扱うコンロ、グリル、グリドル（畳一畳ほどの広さの鉄板で、ボンベロは此処《ここ》を新品同様に磨き上げていた。わたしが「グリルだわ」と言うと、一瞬、目に冷たい殺意を浮かべ、それが低周波のＩＨ式鉄板であり、業者は鉄の宝石と呼んでいたと告げ、さらには上から火を当てるものを「グリル」、下から当てるものを「グリドル」というのだと呆れながら説明した。それを聞いて、此処は掃除のヘソだ、念入りに磨こうと思った）、フライヤーが並び、島台の横に食器棚、調味料入れなどがあった。素人が見ても、ボンベロがグリドルの前に陣取る時、躰を前後左右に回転させるだけで料理の大半は準備できるようになっているのがわかった。

機能美は味に繋《つな》がると――テレビで三つ星もらった店のシェフが悟った坊主のように答えていたのを思い出した。ボンベロもあのシェフと同族なんだ。

ボンベロはわたしを、皿から調理器具、そして厨房機器《ちゅうぼうきき》、床、壁の順番で使った。あとで手の汚れが酷くなるに従って客の口から遠くなるように誘導されていたとわかった。

わたしの筋肉はマジで限界を超えていた。

皿を洗い、鍋の奥に手を突っ込み、修行僧が糠袋《ぬかぶくろ》で堂の縁を磨くようにグリドルを擦り続けている間、ボンベロは姿を消す。でも、何かトラブル——皿を落としそうになる、鍋の底と壁の際が巧く洗えない、グリドルに磨き粉を落としすぎた——があると背後から手を伸ばし、指図《さしず》した。驚いたのは、この掃除オリンピックの間中、わたしは一度もボンベロが近づくのがわからなかったこと。もちろん、こっちだって寝ずにやっているし、体力と気力の限界はとっくに過ぎているような状態だったので、脳味噌がいつの間にか停電していたのかもしれないけれど、でも凄いと思った。なんかの本で読んだけど、生き物にはもともと縄張りみたいなものがあって、そこに他者が入り込むとすぐにわかるというじゃない。

でも、ボンベロはいとも簡単にそんなものを無効にした。

「その皿は一枚、二十万する」

流しから大振りなのを一枚取りあげ、宙で左手から右手に持ち替えようとした瞬間、皿は親指の付け根、掌《てのひら》の膨らみの辺りでスクイズを狙う三塁ランナーのように滑った。

咄嗟《とっさ》に摑もうとしたが遅く、皿が床の排水口の柵に激突し、割れた、と思った。が、そうはならなかった。いつのまにかボンベロがキャッチしていたのだ。

「ここに在る物はすべて、おまえが今まで買ってきた同じ物の数十倍の値段はすると思え。もちろん、そんな風には見えないだろう。俺はそのようには見えない物、しかし、その実、きちんと対価分は機能する物を厳選したのだ。これは他の物同様に銀食器で(と、ボンベロは人差し指ほどのフルーツフォークを取りだした)おまえが今までに買ったどんなバッグよりも値段がする……。だが、問題はそこではない。ここにあるものは程度の差こそあれ、すべてが相応の歴史を持っているということだ。俺は、おまえが手にしているディナー皿がいつ、どんな時に使われていたのか思い出すことができるのだ。底に小さな欠《か》けがあるはずだ」

あった。

「それは〝二丁目〟と呼ばれていた男が銃の上に載せたために付いた傷だ。彼は引き金を押すのにその皿を勝手に使ったのだ。そういう無粋《ぶすい》な客が混じる時代もあったのだ。その皿の上には、奴の薄汚い、ジャムをかけた白子のような頭蓋《ずがい》の中身がこんもり積もっていたのだ。落としかけた記念におまえ専用の皿にするといい」

ボンベロがいなくなると、わたしはそのお皿をもう一度念入りに洗った。

†

いったい自分が何時間、ぶっ続けで働いたのか見当もつかなかった。確か厨房の床をデッキブラシで擦り上げていた頃、腕の筋肉が丸虫のように動かなくなったので、それからは限界を感じるたびに凝《こ》った場所を叩いて騙《だま》し騙し使うことにした。ホールと奥のトイレ掃除に取りかかる頃には、背中から腰に掛けての部分が錆《さ》びた釘を詰めたようになってしまい、小腰を屈めることさえできなくなっていた。関節を曲げ伸ばしするたびに段ボールを捻《ひね》るような音が躰のなかから聞こえた。

なのに相変わらず、ボンベロは亡霊のように出たり、消えたりしていて、わたしはまったく気を抜くことができなかった。

〈スワレ〉

カウンター越しにホールからボンベロが声を掛けてきた時も、一瞬、何を言われたのかわからなかった。もう、頭の中にブドウ糖が一滴も残っていなかったんだ。

「座れ」

ボンベロがホールのテーブルを指しているのを見て、ようやく意味がわかった。

テーブルには皿がふたつ。ボンベロは、干し肉とオリーブのオードブルのようなものを摘んでいた。傍らには琥珀色《こはくいろ》の液体が入ったタンブラーが置かれていた。前の席に座ると、彼は葉巻を取りだした。今度は新品のようで、変テコな鋏《はさみ》で先を切ると軸の長いマッチで炙り始めた。

わたしは、ボンベロが良いと言うまで自分用の皿には手を伸ばさなかった。知らない男の脳味噌が、てんこ盛りになっていたのかと思うと、あまり食欲が湧いてこなかった。皿の上には乾いたメンマみたいなパンの耳が四切れ載っていた。脇にはプラスチックのピッチャーに入ったオレンジジュースと、水滴の付いた氷入りのグラス。

「食べろ」

葉巻に火を回したボンベロが綿菓子のような煙を喋りながら吐いた。

わたしは黙って皿を見つめていた。

その時、初めてチッチッ……という音に気がついた。カウンターの上、天井の梁《はり》に近い部分に頑丈そうな木製の時計が掛かっていた。針は二時半を指そうとしていた。しかし、それが昼なのかはたまた夜なのか、見当もつかない。

「時計は気にするな。今のおまえには意味がない」

「はあ」

「喰え」

「はあ」

わたしはパンの耳を千切って口に入れた。オレンジジュースがなければ飲み込めない代物だったし、ちょっと黴《かび》の臭いもした。

「うまいか」

「はあ（うまいわけがない）」

「それがおまえの報酬だ。今の仕事では、それ以上の料理には値しない」

わたしは頷きながら、パンの耳を嚙んだ。うまいとも思わなかったし、お腹が減っているわけでもなかったけれど、なんだかそんなことでもしていなければ〈休憩〉を取りあげられてしまいそうだった。

ボンベロは無言のまま、わたしに目を遣《や》り、自分の指先に目を遣り、隅にある年代物のジュークボックスに目を遣ったりしていた。おかげで居心地の悪さが倍増した。

わたしは小一時間かけてパンの耳を三つ、胃袋にしまった。オレンジジュースは四杯。最後の一杯は、足がパンパンで立ち上がる自信がなかったから、時間稼ぎに無理して飲んだ。おかげで喉が妙に甘ったるく、渇いて困った。

ホールのテーブルを拭《ふ》いていると奥から呼ばれた。

ボンベロが客用トイレの前に立っていた。この店には男女の別がなく、ふたつの小便器とふたつの個室が備えられていた。入って右手の壁に〈STAFF ONLY〉とプレートのついた扉があり、その奥がさっき使ったシャワーブースのある小部屋になっていた。わたしが掃除する前から、そこは隅々まで清められていた。でも、だからといって手を抜いたつもりはなかった。

「此処は済ませたのか」

「はあ」

ボンベロは黒いタイルの床を進むと一番奥の個室を指した。

「此処もか」

洋式の大便器があった。

「はい」

ボンベロは何も言わなかった。

背中の毛がちりつくのを感じた。

自分なりに掃除はした。けれど、徹底的にしたかと言われれば自信がなかった。ボンベロが問うているのは後者のような気が猛烈にした。

「舐めろ」

「え？」

「最初に言ったはずだ。舐められるほど磨けと。済ませたのであれば、舐めろ」

途端に自分が洋式便器の縁の裏を磨き忘れていたことに気づいた。それに、便座のクッションになっているゴムパッドを拭くのも忘れていた。それに直結されている金属バルブにもブラシを掛けていない。それに……それに……。あまりに完璧に綺麗に見えたのでそのままのほうが良いような気がするところは触れずにいたのを思い出した。すると、今まで手がけた部分、床、壁、厨房の食器、ホールの床、テーブルなども、ことごとくボンベロにとっては気に染まない中途半端な仕事を重ねていたように思えてきて、足が震えた。

〈舐めろ〉と言ったきり、ボンベロは黙っていた。

本気らしいということは、目を見ただけでわかった。そうなってみて初めて、やはり自分は考え違いをしていたんだなと思った。疲れ切っていたのと、普通のレストランでやるようなことをしていたために、此処がどんな場所であるのか忘れていたんだ。

此処は外見はダイナーでも、中は交通事故の現場や処刑場となんにも変わらない異常な場所だし、そこを仕切っているこのボンベロという男も同じように異常者なんだ。

何やら自分の間抜けな油断を指摘されたようで、自分の莫迦さ加減がおかしくなった。オオバカナコ、やっぱり、あんたは大莫迦な子だ。おめでたすぎる。

わたしはボンベロを、もう一度見つめ、便座の上がった大便器の前に膝をついた。

目の前のそれはコンクリートでできたペリカンのようだった――ペリカンを、こんなに近くで見たことはないけど。

緩い楕円《だえん》を描いている陶器に触れると冷たかった。しゃがんだせいだろうか、危ない感じの消毒剤の臭いがした。白一色の滑らかなものと思っていた表面は意外に凸凹としていた。

わたしは、どこを舐めれば良いのだろうかと眺めていて、ふと自分の右手の親指に目がいった。爪先《つめさき》がそそけたようにヒビ割れ、埃と脂が染みこんで見たこともないほど真っ黒になっている。

「舐めないわ」

わたしは自分がそう言うのを耳にして、内心、動転した。

ボンベロは僅《わず》かに目を細めただけで露ほども反応を見せなかった。

「舐めないな、わたし」

あ、莫迦だ、と思った。だって折角、土の穴から拾った命を捨てちゃったんだもの。

本当に莫迦。わたしはなるべく無様《ぶざま》にならないように、ゆっくり立ち上がったけれど、足がふらついていたし、顔色だって便器並みに真っ白だったろうし、唇だって震えていたから、きっと無様だったに違いない。

ボンベロは煙の向こう側にいた。

わたしからは葉巻の濃密な煙に邪魔されていない肩から下しか見えず、どんな表情をしているのか全然、わからなかった。

トイレの中はすぐ煙たくなった。火災報知器は付いてないんだろうな。きっと燃えたって誰に教えるでも助けてもらうでもない場所なんだ。やはり此処はボンベロが言う〈ダイナー〉。世界でひとつだけの場所。世界の果て。

やがて煙が手で、ゆっくり払われた。まるで自分が吐きだしたものではないとでも言いたげなボンベロの顔が妙に滑稽《こっけい》だったけど、もちろん笑う余裕なんてナシ、ゼロ。何をされるのだろうと思うだけで膝《ひざ》が震えて仕方がない。もともと、もうそんなに力も残ってないはずだから、一度、震えがくると、ぴたりと止めることができない、なんだか——そこから先は、わたしが思ったのと同じことをボンベロが口にした。

「小便でも我慢しているのか」

「違うわ」

ボンベロは無表情のまま、口を開いた。

「いいか。日本語は難しい。はっきり言って深刻な場面では役に立たないことが多い言葉だ。電話で商品を売りつけてきた相手に〈いいです〉〈けっこうです〉と断ったつもりが、後日、丁寧にパックした商品が届くなんてことがままある。俺の耳に届いた言葉がおまえの言いたいことかどうか確かめる必要がある。もう一度、俺が言う。おまえはそれに英語で答えるんだ」

ボンベロの斜めに傾《かし》いでいる眉を見て、もうひとつ思い出した。昔、見た古い映画にこんな眉と目の表情をする奴がいた……えっと、ポール・ニューマンだ。無駄なことを考えてるのは余裕かましてと自分でも思ったけれど、犬だって猫だって殺されるとわかっててジッとしてるのは、いない。だって、そんなおっかないこと無いもの。

わたしは躰でジタバタする代わりに脳味噌でバタついていた。

「おまえは俺に此処の掃除を命じられた、そうだな」

「イエス」

「おまえは自分なりに時間をかけ、自分の好きなように行《おこな》った」

「イエス」

「俺はおまえに掃除は舐められるほど磨き上げろと伝え、おまえは、それを理解した」

「イエス」

「掃除は終わった」

「イエス」

ボンベロは束の間、わたしの顔と便器、そして床の艶消《つや》しタイルを見やった。

「では、約束通り舐めろ」

「ノー」

ボンベロは動かなかった。

わたしは腋の下をナメクジが這うように汗が垂れるのを感じた。

「便器を舐めろ」

「いいえ。ノー。ノン。やだ。したくない！」

わたしは猛烈な勢いで相手の納得のいく、取り敢えず瞬殺されずに済むような言い訳を考えようとした。でも、脳味噌はかちんかちんのスポンジで、たったひとつの言葉だけが、ぐるぐるぐるぐるメリーゴーランドのように回っていた。

〈こわいよ〉

それだけ。唐突にカウボーイの抉《えぐ》られた心臓が脳裏に浮かび上がった。そして無理矢

理、ディーディーがそれを齧らされたところも……最悪。

躰の中心が、ぐぇっと持ち上がりそうだった、肋骨《ろっこつ》が胃を締め上げ、反吐《へど》をぶちまけさせようと今か今かと待ち構えている。黙っていれば、どんどん彼のなかで、わたしは次の処理段階へと進められていく。何か言わなければ……せっかく止まっていた焼却炉へのベルトコンベアーが再び、動き出してしまった。

でも、スイッチを入れたのはわたし。

「聞いて、理由は……」

ボンベロは、まるで厭な物を見るように〈静かに〉と人差し指を立てながら腕時計を見た。「十四時間と二十三分……」次いで顔を上げた。「やれやれウェイトレスの生存記録を最短で更新したか」

聞いてはいけない不吉な報《しら》せに思えた。

「なんのこと」

「此処に来て俺に反抗するまでの時間だ。前のはもっと長かったけれどな、仕方ない」

「あの……聞いて、お願い」

ボンベロはいったん、洗面所の外に出て、しばらくするとポラロイドカメラを持って帰ってきた。

訳もわからず言われた通りにするとフラッシュが焚《た》かれ、湿った蟲《むし》の羽音をさせてカメラが印画紙を、ベロのように吐きだした。

「笑え。Vサインをしても良い」

「え」

「笑え」

「もう一枚」

今度は仏頂面《ぶっちょうづら》で形だけ指をチョキにして、フラッシュの前に立った。

ボンベロはカメラと印画紙を洗面台の縁に置くと再び外に行き、わたしが着ていたボロ服と、ウェンディーズとかでケチャップをテイクアウトするのに使う小さな容器を手に戻ってきた。

ポイッと、わたしの足下に服が投げ捨てられた。

「着替えろ。その作業着はSとMサイズが手に入りにくい」

突っ込んだ靴に画鋲《がびょう》が入っていたみたいに、突然、わたしはポラロイドの意味がわかり、作業着のボタンを外しかけて手を停めた。

「わたしの写真も貼るのね」

「ああ」

「レジの後ろに」

「ああ。あそこはできることならば、ウェイトレス用のコスチュームで統一したかったが、仕方あるまい」ボンベロは容器を差し出した。「これを」

中には口内洗浄液によくあるスカイブルーの液体が入っていた。

「なんですか、これ」

「俺とおまえの手間を省く薬だ」

わたしは呆然と突っ立ったまま動けずにいた。

ボンベロは先程とは違い、わたしの真正面に距離を取って立っていた。足を肩の幅に開き、目つきが違う。今までは眠たそうであまり関心も無さそうだった瞳がはっきり〈起きて〉わたしを見つめていた。

「いま、殺《や》るの」

わたしの問いにボンベロは俯《うつむ》き、右手の中指を左手で伸ばして骨を鳴らした。手品のネタがばれたのを誤魔化《ごまか》すみたいに。

「殺すのね。便器を舐めないから」

「服を脱ぎたくなければそれでも良い」

「理由は訊かないの」

「おまえは能書きが多い。此処では不要だ」

わたしのなかでは、もうカードが尽きていた。何も考えられないし、ボンベロがわたしを殺すと決めてしまっているのなら止める方法なんか思いつかなかった。一度は、一か八《ばち》かの勝負で助けられたけれど。なんだ……結局、つまらない店の掃除をするために生き延びただけだったな。

ボンベロが背中に右手を回すと手品のように包丁が現れた。わたしが投げたやつだ。

「おまえには選択肢がある。大きくはふたつ、小さくはみっつほど」

ボンベロは指を二本立てた。

「まず、俺に殺されるか。自分で死ぬか。そのコップの中身は加糖した青酸だ。飲みやすくしてある。其《そ》れを呷《あお》れば二分ほどで逝ける。多少、喉が灼《や》けるが楽な死など存在しない、その辺で手を打て。もうひとつは俺が直接、とどめを刺す。その場合……」

指が三本になった。

「此の距離であれば俺は確実に、おまえの眉間《みけん》を貫通させる。一瞬で頭蓋に潜り込んだステンレス鋼が前頭葉を切り分け、おまえは即死する。次は心臓か喉笛《のどぶえ》。喉笛の場合には頸動脈《けいどうみゃく》の切断よりは首の背後にある脊椎《せきつい》の轢断《れきだん》を狙う。どれが良いか決めろ。決めたら静かに目を閉じ、動かず、心のなかにドアを思い浮かべ、それを開けろ。すると次の

ドアが待っている、それを開けるとまた新たなドアがある……という風にドンドン開けていくと良い。怖くなくなるはずだ」

わたしは無意識のうちに前後に大きく揺れていた。それに、どうもボンベロの話が途切れると思ったら、脳が断続的に気絶を始めていたみたい。冗談のようだけど本当。死にたくないから——気がつく、聞きたくない、怖いから——気絶、をくり返していたんだ。容器の中の明るい液体が蛍光灯の下、やけに毒々しく見える。わたしは無意味にトイレの中を見回した。これが見納めなんだと思うと哀しいというよりも、そのつまらなさに胸が詰まった。こんな死に方、ゴキブリと一緒だ。ドラマも葛藤も何もない。飲み終えた紙コップをゴミ箱に投げ込むのと何も変わりがない。

「こんなのってないな。こんなのってないじゃない」

「それが最後の言葉か」

「何度もこういうことをしてきたんでしょう。あの子たちは客が殺したなんて言っていたけど」

「そうだ。俺はしていない。足を洗ったんだ」

「じゃあ、わたしは何でよ。ずっと洗ったままでいてよ」

「おまえは使いづらい。悪い道具を我慢して使うことはない。新しいものと交換するの

さ。皆していることだ」

「また、お金がかかるわよ」

「それに関しては責を負うつもりだ」

わたしはそう言った時の、ボンベロの顔に一瞬、戸惑いが浮かぶのを見た。

「オーナーからすれば、あなたこそ使いづらいと感じるでしょうね」

「かもしれん。挽回《ばんかい》するさ」

「わたしには？　挽回のチャンスはないの？　今なら舐めろと言えば舐めるけど」

「では舐めろ」

ボンベロは静かに言った。

わたしは容器の中身を床に捨てた。

「厭よ」

ああ、やってしまった……。自殺だな、と頭のなかで声がした。これは形を変えた自殺。なんで一番、腹見せしなくちゃならない時に我を張ってるんだろう。

ボンベロがため息をついた。

「いったい何がしたいんだ」

「だって、いま舐めても殺すつもりでしょう」

「回転の良い女だ。さあ、そろそろ仕込みに入らなけりゃならん。人手が足りない。一人なんだ。早めに取りかかる」

「人手なら此処にいるじゃない」

「鈍いな。おまえはもうカウントされてない」

ボンベロがゆらりと動いた。くる！　っと思った瞬間、けたたましい音が空気を裂いた。古い電話の音だった。あの耳の中を掻き混ぜるような不快な音。それが廊下からしていた。

ボンベロは包丁を投げるのを中断すると耳を澄ませ、わたしと電話、どちらを先に済まそうか逡巡《しゅんじゅん》していた。

わたしは、こちらに向けるボンベロの目を真っ正面から見据えた。きっとライオンやヒグマに丸腰で遭遇した人が最期に覚悟を決めてやるのが、こういうことなんだと睨み続けた。

それが功を奏したとは思えないけど、ボンベロは軽くため息をつき、外へ出た。電話はヒステリー爺《じじい》のようにその間もずっと騒がしかった。

しばらくして呼び出し音が切れた途端、わたしは自分の尻を自分で蹴飛ばして脳味噌をフル回転させた。電話が終われば、わたしは死ぬ。それは太陽が東から昇るのと同じ

ぐらい確実なこと。今、何かしなければならなかった。この一秒の使い方が何年にも値するんだ。考えろ、考えろ、オオバカナコ。わたしは何も思いつかないまま取り敢えずトイレを出ると倉庫に行った。始めに閉じこめられていた倉庫の真向かいに人が出入りできるような冷蔵室があった。

どこからかボンベロのぼそぼそ言う声が聞こえていた。時間はもうあまり無さそうだった。逃げ出す気は毛頭なかった。ただ何か、はっきりこれだとは言えない何かを探していたんだと思う。わたしは冷蔵庫のドアを開けた。今から思うと何故、そんなところを開けたのか想像もつかない。ただはっきり言えることは、事務所に行ってあるかもしれない拳銃《けんじゅう》やナイフを探して武器代わりにするよりも、わたしの選択はマシだったということ……それだけ。たった、それだけだけど。

冷蔵庫のなかは倉庫同様、肉や野菜に缶詰、めぼしいものはなにもない。けれど、一番奥に妙に細長くて赤い冷蔵庫があった。幅が人の顔ぐらいで、ドアの真ん中に透明な硝子が塡《は》まっている。覗くとやたら高級そうなシャンパンやキャビアの缶詰があった。

把手《とって》を引くと鍵が掛かっていた。

……ちくしょう。

こんなもの飲み喰いしている奴らの顔が浮かんで自然と腹の中から声が漏れた。

見ると四桁のダイヤル錠が把手と本体の繋ぎ目に嚙ませてある。わたしは今のダイヤルを注意して見た――9835。わたしはそれぞれの数字の前後ひとつずつをずらして行った。8835、0835、9735、9935……今にも真後ろにボンベロが迫っているように感じ、怖ろしくなった。

9845で錠が外れた。

わたしはドアを開けると椎茸《しいたけ》のお化けのようなものの下にあったロマネ・コンティのボトルを見、その横で万華鏡《まんげきよう》のような硝子の破片がスリットに詰まっている綺麗な化粧水のようなボトルを手に取った。なぜ選んだのかわからない。でも、どうせ失敗するに決まっているんだから、こんな綺麗なボトルと引き替えに失敗したかった。

冷蔵庫を出ると、ボンベロの声はまだ続いていた。

わたしは洗面所に戻ると個室に入り、鍵を掛けた。何の役にも立たないことはわかっていたけど、出会い頭に瞬殺されるのだけは避けたかった。

ボンベロの声が止み、靴音が近づいてきた。

やがて静かに洗面所に葉巻の臭いが戻ってきた。

『なにをしてるんだ』

ボンベロの声が苛ついていた。

「一生懸命に働きますから……便器なんか舐めるのはお客に失礼だと思う。だってそうでしょう。誰だって平気で便器を舐める女に料理や飲み物をサーブしてほしいなんて絶対に思わないもの」

『わかった、出てこい』

ドアが引かれた。鍵がそれに抵抗した。

『三つ数える。それで駄目なら上から灯油を浴びせてライターを投げ込むまでだ。消火器ならいくらでもある』

「話を聞いてほしいの。その後、どうしようと自由にして」

『ややこしいのが、あと二、三時間ほどでやってくると予約が入った。時間が惜しい』

「二分だけで良いの」

『話せ』

「個室から離れて。話し終えたら鍵を開けるわ。そしたら好きにして」

『二分だ、始めろ』

足音が離れた。

わたしは深呼吸をした。

「便器を舐めたくないと言ったのは命令に従いたくないからじゃない。わたしは命を救

ってもらったのを感謝しているし、あなたがこのお店を繁盛させたいのなら、喜んで協力するし、身を粉にして働くわ。掃除だって自分なりに手を抜かずにやった。そりゃ、黴びたパンの耳が関の山の仕事ぶりだったかもしれないけれど、それでも今までは文句も言わず、ズル休みもせずに働き続けたわ。あなたが言うように盗んでなかったでしょう。間違えてほしくないの。命令が厭なんじゃないの。便器を舐めるようなウェイトレスは、この店……」

わたしは店の名を教えてもらっていないことに気がついた。

「この店……」

『キャンティーンだ』

ボンベロの声がした。大丈夫、彼は約束通り、個室から離れて立っている。

『水筒という意味だ。キャンティーン。それがこの店の名だ』

「キャンティーンには相応《ふさわ》しくない。店に対して失礼だと思ったの」

『残り三十秒だ』

わたしはからからに渇いた喉へ唾を飲み込み、ひと息おいてから発射した。

「人質を取ったの」

空気がカチンと音を立てたような気がした。

『なんだと』ボンベロの声に苛つきとは別の殺気のようなものが籠もった。

「犬死にはごめんだし、死ぬなら納得して死にたいし、びくびくしながら働きたくない」

『二分経った』

わたしは鍵を開けると個室を出て、開けたドアの前に立った。

明らかにボンベロは怒っていた。

「何の話だ」

「あの赤い冷蔵庫の中身の話。9845で開くのね、鍵」

ぎりっとボンベロから歯軋《はぎし》りが聞こえた。

「ロマネ・コンティがあったわ」

「あそこには、オーナーが世界中のバイヤーにオークションなどで競り落とさせた逸品が入っている」

オークション！　わたしの頭のなかで鐘がひとつ鳴った。

「おまえの見たロマネ・コンティは百万ほどだが、その上にあった古い素っ気ない白ラベルの茶色いボトルを見たか？」

「憶えてない」

「レイネフューのホワイト・オーバープルーフ・ラム1940年だ。世界に四本しかな

い。今なら八百万はくだらない。あれを落としたらおまえは理由の如何《いかん》を問わず死ぬ」

「そんなに大切な品物を守るには簡単な鍵だったわ」

「本当はあの隙間に入る錠のついた特注冷蔵庫は来週納品の予定だ。それまでの仮使いのつもりだった」

「あのボトル、綺麗なスリットが入っていたわ」

その瞬間、ボンベロの躰が文字通りに揺れた。

「万華鏡みたいな」

と、その瞬間、耳元で大きな音がし、後ろに引き倒されそうになった。見ると包丁がドアに突き立ち、髪がぱらぱらと床に落ちていった。

ボンベロが目の前にいた。

「化粧水のボトルに似ていたか」

「うん」

突然、喉が摑まれ、躰がそのまま持ち上げられた。

「ディーヴァ・ウォッカ。あれに触ったのか」

わたしは息がつけず、ただ必死に頷いた。すると躰が放り出された。

「封を開けたりはしていないだろうな」

「してない。ただ隠したわ。わたしを殺せば出てこないよ」

「ふざけるな。あれはダイヤモンドで濾過《ろか》した世界一の酒だ。しかも、ボトルには最低一億以上のダイヤが詰めてある」

「なくなれば、おしまいね」

ボンベロは、わたしをまじまじと睨みつけた。

「おまえを殺した後で捜せば済むことだ」

「見つからないわ、簡単には。下手に手を出すと壜が割れちゃう場所だし」

「そんな場所はない」

「作ったのよ。わたしも死にたくないから。あなたがそれだけ取り乱すんだから、きっと高いんでしょうね」

「高いだけではない。二度と手に入らない」

「一千万はするのかしら、それとも二千万?」

「一億五千万だ。あれを失えば俺やおまえどころか店が消滅する」

わたしは足がすくんでしまった。今にも床の下で何かの拍子に潰れ、とくとくと中身が零れているような気になってきた。

「どこにあるんだ、教えろ」

「いやよ」

わたしはボンベロを睨み返した。

「安心して、決して簡単には壊れたりしないところに保管してあるの」

嘘だった。あの壜がどうなるのかなんて、神のみぞ知るだ。

「だからしばらく使ってみて。ウェイトレスとして。それで駄目なら殺されても仕方ないし、諦めもつくから」

ボンベロはしばらく、わたしを睨みつけると、視線を外し、腕時計を見た。

「時間がない。ウェイトレスの制服は向こうにある」

わたしは立ち上がった。

「殺さないでしょ」

「あの壜に何かあれば俺はおまえを処分し、店を畳む」

ボンベロはそう言うと洗面所から出て行った。

わたしは助かったという気がまったくしなかった。

ただ、いたずらに事態をややこしくしてしまったのかもしれない。でも、現実に生き延びた。先のことは先に考えることにした。そうするしかない。

†

ホールのテーブルで受けたウェイトレスとしての指示に珍しいことはなかった。制服はアンナミラーズのに似せたようで気恥ずかしかったが、文句を言えるはずもない。

学生時代、長いことファミレスのバイトをしていたので盆《トレー》を持って移動するのは慣れていたし、テーブルも少ないので混乱することはまずないだろうと思った。

主な問題は接客だと、ボンベロは言った。

「客の中にはまったく話をしないのもいる。またやたらと話しかけてくるのもいる。罵倒するのもいるだろうし、聞くに堪えん話をするのもいるだろう、だがそのすべてにきちんとしたサービスを提供しろ」

席に座った客にメニューを渡し、頃合いを見計らって近づき注文を取る。キッチンにいるボンベロに注文票を渡す。待っている間に酒が必要なら出す。料理ができたらボンベロがカウンターのベルで教える。基本は温かいうちにそれを客へ出す。食事の最中にしてほしいことがあれば訊きに行く。デザートとコーヒーを勧める。客が立ち上がり、レジに近づいたら代金をもらう。

「簡単に言えばそれだけだ」

ボンベロは説明し終えると、わたしに話が入っているか確認するように見回した。

わたしは頷いた。

「だが、こんな単純な作業のなかでも死人が出る。せいぜい気をつけろ」

そう言うとボンベロは立ち上がり、あの巨大なドアの前に向かった。

「此《これ》には一・五トンのセメントの塊が頭から尻尾《しっぽ》まで詰まっている。どんな高性能ライフルでも撃ち抜くことはできない。此処に辿り着くまでにドアは三つある。客がこいつのひとつ前のドアと、このドアに来た際、モニターで俺がチェックする。確認すると俺が自動ロックを奥で解除する。おまえはドアの前にメニューを用意して立ち、客を待つんだ」

「わかった」

それからボンベロは料理の下拵《したごしら》えとスイーツ、コーヒー作りに入り、わたしには店内の雑巾掛けを命じた。

すでに壁などの大物は済んでいたので雑巾掛けは簡単に終わってしまい時間が持て余し気味になった。するとウォッカの様子が気になり出した。ボンベロにトイレに行っても良いかと訊くと、手の間で、ぴたぴたとバーガーの肉種《パティ》をキャッチボールしながらこちらも向かずに頷いた。が、わたしはその仕草にハッとした。わざとボンベロはわたし

を手持ち無沙汰にしたということが何となくわかった。

そうすれば必ずウォッカの様子を見に行くと彼は知っていたんだ。

トイレには行ったが、ウォッカのことは頭のなかから振り払い、おくびにも出さずにいた。

ボンベロはポーカーフェイスで淡々と仕込みをしていたが、少しだけ包丁を使う音が大きくなっていた。

店内にスイーツの甘い香りが充満し、温めたバンズの香りが立ち込めてくる頃、ボンベロはキッチンから出てきて室内を完全に開店モードに照明した。それは今までの明るい蛍光灯ではなく暖色の柔らかなもので、一瞬にして店内の雰囲気が硬いモデルルームのようなものから家庭的なほっこりしたものに変わった。そして、静かに音楽が流れ始めた。

「よし、来たぞ」

五分ほどするとモニターを眺めていたボンベロがキッチンから声を掛けてきた。

わたしはメニューを手にドアの内側に待機した。

思えば、わたしは本物の殺し屋というのを見たことがない。

これからは彼らがお得意様なのだ。

「開けるぞ」

ボンベロの声に、ロックボルトが圧搾《あっさく》空気のような音をさせ、ドアが内側に開いた。

「いらっしゃいませ。キャンティーンへ、ようこそ」

わたしは顔をあげた。

ドアの向こうに敷いてあった〈ＣａｎＴｅｅｎ〉のロゴが躍る赤いダスターマットの上に茶色いローファと黒いジーンズが見えた。

chapter 1

Melty Rich & Honey soufflé

〈メルティ・リッチと蜂蜜のスフレ〉

——影がいる。

ほんとに、男の第一印象はそれだった。

仄暗《ほのぐら》い電灯の下、男は黒いサマーセーターに黒のジーンズ。キャップ、臙脂色《えんじいろ》のサングラスにマスクをしていた。少しの間、ぼーっと見ていたから相手が何か言ったのを聞き逃してしまった。

「どいて」

彼は軽く手をあげ、横を擦《す》り抜けた。

「い、らっしゃいませぇ」

脳味噌外泊中の間抜けなウェイトレス丸出しで、声をかけつつ、よたよた前に回り込んだ。

男は自然に——ごく自然に、わたしの案内など必要なく、カウンター前のふたつあるテーブル席に近づくと奥側に滑り込んだ。

背後でブシュッと音がし、ゆっくりドアが閉じだし、ロックのかかる音がゴンッと響

いた。男は両耳を手で押さえた。

「まだ修理していないのかな」

人殺しの声とは思えなかった。あまりにも落ち着いた柔らかなトーンだったので正直どぎまぎした。彼もわたしを埋めたのと同じ類《たぐい》の人間なんだとわかってはいたが、うまく繋《つな》がらなかった。

「ボン！　ボルトを調整しろと言ったろ。シリンダーが根元のスリーブとぶつかってるんだ。修理しないといずれは壊れちまうぞ」

男は首を伸ばし気味にカウンターの奥へ顔を向け怒鳴ったが、肉種《パティ》を左右の掌《てのひら》でキャッチボールしているボンベロは、キッチンから彼をちらりと見て、首を振っただけで無視した。

「施錠の時、ボルトが落ちる。その時、圧搾《あっさく》空気に厭《いや》な金属音が混じるだろ。俺はあれが苦手なんだ」

たぶん男は同意を求めているのだろうが、わたしはまだうまく応対できない。胃の辺りが緊張し、舌が上顎《うわあご》に貼り付いてしまうような感覚から抜け出せていなかった。

「メニューをどうぞ」

やっとの思いでそこまで言うと、わたしはテーブルの空いた場所にラミネート加工さ

れたそれを置こうとして彼の手に目がいった。長い指。広い甲。貝殻のように形のよい爪には透明のマニキュアが施してあった。指はメニューには興味がないかのように、のっそり動き、互いに絡み合った。時と場所が違えば優雅な仕草に感じるかもしれなかったが、なぜか、わたしは背筋《せすじ》がぞっとした。死にかけの蜘蛛《くも》が足を閉じたように感じたから。それにその皮膚《ひふ》。紅茶で煮染《にし》めた古包帯のようなそれは至る所で縮んで、伸びて、溶けて、縫い詰められ、まるで人の皮で作った道路地図みたい。そんな手の人を見たのは初めてだった。男は鍔《つば》のあるキャップを取り、風邪用のマスクを外した。すると頬や顎《あご》、耳とか鼻の辺りに酷《ひど》い引《ひ》き攣《つ》れや皹《ひび》のような切り傷や引っ掻《か》き傷が、新しいのも古いのも同窓会みたいに残っていて、首からサマーセーターの中へと続いていた。まるでナッツ入りのヌガー・バー、わたしは男がメニューを開き始めても目を逸《そ》らすことができなかった。

「……面白いだろ。俺の顔。ぐちゃぐちゃで」

「はい？」

「これさ」男は口に指を含んだ。「コンニチハ……コンニチハ」

すると唇の端で白いものが動いた。爪だった。男は頬に開いた傷穴から指を覗《のぞ》かせていた。

わたしは何と答えて良いのかわからず突っ立っていた。

「おい！　客が来る。用意しろ」

ボンベロが怒鳴った。

男は指を抜いた。傷口が閉じて周囲の傷と同化し、わからなくなった。

「俺は〈スキン〉だ。理由は見た通り」

男はサマーセーターの袖口を引き上げ、手を差し出した。樫《かし》の木のような腕だったが、そこにも太い血管と傷が交差していて、大小の蛇《へび》が複雑に絡みついているように見えた。

「よろしく」

わたしはスキンの手を握った。冷たくて……硬い。小学生の頃、ジステンパーで死んだ犬を箱に詰める時、和毛《にこげ》のお腹に触れたときのことを思い出した。

「オオバカナコです。ご注文がお決まりになりましたらお呼びください」

スキンは了解というように微笑《ほほえ》み、軽く手を挙げた。

慌てて入口に戻ると、再びボルトの外れる音がし、ドアが内側に開いた。

わたしは頭を下げた。

「いらっしゃいませ。キャンティーンへ、ようこそ」

泥の付いたスニーカーが並んでいた。

口笛の音に顔を上げると胸が摑まれ、躰がドアに叩きつけられた。

「なんだよ。この新しい肉はよ」

口髭《くちひげ》にサングラスの小男がわたしの首筋に舌を這《は》わせるのがわかった。そいつの後にはあとふたりいて、三人ともスキンヘッド。わたしを揉んで舐《な》めているのと、目つきの悪い大きなデブは黒のトレーナー、残るひとりは黒のニット帽に白のVネックのスウェット。三人とも肘から金時計を塡《は》めた手首の先まで黝《あおぐろ》い刺青《いれずみ》で埋まっている。

「おい！　犯《や》っちまっていいのか？」

Vネックが叫んだ。彼は顎の裏に茨《いばら》の冠《かんむり》を着けたキリストが彫ってあり、話すたびに白目を剝《む》いた薄気味悪いイエスが顔を歪《ゆが》めた。

わたしは身を捩《よじ》って口髭から逃げようとしたが、ハンパなく思い切り喉を締め上げられ気が遠くなってしまった。メニューが手から滑り落ちた。耳鳴りがし、周囲が暗くなってきた。

と、不意に躰《からだ》が自由になり、床に倒れたわたしは激しく咳《せ》き込んだ。

ドアが閉まる。スキンがわたしの前に立っている。新しくやってきた三人は飛び出し《ジャック》ナイフを摑んでいて、手を伸ばせばスキンを刺せる位置にいた。なのにスキンは丸腰で、だらんと両腕を躰の脇に垂らしたままでいる。世間話でもしにきたみたいに。

「注文がしたいんだよ」

「すりゃあ、いいじゃねえかよ」

スキンの言葉に目つきの悪いのが応えた。

「コックならあそこだ。俺らに遠慮はいらねえぜ」

「あんたらが何をしようと俺の知ったこっちゃない」

「なら、その放埒な女性器《ガバマン》並みにでけえ口と態度は尻の管にしまっときな」

〝殺しちまおうぜ、兄貴《ブロウ》〟Vネックが呟《つぶや》くと、わたしを舐めた髭が同調するように〝チチチ〟と口を鳴らした。

「ボン！　どうなんだ？　次の子が入る予定はあるのか」

「ない。先週、別の客が難癖をつけて潰《つぶ》しちまったばかりだ。その女は偶然オーナーが買って、昨日届いた」

ボンベロはパティのキャッチボールをする手を止めなかったし、こちらを振り向きもせずに答えた。まるで他人事だ、今日の〈おすすめ《スペシャル》〉を説明してるみたい。

「じゃあ、俺らが買うぜ。いくらだ」

「確か八十とか百とか。そんなもんだ」

「畜生！　バカ安だ。ブロウ、買えるぜ」ふたりが小躍りした。「テイクアウトしよう」

「ボンベロ。本当に売る気はあるのか？」

ブロウと呼ばれるデブが叫んだ。三人ともスキンからは一瞬たりとも目を離さない。

「俺、こいつの子宮に小便がしてえよ、ブロウ」

舐め髭が空いた手で股間をゴシゴシと擦《こす》り始めた。ズボンの生地がそこだけワックスをかけたようにテカテカに輝いていた。

「なんにもしてない……わたし、あんたたちになんにも悪いことしてないじゃない！」

不意に怖ろしくなって叫んでいた。こんな人間に買われて、連れ去られたらどんなことをされるんだろう。倉庫での出来事が甦《よみがえ》り、吐き気がしてきた。

「女だってことだけで俺らには充分、理由なんだよ、おまんちゃん《チック》」

Vネックがにやけた。

ボンベロは思案げに、顎に手をやっていた。彼の言葉でわたしのすべてが決まる。

「カナコ、ちょっと来い」

ボンベロが、カウンター越しにわたしを呼んだ。

わたしはよろよろしながら立ち上がった。全員の視線が集まるのが感じられた。

〝にゃお～ん〟舐め髭が茶化すように鳴いた。

カウンターまでが異様に長く感じられた。ボンベロの顔は相変わらず無表情で何を考

えているのかわからなかった。

「此処《ここ》へ来い」彼は指で招いた。

わたしはチラッと四人に目を向けてからカウンターの脇からキッチンへ入った。

ボンベロはパティをＩＨ鉄板に落としたところだった。ジュウと激しい音と共に煙があがり、同時に香ばしいハンバーガーの匂いがしてきた。ボンベロはパティをフライ返しで軽く潰《つぶ》した。音と煙が一層、大きくなる。

「無事なのか」

ボンベロはグリドルを見つめながら言った。

「え」

「無事なのか」

わたしは質問の意味が把握できなかった、でも、取り敢えず答えることにした。

「無事じゃないわ。見てたでしょう」

するとボンベロはわたしを向いた。その目はゾッとするほど冷たかった。

「無事なのか」

「なんのこと」

ボンベロは黙っていた。その鳶色《とびいろ》の目に見入っていると不意に何を訊かれているのか

が理解できた。ボトルだ。あのボトル――ディーヴァ・ウォッカ。

「いいえ。きっと無事には済まないわよ。わたしを奴らに売れば、あなたは後悔する」

奇妙なことにボンベロはその時、少し、ほんの少しだけ微笑んだように感じた。

「取ってこい。そうすれば奴らには手を引かせる」

腰がぐらぐらして今にも萎《な》えてしまいそうだった。ボトルを渡すことはできる。でも、そうすればわたしが次に打つ手は尽きてしまう。ボトルを差し出したのにボンベロがわたしを奴らに売り飛ばしたらどうだろう。きっと、それが一番都合が良いに決まっている。こんな跳ねっ返りを置いておく義理も人情も彼には微塵《みじん》もないのだ。

わたしは胸の奥が黒酢を一気飲みしたようにムカムカしてきた。

「早くしろ。肉が駄目になる」

グリドルを見つめるボンベロの声に苛立ちが混じった。

「ごめんなさい。できないわ」

ボンベロがどっかに行ってしまった。グリドルに向かいながら動かしていた視線が停まり、肩から背中にかけての動きが停まり、呼吸もしていないように見えた。

あ、やっぱり人じゃないな、と、頭のどこかで声がした。

「あっちを向け」

ボンベロはグリドルを見つめたまま呟いた。抵抗できる声じゃなかった。背中がドンと殴りつけられ、わたしは、つんのめった。やられた、これが包丁を背中に突き立てられた人間の感覚なんだと思った。痛みより驚きのほうが強い。突き立っている包丁に触れようと背中に手を伸ばしながら、わたしはキッチンのなかでくるくる回った。

「邪魔だ。出て行け」

ボンベロがなおも突き飛ばしたのでわたしは床に倒れてしまった。背中より、ついた膝のほうが痛かった。わたしはよろめきながらキッチンを出たところでVネックに捕まった。彼はわたしの背中を見て「ひょお！」と喜びの声をあげた。

「ボンベロ！　良いんだな！」

ボンベロは返事をしなかった。

Vネックはわたしを引きずり「見ろ見ろ」と、わたしを後ろ向きにした。べりっと音がし、背中から何かが剝《は》がされた。

「ご自由《Free!》にってあるぜ！　ご自由にってよぉ」

Vネックは手に摑んだ文庫本サイズのシールを広げた。

ボンベロは包丁を突き刺したわけではなかった。が、だからといって助かったとは到底、思えなかった。突然、風が背中を走った。途端に肩と背中が自由になり、あっと思

った瞬間、背中が大きく切り裂かれたのがわかった。振り返ると舐め髭が歯を剝き出し、獅子舞《ししまい》のような顔で笑っていた。

「待てよ」

わたしはスキンに腕を引かれ、脇に立たされた。服がさらにはだけ胸が出そうになったのを慌てて押さえた。

「ボンベロが好きにしろって言ったんだぜ。邪魔するな」

Vネックがジャックナイフの刃をべろべろ舐めた。その時、初めて舌に棒状のピアスがあるのに気づいた。刃に当たるとカチカチ、音をさせた。

「では、俺にも好きにする権利がある」

「三対一だぜ、プルーン野郎」

ブロウが唸《うな》る。

「俺はセルフサービスが嫌いなんだ。こんなところに来てまで自分で皿を持ってウロウロする気はない。彼女が必要だ」

「だったら俺たちの後にしな」舐め髭が舌なめずりした。「少しは喰えるところを残しておいてやるよ、カマ野郎」

「たまげたな、尻の穴が喋《しゃべ》ってると思ったら、そいつは口なんだ」

次の瞬間、横に回っていたVネックがナイフをスキンの肝臓辺りに突き出した。が、ぶぉんと天井に向け旋風脚《せんぷうきゃく》のように足をひらめかせるとVネックは一回転して床に倒れ、首をスキンの膝でがっちり押さえつけられていた。

「動いてごらん。頸骨《けいこつ》がおしゃかだ」

すべては一瞬で誰も動くことができなかった。

「逆らわないほうが良い」不意に後ろから声が掛かった。ボンベロが腰に手を当てて立ち、うんざりした口調で続けた。「あんたら三人分が壁や床に散らかったら掃除が面倒で、適わん」

「なんだと」

ブロウが唸るとスキンがVネックに向けて何か落とした。

小さな破裂音がし、Vネックの耳朶《みみたぶ》が何かに齧り取られたように消えた。

歯軋《はぎし》りをしてVネックは唸った。

「次は、おまえさんのその大事なキリストの額に穴を開けるよ」

スキンの声は冷静だった、そしてその分、不気味に響いた。指先には小さなスポイトが摘《つま》まれていた。それがVネックの首の真上に移動した。

「なんだよ……こいつ」

目を真っ赤にしたVネックが、ブロウを見上げた。

「八百だ！　ボン。俺なら彼女に八百万払うぞ」

スキンがVネックを見つめたまま叫ぶ。

腕組みしたままボンベロが口笛を吹いた。

「あんたらはどうするね。その女をスキンの値以上で買うのか……ここで飯を喰うのか……それとも死ぬのか」

「この女は自由にできる。おまえが書いたんだ。ふざけるなよ！」舐め髭が叫ぶ。「しょぼいコックの指図《さしず》は受けねえぜ！」

ジャックナイフ片手に興奮している舐め髭に対し、ボンベロは軽く微笑みながらポケットから吸いかけの葉巻を取り出し、口に咥《くわ》えた。

「どこかに人間に変えられたアライグマがいるって聞いたが本当だったたんだな」

と、その瞬間、ボシュッと何かが炸裂する音がし、いきなりドアが開いて舐め髭にブチ当たった。吹き飛んだ舐め髭は頭から小山のようなブロウの巨体にぶつかり、反動で壁に激突してから床に転がった。

ニヤけたまま舐め髭は失神していた。

ブロウの目の前で、分厚いドアが再び閉じた。

ゴトンッ。圧搾空気の音が響く。

スキンが顔を顰《しか》める。

「そのドアは総重量で二トンある。緊急時には一瞬で開閉ができるようになっているんだ。そいつのアッパーカットを喰らって首をへし折らなかったあんたの兄弟は運が良いな……ブロウ」

片手にライター大のリモコンを持ったボンベロが、カウンターに燐寸《マッチ》の頭を擦りつけて点火し、葉巻に当てた。

「その扉を越えたら砂糖の一粒までが俺に従う。此処には客なんてものは存在しない。俺は太陽と同じだ。気に入ったとき、気に入った奴を照らし、温める。あんたらはその恩恵に感謝する。それ以外の事がお望みなら外に出るか、死体になれ」

「ボンベロ、俺たちには組織がいるんだ。それを忘れるな」

「この店がその組織の協定によって誕生したのを忘れたのか、ブロウ」

「嗚呼、もう俺にはどうすることもできないかもしれない……」スキンが呟いた。

見ると彼の摘んだスポイトの先端に滲《し》み出た液体が球形に完成しつつあり、表面張力だけでようやく留まっているのがわかった。

スキンの汗が一粒、落下するとVネックの喉仏――絶望し、天を仰いだキリストの右

目――に落ちた。

「ぶろう……」

欠けた耳朶に血の瘡蓋《かさぶた》を作ったVネックは真っ赤な顔をし、情けない声をあげた。ゴトリと手にしたナイフが床に落ちた。

ボンベロがゆっくり紫煙《しえん》を吐くと、薄い雲がブロウとスキンの間に漂った。

「喰うか？　死ぬか？」

もう一度、ボンベロの声が響いた。

――沈黙。

「俺は飯を喰いにきたんだ」ブロウが呻《うめ》いた。

その言葉にスキンが膝を緩める。

弾《はじ》けるようにVネックが身を離した瞬間、彼のいた所にポンッと小さな煙が上がった。

「畜生、なんて奴だ」

ブロウに身を寄せたVネックの顔は青褪《あおざ》め、無事を確かめるかのように首に触れた。

「メルティ・リッチと蜂蜜《はちみつ》のスフレだ」

スキンはそう呟いて立ち上がり、床材に開いた蟻の巣の入口ほどの穴を靴先で擦った。

「オーダーだ、カナコ。ブロウたちにはメニューを」

ボンベロはキッチンに戻った。

†

わたしはボンベロの指示で新たな制服に着替えると、普通のウェイトレスのように働いた。スキンにはシャンパンを、チカーノズの三人組にはビールにスコッチウィスキーにラムをそれぞれグラスで出した。当然のことながら、彼らは離れた場所に座った。スキンはドアの向こう側にある円型のテーブル。チカーノズはカウンターのスツール。ボンベロの意見に納得したのか、そういう性質なのか、もうさっきのごたごたはなかったみたいに三人は陽気に笑い、はしゃいで、わたしにちょっかいを出すこともなくなった。

代わってスキンは本を片手に、ひとりの時間を楽しんでいるように見えた。

ボンベロも淡々と注文された物をわたしに指示をし、作っていた。ブロウの瓶ビールを持っていこうとした時には周囲に霜がついた、きんきんに冷えたグラス——冷蔵庫のチルド室に入れてあるグラスを右から使え——を指定したり、舐め髭のラムはそれ用の、子どもが描いたような画《え》のある肉厚のぐい呑み、Vネックのマッカランにはバカラのクリスタルを使ったりした。

ボンベロはパティを二枚、グリドルに載《の》せるとフライ返しで軽く押し潰す。その合間にバンズに薄く蜂蜜を引き、バターを塗る。レタスやトマト、ピクルス、玉ネギなどをバンズに載せ、ドレッシングを掛ける。パティが焼き上がると厚くカットしたチーズをグリドルの上に一枚載せる。あっと言う間にチーズは液化し、周囲に流れ出す。胃がキュッとなるような香ばしい脂の匂いが立ち込める。それをフライ返しで掬《すく》うと準備万端のバンズに載せ、さらにその上にチーズを何枚も重ねた。熱々のパティが重ねたそばからチーズを溶かしていく。やがてパティと共にレタスやトマトなどの具材もチーズのコーティングで大方、隠れてしまった。物凄く贅沢《ぜいたく》なチーズの使い方だ。皿の上にまでトロトロのチーズが溢《あふ》れ出していた。

「二番」

ボンベロが付け合わせのフライドポテトとオニオンリングを載せ、バンズの天辺《てっぺん》に細い金串を入れて全体が崩れないように留めるとカウンターに皿を押し出した。それは見た目以上に重量があった。わたしが腹筋に力を入れてそれを持ち上げると、邪魔にならないようにVネックが自分のスツールを引いてくれた。視界の隅で舐め髭がこちらに視線を送るのがわかったが、先程の脂下《やにさ》がったような不快な表情は消え、親戚の子どもを眺めているような感じだった。

わたしは彼らの変わりように戸惑いながらもホッとしていた、あの状態が続いていたなら精神が保《も》たない、それだけは言えた。

「メルティ・リッチです」

「ありがとう」

スキンは頷《うなず》くと本を置いた。表紙にはジェームズ・フレイザー『金枝篇《きんしへん》』とあった。

その時、初めてまともに彼の顔を見た。不思議なことに、この人はもともと随分、ハンサムだったのではないかとズタズタになった顔を見てそう感じた。皮膚ではなく顎までのシャープな骨格と目や鼻、口の位置からそう思ったんだ。

「顔色が悪いな。食事は」

わたしは答えなかった。

「それに休憩もしていないようだ。相変わらず人使いが荒いな、ボンは」

スキンは立ち上がるとカウンターへ近づき、何やらボンベロと話し合った。

ボンベロは、うるさそうにわたしを見ると嫌々、頷いた。

ブロウも〝元気？〟とでも言うように、ひらひら手を振ってきたが、わたしは案山子《かかし》のようにテーブルの前で突っ立ったままでいた。

スキンは琥珀色《こはくいろ》の液体が入ったショットグラスを手に戻ってきた。

「座って」

彼は自分の前の席を指差した。

わたしは何かの罠《わな》ではないかと思い、動けなかった。

「座れ。大丈夫。ボンの許可は取ってある」スキンはカウンターを気にしているわたしに、とんとんとテーブルを指で叩いた。「座るんだ」

ボンベロはグリドルの前に戻っていた。

わたしはゆっくり、熱い風呂に入る時のような感じでテーブルを挟んでスキンの前に座った。

「こいつを飲むんだ」スキンはグラスを差し出した。「さあ」

わたしはそれを受け取った。もうスキンの言葉を信じ、なるようになるしかない。チカーノズは再び、自分たちのおしゃべりに夢中になっていた。

グラスに唇を近づけるとアルコールが鼻を突いた。スキンが見つめている。わたしは息を止めると一気にグラスを干した。喉がカッと灼《や》け、液体が食道から胃に落ちるまではっきりわかった。

長いため息が出た。

スキンが笑い声を漏らし、メルティ・リッチの皿を前に押し出した。

「ボンベロが追加を作っている。これは君の分だ」

わたしは信じられず背筋を伸ばすとボンベロを探し、カウンターを見た。背中の一部が見え、そして消えた。

「料金は俺が払う。遠慮せずに食べろ」

わたしは躊躇《ためら》っていた。でも、本当を言うと唾《つば》が後から後から溢れて仕方がなかった。ふかふかの茶色いバンズとその間にぎっしりと詰まった新鮮な野菜にジューシーなパティ、それらを包み込んでいるチーズ。視覚と嗅覚が同時にくたくたになるほど刺激されていたからだ。たぶんにグラスに入っていたアルコールのせいもあるだろう。

「どうした？　自分のボスの味ってものを知ることも大事な仕事だろ」

スキンは頭が良かった。仕事にかこつけて話されては断るタネが思いつかなくなった。

わたしは喜んで、表面上はおずおずと手を伸ばしハンバーガーに触れた。

熱いぐらいだった。

わたしは串を取り、両手でバンズを摑み上げると口を思い切り開いて、真ん中のパティのあるところ目がけ、顔を突っ込んだ。なんだか嬉しくて、こんな気持ちになったのは子どもの頃、積もりたての雪に顔を埋めた時、以来だった。口の中にバンズの甘みが広がり、コクと旨味が舌と喉を圧倒した。あまりのおいしさに髪の毛が逆立った。束の

間、ボンベロの前に跪《ひざまず》いて、ボトルの在処《ありか》を洗いざらい話してしまいたくなった。そうしても良い、そうする価値のある逸品が手の中に存在していた。

「怪物だろ……。奴は」スキンは自分のことのように嬉し気にカウンターへ親指を向けた。「奴は天才なんだ」

わたしは途中、何度も咽《む》せながらすべてを平らげた。肩にポンと手が当たり、テーブルの上にオレンジジュースのグラスが置かれた。ブロウが笑顔でいた。

「ずいぶん、立派な食べっぷりじゃねえか。俺らのなかではいい女はよく喰うっていう諺《ことわざ》がある」ブロウは〝さっきはすまなかった〟と付け加えるとまた自分のスツールに戻った。

「どうも」

わたしは喉にくっついたバンズに咳き込みながら、ブロウが持ってきてくれたジュースでそれを剝がしながら礼を言った。

カウンターで、できあがりを報《しら》せるベルが鳴った。ボンベロが相変わらず無表情のまま立っている、が、怒っている様子はなかった。

わたしは口元と手元を拭《ぬぐ》い、慌てて立ち上がると熱々のメルティ・リッチを今度こそ、スキンに運んだ。

「本当の目的は、この後のスフレさ」スキンはウィンクした。

「信じられないことに、おふくろの味そっくりにボンベロは作ってくれるんだ。世界中どこへ行ってもそんな真似のできる人間はいやしない。此処だけだ。このダイナーだけだよ、それが可能なのは。それを味わうためだけに俺は生きているんだ」

スキンは高揚していた。

わたしは頷くと仕事に戻った。

ちょうど、チカーノズの注文したリブステーキが仕上がったところだった。

カウンター越しに受け取った皿を彼らの前に並べ終えた時、ボンベロの顔色が曇った。

「くそ、またややこしいのが来やがる」

モニターを覗《のぞ》き込んでいたボンベロがそう呟いた。

わたしはまたぞろ胃の辺りが絞られるような感じになり、厭な汗が噴き出した。

一日に三人も四人も怪物に遭うのは正直、懲《こ》り懲《ご》りだった。

しかし、今のわたしはそれをしなければ生きることはできない。

「カナコ、用意しろ！　開けるぞ」

ボンベロは苦虫を噛み潰したようだった。

わたしはドアの前に立った。

この厚さ二十センチ以上ある壁の向こうに、一歩一歩近づいてくる者がいる。

人殺しで、殺し屋で、何をするかわからない人間。でも、今自分がいる世界を見回すとそうでない人間はひとりもいない。ボンベロ、スキン、チカーノズ……。ここでは逆にわたしが異端なんだ。

そうこう考えているうちに圧搾空気が音を立て、ドアがゆっくりと開く。

わたしは息を止め、頭を下げた。

「いらっしゃいませ。キャンティーンへ、ようこそ」

ドアマットの上にステッキと高級そうな革靴が見えた。

顔を上げると七十前後の老人が、ほわんとした顔で立っていた。

「今晩は」

知性を感じさせる声が響いた。

と、それを待っていたかのように明るい声が飛び跳ねた。

「こんばんわ！」

老人の後ろから背の低い、チェッカー柄の帽子に、同じくチェッカー柄のジャケットの者が顔を覗かせた。

最も此処に来てはいけない者、似つかわしくない者……。

わたしは呆気《あっけ》に取られ、次に言うべき言葉を忘れてしまっていた。

……子どもだ。なんてこと。

「ちょっと待て」

呆然としているわたしの脇をキッチンから出てきたボンベロが通り過ぎた。そして老人の肩と胸、背中に触れ、次に床に膝をついて、その脚を片方ずつ、ぽんぽんと両手で叩いてから立ち上がり頷いた。

「よし。あんたが教授だな。その餓鬼《がき》のお守りをしっかり頼むぞ」

ボンベロはチェック帽の少年を指差した。

少年はあからさまに不安な表情を見せ、わたしに抱きつき、胸に顔を埋めた。

「この人、怖い」

「うん。怖いわよ」

わたしの言葉が終わらないうちにボンベロが少年の襟首《えりくび》を掴んで引き離した。

「叩き出されたいのか、キッド」

すると、また少年は巧みにボンベロの手から逃れ、わたしの後ろに回った。

「ねえ、ボンベロ。この人、新しい人でしょう」

「おまえに何の関係がある」

「前の人より、ずっと優しそうだもん」

「ほんとうですなぁ。あなたを拝見していますと不思議なことにパリのカフェを思い出します」

教授がにこにこと頷いた。

「カナコ、こいつらを席に連れて行け」

ボンベロは、わたしの陰に隠れながら歩く少年を苦虫を噛み潰したような顔で睨《にら》みつけていた。驚いたことに少年はそんなボンベロに舌を出し、あっかんべーをしてみせた。やっぱり、この子も変わっている。いったい、どんな暮らしをしてきたんだろう。

カウンターで、できあがりを報せるベルが鳴った。

わたしはふたりをテーブルに着かせてから戻った。

「これはスキンのスフレだ。いいか、スキンのスフレ。復唱しろ」

「スキンのスフレ」

「絶対に間違えるな」

毒々しい緑色のカップを置いたボンベロがわたしを睨んだ。なんだかカップの色が折角のスフレの丸みを帯びた柔らかさを殺してしまっていた。別のカップを使えばいいのに……。カップを載せたトレーを手に振り返ると、スキンが待ってましたと片手を挙げ、

待ちきれないと両手を擦り合わせた。

「カナコ、ここに置いてくれ。そうだ。俺の前に」

わたしはその姿に食べるところを見たくなった。

スキンはデザートスプーンを手にすると焼き色のついたメレンゲの、ふっくらと盛り上がった真ん中にそれを突っ込んだ。ぱっと小さな湯気が上がり、上品なバニラの香りが漂ってきた。中身は温かいクリームそのもので、スキンはたっぷりそれを掬《すく》い上げ、唇を近づけた。デザートスプーンの上の白く震える塊が口内に消えた。

「ふ」

スキンは微笑んだ。なんだか生きてる御褒美《ごほうび》をもらっているみたい。

「うん、うん！」

スキンは何度も頷いてから、

「カナコ、君もこれは絶対に食べるべきだ。食べる前と後とでは人生が変わる。これは本当に。本当に、おふくろの……」

と、もうひと口、運んだ瞬間、顔色がみるみる曇った。喜びの色が消え、皮膚が元の土気《つちけ》色《いろ》に変わり、唇が引き攣った。不意打ちを喰らった犬のような表情になると、首を振った。

「ちくしょう……。まただ」

スキンは口の中のものをぺっと掌に吐き出すと、それを見つめた。「なんてことだ……。くそ」

拳《こぶし》がテーブルを叩いた。

出し抜けの音で、チカーノズが振り向いたが、すぐ自分たちの会話に戻った。少年と老人が物珍しそうな視線を送っていた。

またぞろトラブルの臭いがしてわたしは濡れたオムツを飲み込んだようにお腹の真ん中が重くなった。

スキンは黙って掌のなかの物を見せた。くの字に曲がった短い吸い殻がクリームに塗《まみ》れて潰れていた。

「こんなことって……信じられるかい」

「あ、すみません」

なんだか自分もアップアップで窒息《ちっそく》しかけた。スキンが食事を大事にしてるのは、本当で。彼は自分の容姿の壊れた部分を豊かな食事で取りつくろい、バランスを取ってるんだ。そのスキンのスフレに汚らしいタールの滲みだした吸い殻が混ざっていた。次にどうなるかは、ガスの充満した部屋で打ち上げ花火をやるのと同じ展開になるに決まっ

ていた。

「取り替えるから。それをかして」

スキンの手から吸い殻を受け取り、カップを手にしてカウンターに戻った。

「あの」

そうしたやりとりをチカーノズや教授たちですら注目していたのに、当のボンベロはまったく気づいてない様子で鼻歌交じりに分厚いステーキへ塩胡椒なんか振っていた。

「あの」

ボンベロはやはり振り向きもしない。

スキンは頭を抱え、テーブルを睨みつけたまま彫像のように固まっている。まさに嵐の前の静けさが迫っていた。

「あの！　ちょっと!!」

わたしは声を上げた。

ボンベロがチラリと目を向けるのがわかった。が、相変わらず無視していた。

キッチンに入ると、なおも無視するボンベロの目に付くようステーキの肉が敷いてあるステンレスの切り台にカップを置き、横に吸い殻を置いた。

ボンベロの手が止まった。

「ごめんなさい。でも……スフレのなかにこんなものが混じってたの。信じられないけれど」

ボンベロは黙っていた。手元のナイフが光っていた。

「別の新しいのを……」

「良いんだ。奴にはあれで良い」

「え？」

ボンベロの態度には、何の変化もみられなかった。

「でも吸い殻だよ。あんなに楽しみにしてたのに……折角のデザートが台無し……」

「あいつに完璧なスフレなど要《い》らない」

「はあ」

気がつくと置いたはずのカップと吸い殻が消えていた。いつ行《おこな》ったのだろう？　わたしは自分の目を疑った。ボンベロはわたしの目の前でそれらふたつともどこかに片付けてしまっていた。

「奴にはそれがお似合いだ。そういう人間なんだ」

「意味わからないんだけど」

「邪魔だ」

「おまえが何かを理解する必要はどこにもない。理解させる必要も俺にはない。おまえはベルトコンベアーのゴムだ。ただ命じられた物を運べ」

ボンベロがステーキを一枚、グリドルに載せた。派手な音をたてて肉が喚《わめ》き、香ばしい香りがキッチンに溢れた。

「替わりは……」

「ない」ボンベロはわたしを睨んだ。「あのスフレはボビー・フィッシャーの王手《チエックメイト》のように完璧だ」

「確かにそのボビーさんは吸い殻が好きなのかもしれないけど……」

「カナコ、もういい」

スキンが背後に立っていた。

「ありがとう。悪かったね」

ボンベロは彼を一瞥《いちべつ》しただけでステーキを裏返した。

「ボン、彼女に悪気はない。気を悪くするな」

「おまえの指図は受けん」

「俺は仕事の前に自分に景気をつけたくて此処にやってきただけだ。なにしろ俺たちのは……その……憂鬱《ゆううつ》な仕事だ……そうだろう」

ボンベロは何も言わず、肉の焼き色を見つめていた。

「前回は剃刀《かみそり》。その前はチェスの歩《ボーン》が入っていた」

「違う、城《ルーク》だ。試合では力はあるのに実に扱いづらい。おまえとそっくりだ」

「ボンは俺にまともなスフレを喰わせる気がないのさ、カナコ」

「おまえにはあれがお似合いだ」

ボンベロは顔を上げ、スキンを見つめた。

「今のおまえにはあれが精一杯だ」

「取り敢えず、御馳走様と言うよ。金はテーブルに」

スキンはわたしに微笑んだ。

「チップも付けておいた。ボンに取りあげられないようにしろよ、カナコ」

スキンは片手を上げ、キッチンから出た。

ボンベロがドアの開閉ボタンを押したので、わたしは慌ててスキンの後を追った。

彼はすでにドアの外に出ていたが、わたしの足音に気がつき振り向いた。

「カナコ、ボンは正しい。俺にはあのスフレがお似合いなんだ」

スキンは「ドアを直させろよ」と付け加えると耳を押さえながら階段を上っていった。

——ひどく寂しそうだった。

スキンを見送った後、老人は自分を〈教授〉だと自己紹介し、先程、ボンベロが呼んだとおり、少年を〈キッド〉だと告げた。

教授は「エストニアを氷《ロック》で」と満足そうに頷き、キッドはメニューにあるバナナチョコレート・サンデーを指差した。

「今、ひと仕事終えてきたところでな」

教授はキッドに笑いかけながら満足げに手をおしぼりで拭《ふ》いた。湯気のたつ白い生地に赤い汚れがついいた。

「うん。そうだね」

心なしかキッドは青褪めて見えた。

伝票をカウンターのチェッカーに挿《さ》し、振り返った。やっぱり彼らは、どこにでもいるおじいちゃんとその孫に見える。キッドは十歳ぐらいの子どもだし、教授は六十代後半。お金持ちで、今は悠々自適に何の不自由もなく暮らしている老人とその孫の図。あまりにもありふれたふたり。

「2Bの鉛筆と画用紙みたいなのない？」

不意にキッドが口を開いた。

「レジの下に奴のお絵かき帳と筆箱がある。渡してやれ」キッドの頼みを伝えるとボンベロは舌打ちしながらそう言った。彼はバナナを手際よくカットし、シリアルとアイスクリームの入ったデコレーショングラスにそれらを落とすと、ナッツを包んだチョコファッジを載せ、さらにその上からトロトロと溶けたチョコをかけた。すべては流れるようで一切の無駄な動きがない。

お絵かき帳と筆箱はすぐに見つかった。

「ありがとう」

嬉しそうにキッドは早速、ページを捲《めく》った。その瞬間、わたしは息を飲んだ。白紙のページを探そうと彼が捲っていくところに描き込まれている画が信じられないほど緻密《ちみつ》で天才的だった。腕時計、握り拳、ボンベロ、スプーンと食べかけのスイーツ……まるでプロの画家が渾身《こんしん》の力を振り絞ったかのような力強いタッチの写実画が次々に現れた。

「すごい」

「見ちゃだめ」

キッドがお絵かき帳を躰で覆い隠すようにした。

チン——カウンターで硬いベルの音がした。

わたしはロックグラスとサンデーのグラスを運ぶとふたりの前に置いた。

キッドはまだ盗み見されないように隠していた。

「見ないわよ」

カウンターの端に戻ると、ボンベロの指示を待つふりをして、ほんのちょっと頰杖《ほおづえ》を突いてみた。実際、教授を迎えた辺りから躰が重くて怠《だる》くて耐えられなかったんだ。誰かが遠くで呼んでいたけれど放っておいてほしかった。鼻の奥にカッと燃えるような痛みが走り、驚いて飛び起きるとブロウが見つめていた。

「なに？」

わたしは自分の声が間延びしているのと、ブロウの後ろに小壜《こびん》を手にしたボンベロの姿を認め、そこでようやく床に座っているのに気づいた。

「あんた、いきなり気絶したんだ。丸太みたいにぶっ倒れたんだぜ」

「除夜の鐘みてえに景気の良い音をさせて床にぶつかったんだぜ。お前、頭、大丈夫か」

ブロウに続き、舐め髭が言った。

頭に手を遣ると確かにズキッとする部分ができて膨らんでいた。

「裏で少し横になっていろ」ボンベロが言った。

「でも」

「中途半端な給仕は要らない。休憩しろとは言っていない。少し、ほんの少しだけ、時

間をやる。それで復活しろ」

わたしはブロウの手を借りて立ち上がった。

教授のグラスが空いている。わたしはそれだけ下げに向かった。

「すまんね」

幾分、酔ったトーンで教授が頷いた。

キッドを見るとサンデーを食べながら画を描いているようだった……けど、わたしが近づくとまたノートを閉じた。妙なものが転がっていた。くるくると螺《ら》旋《せん》になった鉄の塊《かたまり》。それはデザートスプーンをバネのように曲げたものだった。

「なにこれ」

キッドが顔を上げた。

「知らない。曲がっちゃった」

「早くしろ」

ボンベロの叱責《しっせき》に、わたしはそれをエプロンのポケットにしまいこむとグラスをトレーに載せて戻った。

倉庫の隅、お酒の壜が詰まった木箱を納めた棚の下に古びてボロボロになったクッシ

ヨンを見つけた。わたしは取り敢えずそれをお尻に敷いて棚へ凭《もた》れてみた。一瞬のうちに手足に温泉のようなものが流れ、ふわっと躰が浮き、次の瞬間、クッションのなかに沈んでいった。深く、ふかーく、ずるずるずぶずぶと古くて汚いそれはわたしをゆっくり飲み込んでいった。

気配はわかったけれどいったん、熟睡というものの大きな尻を載せてしまった瞼《まぶた》は容易に開こうとはしなかった。凝《こ》りに凝った筋肉に血を送り込むように何度も瞼に力を入れてすぼめ、眼球を上下左右にぐりぐり回すとようやく重しが消えていった。

人影があった。

それは舷窓《げんそう》の付いたドアからするりと滑り込んできた。

低い、子どもの影。

「トイレはあっちよ」

「しっ」

短い警告。

キッドは人差し指を下ろし、わたしの横に並んだ。

「おねえさん……逃げよう。おねえさんも捕まった人でしょう。ぼくも同じなんだ」

緊張しているのだろう、どこかギクシャクした物言いだった。

「どうしたの、急に」

「おねえさんもそのうち絶対に殺される。ぼくもそうなんだ。でも、まだぼく死にたくないっ」

今にも泣き出してしまいそうに語尾がきゅっと絞られ、キッドはしばらく湧《わ》き上がる感情を抑えようとしてか全身を震わせていた。

「できないよ、そうしたいけど。不可能だもの」

「ぼくにアイディアがあるよ」

わたしはキッドを見つめた、幼い顔の中で熱に浮かされたように瞳が潤んでいた。

「無理だよ。そんなことしたらわたしは殺されてしまう、あなただってどんな目に遭うかしれないよ」

キッドはポケットから写真を取り出した。

「これを見て」

森のなかで撮影されたものだった。一枚目には十五、六歳の少女が写っていた。倒れて、目は半開きで、すでにそれが何も映していないことは明らかだった。唇が割れて瘡蓋ができていた。二枚目はブラウスが剝かれ、胸が露《あら》わになっていた。大きく抉《えぐ》られた

痕《あと》があり、赤黒い中身が皮膚の裂け目から覗いていた。

「教授がやったんだ。次はぼくがやらされる。あの人はぼくに度胸を付けさせるって、この女の子を生きたまま縛って、ぼくにトドメを刺させようとしたんだ。だけど……ぼく、できなかったんだ」

キッドと写真を交互に見つめながら、三枚目を思わず取り落としてしまった。

「ごめん」

キッドはわたしの顔を見つめていた。

三枚目は少女の顔のクローズアップだった。但《ただ》し、それは自分の躰の上に置かれていた。正確には切り離され、横たわった自分の躰の両腕が抱えるように置かれていたのだ。

「ぼくは……こんなこと……できないよ」

キッドは呻いた。

「でも、やらなくちゃ。あの人はきっと次はぼくも殺す。何人もそうやって殺しの道具として使ってきたって言っていた。ぼくらみたいな孤児を引き取っては仕事の道具にしてきたんだって。役に立たなければそれっきりだって……。ぼくは。ぼくはもう……本当に我慢できないんだ……だって、あの人はこの子の肝臓を食べたんだ」

「よし。そこまでだ」

灯《あか》りがつき、キッドの言葉が終わらないうちにボンベロが入ってきた。

「出ろ。席に戻れ」

ボンベロはキッドに向かって外を指差した。

キッドは言われるがままホールに戻った。

「よこせ」

わたしは足下にある写真をボンベロに渡した。彼はそれを一瞥すると「ふん」と鼻を鳴らし、丸めてポケットに入れた。

「仕事をしろ。おまえに何かを命ずることのできるのは俺だけだ。俺以外の人間の言うことを聞いてはならんし、勝手に動くな。壁に貼られたくなければ言うことを聞け」


ホールに戻ってもわたしはド変態教授の顔をまともに見ることができなかった。彼がテーブルの上に俯せ、酔い潰れてくれていたのがせめてもの救いだった。

テーブルのキッドが哀しげな目を向けてきた。わたしは空《から》になったミルクセーキのコップの替わりにオレンジジュースを運んだ。

「ありがとう」

キッドは力なく微笑むとストローに口を付けた。僅《わず》かに躰が震えているようだった。

〈あの人は肝臓を食べたんだ〉……キッドの声が耳にこびりついていた。そんなものを目の前にした人間がどれほど絶望的な気持ちになるか、わたしにはわかっていた。

「おまえにはこのほうがお似合いのはずだ」

ボンベロがキッドの前になみなみと酒の入ったショットグラスを置いた。

わたしはボンベロがおかしくなったと思い、顔をまじまじと見てしまった。

「ぼく頼んでないけど……」

「店の奢《おご》りだ、遠慮するな。そこのジジイが飲んだのと同じ。エストニア。スピリタスを超える酒《ウオツカ》だ。アルコール度数98。一気に飲めよ。ゲップに火がつく」

ボンベロは葉巻を咥え、ライターを取り出した。

「ぼく、こんなの……」

キッドがわたしとボンベロの交互を見やった。

「飲めないよ」

「まだ子どもよ」

「黙ってろ。キッド、飲め。飲まなきゃ本当に出入り禁止だ」

ボンベロは腕を組み、睨みつけたまま動こうとしなかった。黙っていれば何時間でもそうしていただろう。

「ボン……」

キッドを気の毒に思ったのか、Vネックが取りなそうと声をあげたのをブロウが手で制した。

ボンベロは葉巻の先を指で整えると、ライターを擦って額が焦げそうなほど長い火を出して炙《あぶ》り始めた。

「考える時間はやったぞ。飲むか？　去るか？」

煙を吐き出すとボンベロは呟いた。

するとキッドはショットグラスを摑み、一気に呷《あお》った。途端に顔面がアセロラのように充血し、激しく咳き込んだ。

「の、飲んだよ」

キッドが咳の合間に切れ切れに叫ぶ。鼻水と涎《よだれ》が溢れて停まらないようだった。

わたしは取ってきたおしぼりを手渡した。キッドは裏返ってしまいそうな、えげつない音を喉の奥からさせて咳を続けた。

「おまえには良い薬だ」

ボンベロは満足しきったようにキッチンに戻った。

チカーノズのふたりも訳がわからないといった感じで首を振ると顔を見合わせ、肩を

すくめた。ただ、ブロウだけが妙に真剣な顔で事態を見つめていた。

これだけの騒ぎになっても教授は顔を上げず、寝入ったままだった。唇の端で涎が光っていた。

本当に何もかもが狂ってる。


「裏に来い」ボンベロはそう顎をしゃくった。

ホールの客に「すぐに戻る」と言い置くとわたしを伴って倉庫に行き、大きな麻袋を両手で摑むと、わたしに棚の下から別の麻袋とバケツを取り出させ、事務所に入った。

事務所は狭く、壁の至る所に伝票や注文書、何かのレシピ、覚え書き、電話番号のメモ、何かのリスト、英語で書かれた便箋などがピンで留めてあった。

ボンベロは壁に取り付けた格好になっている奥の椅子に座り、机の引き出しから缶と豆挽き《ミル》を取り出した。そして缶から計量カップでコーヒー豆を掬い、ミルに入れた。

「この麻袋のなかの物を剝いて、中身をバケツに移すんだ。殻はおまえの持ってきた麻袋のなかに捨てろ。後ろのパイプ椅子を出し、座ってやれ」

言われたとおりにした。ボンベロの麻袋のなかには、楕円形《だえんけい》のごつごつした莢《さや》が詰まっていた。脂の濃い匂いが鼻を打った。

ボンベロが、ひとつ摘むと器用に割って中身を取り出した。蚕《かいこ》の蛹《さなぎ》に似ているものが出てきた。

「ピーカンナッツだ。床を磨くのに殻を使う。こうして」

わたしの持ってきた麻袋の中身をひと摑みすると床に捨て、それを革靴で潰し床に擦りつけた。

「パイン材の床には、こいつの脂が一番良い。艶《つや》が出るし、べとつきが少ない。香りも悪くない」

わたしはピーカンナッツを取り出すと剝き始めた。

ボンベロがミルのハンドルを動かし、コーヒーを挽き始めた。

ひとつひとつ死んだ犬の睾丸《こうがん》のような殻を剝くのは面倒だったけれど、いちいちハラハラドキドキしないだけ気が楽だった。

ふと気がつくとボンベロがわたしを見つめていた。

彼が単に殻を剝かせるためにわたしを此処に呼んだのではないとわかった。

ボンベロは何か言おうとしていた。

が、豆を挽き終えると彼は紙フィルターをドリッパーにセットし、ポットからお湯を注いだ。事務所にコーヒーの匂いが立ち込めた。

「見かけより肝《きも》っ玉がありそうだ」

ボンベロはドリッパーを見つめながら呟いた。

「頭も悪く無い」

わたしは手を止めた。無意識にボンベロが手に何も持っていないことと、出入口には
わたしが近いことを確認していた。

「だが不注意だし、理解が浅い……」

と、電話が鳴った。事務所の電話はテレビに出てくるようなダイヤル式の黒電話だった。

ボンベロは名乗らなかった。名乗らなければならないような相手は掛けてこない。が、すぐにボンベロの顔色が曇った。

「登録の無い者は入れない。会員制だし、必ず初回は紹介者と同伴だ」

受話器越しに相手の声が漏れてくる。声が甲高《かんだか》い。

「駄目だ」

ボンベロはそう言い捨て、受話器を置いた。そしてドリップが終わるのを待つとカップをふたつ取り出し、中身の黒い液体をそこへ注いだ。

「おまえは自分が人喰い虎に尻を舐めさせているのに気づいていない。想像が及ばない。

そのことをまず怖れるべきだ。おまえが殺されたいのは勝手だが、ボトルの件がある。おまえの尻を俺が拭かされる謂《い》われはない」

電話が再び鳴った。ボンベロは受話器を取った。

あの甲高い声の主だった。

しかし、ボンベロの対応が少し変わった。

「わかった」

ボンベロは、受話器を置いた。

「コーヒーを飲んだら用意しろ。客が来る」

「今の人？」

「初めての客だ。但しオーナーの裏書き名刺と符丁を確認させるそうだ。明日早朝には飛ぶから、今しか時間がないそうだ。たぶん、安物の一発屋が土産話に見ておきたいのかもしれん」

わたしはコーヒーに口を付けた。不味《まず》くて吐き出しそうになったけど、どうにか啜《すす》り上げ、御馳走様と席を立った。ホールに戻りながら舌を歯で挟んで何度も扱《しご》いたのに苦みはしつこくて消えない。胃の辺りがいつまでも熱くなっていた。

「なんて臭い汁だろう」

思わず呟いていた。

「いらっしゃいませ。キャンティーンへ」

三十代前半の病的に痩せた男が立っていた。革ジャンにジーンズ、ポケットに手を突っ込み、前屈《まえかが》み。ヤクザ映画に出てくるチンピラそのものだった。

カウンターでブロウが、ふんっと鼻を鳴らす。

「ちょっとこれを持っていてくれないか」

ボンベロがコーヒーカップを男に一旦、預けると教授にしたのと同じボディチェックをした。

「よし。札《チツキ》を見せてくれ」

男は名刺を見せてから合い言葉みたいなのをごにょごにょ囁《ささや》いた。

ボンベロは頷く。

「確認してくる。何か飲んでいてくれ」

「了解。大将。ここはあんたの縄張《シマ》りだもんな」

男はへらへらした顔で頷くと舌で唇を湿らせた。

ボンベロは、事務所に戻っていった。

わたしは男を教授の隣のテーブルに座らせた。

「よお坊主、ミルクセーキでも酔えるのかい？」

キッドはすっかり酔った顔で男をチラリと見ただけで、またすぐテーブルに突っ伏してしまった。当たり前だけど、よっぽどあの酒が効いたに違いない。

男はヘネシーをロックでと言い、わたしの尻を撫でた。

「ねーちゃんは、いつから働いてるんだい」

「昨日」

「俺とデートしないか。熱いドロッドロのデート」

「無理じゃないかな。店長の許可がないと」

「秒で俺が取ってやるよ。んなもの、秒で」

いいように触らせていたら男の指が尻の溝に入ってきたのでわたしは身を避け、カウンターに戻った。

チカーノズが彼を睨んでいた。

男はそれに気づくと、〈どうも〉という感じで頭をヒョコヒョコ下げた。コヨーテの機嫌をとっているイタチのような、しょっぱい顔だった。

カウンターの中へ入り、酒棚からヘネシーのボトルを探し出すとショットグラスに氷

を入れ、注いだ。

「ねーちゃん、ボトルごと持ってきなよ」

「下品な奴だな」

舐め髭が口の周りの脂を親指で拭きながら呟いた。

「空気が読めねえんだよ、奴は長生きしないね」

Vネックが頷く。

わたしがショットグラスを置き、その横にボトルを並べた途端、腰を摑まれ、よろけたところを引き寄せられた。尻餅《しりもち》みたいに男の膝の上に乗っていた。胸がギュッと握られたので、思わず身を捩《ねじ》った。

「味見だよ味見。どうせ誰が味見しても良いんだろう」

「放してよ」

さらに胸が強く握り締められたので、わたしは悲鳴をあげた。

「その通りだ」

ボンベロの声がした。

「その女を客がどうしようと基本的には勝手だ。但し、店の営業に支障をきたされては困る。そしてあんた以外の人間ならな……と付け加えなくちゃならん」

ボンベロは名刺を取り出した。

「あの裏書きをしたボスは今朝方、海外に出た。あれはいつ書いてもらったんだ」

「おとついだぜ。それがどうした」

「名刺はカード入れから、あんたに直接、渡された……そうだな」

「そうだよ。名刺は名刺入れから出すものだろう。でなきゃ名刺じゃなくなっちまう、ははは」

わたしは男の腕を振り払うとボンベロの脇に逃げた。

男は汗をかいていた。

「おまえさん、何が目的で組織に入ってきた」

「は？　わけわかんねえ」

男はしっかりと閉じたドアを見、店内の客をさっと見回した。

「この名刺はな、持ち主を始末しろっていう名刺だ」

男は突然、唸り声を上げるとテーブルから飛び出し、キッドを乱暴に抱きかかえた。

ナイフがキッドの首に押しつけられていた。

「ドアを開けろ！」男が叫んだ。

教授はまだ酔い潰れていた。

キッドも事態が把握できないのかキョトンとしている。

「へへへ、目の前でこの餓鬼の腑《はらわた》をぶちまけてやっても良いんだぜ！　俺は死ぬのは怖くもなんともないんだ」

「おまえ、殺し屋じゃねえだろう」Vネックが立ち上がる。

「たまたまひとりふたり殺《や》った程度だな」

「絶対そうだ」舐め髭が頷いた。

「うるせえ！」男はナイフを振り上げ、キッドを刺す真似をした。「餓鬼だって容赦はしねえ」

するとようやくキッドが目を丸くして、わたし、ボンベロ、チカーノズ、そして酔い潰れている教授を順繰りに見回した。

「じっちゃん、酔い潰れてる場合じゃないじゃんよお」

キッドが恨めしそうに嘆いた。

「黙れ、餓鬼！」

男はキッドの頬をナイフで掠《かす》った。頬にスーッと細い線が引かれ、血が零《こぼ》れた。

わたしの背後で「ふふ」と声が聞こえた。

ボンベロが、さもおかしくて堪らないといった様子で笑いを押し殺していた。

それはブロウに感染し、何故かVネックや舐め髭にまで伝わり、遂には人質のキッドまでが笑い始めた。

「わっははははは」

男は訳がわからないと言った風で動揺し、ぶるぶると全身を震わせた。

「なんだ！　おまえら！　なめんなよ」

教授がようやく顔を上げ、目の前のキッドと男を見たが、また突っ伏してしまった。

それを見てキッドがさらに莫迦笑いをした。

「きゃっははははは」

——なんなの、いったい。

ついていけない。やっぱりここは狂ってる。

「ふざけるな！」

男が怒鳴った。

するとキッドが不意に踵《かかと》を男の脛《すね》に叩きつけた。

「あ」男は前屈みになった。

キッドの小さな拳が伸び、男の鼻の辺りを打った。パシッと短い音がし、一瞬、顔がふわりと浮いたように見えた。男はナイフを捨て、両手で顔を押さえるとよろめいた。

腕から逃れたキッドが男の背後に回ると逆に腰や背中を笑いながら殴りつけた。

顔を覆った男は悲鳴をあげながらホールをあっちこっちと頼りなげに歩く。その時、キッドの手に光るものが見えた。キッドは短いナイフで男を刺していた。ジーンズに黒い染みが広がっていた。キッドはおかしくてたまらないといった感じではしゃぎながら男を刺す、刺す。男は時折、虫を追い払うようにキッドに向かって足を蹴り出すが、顔から手を離そうとはしなかった。

男の低い呻き声が徐々に、狂ったようになりだし、キッドから逃げるようにドアに体当たりするとそこで止まった。

「いぎぃぃぃぃぃぃやぁぁぁ」

食い縛った歯の間から、聞いたことのないような厭な悲鳴をあげると男は顔から手を離した。顔の真ん中、鼻の下に小さな傷があった。両目が、真っ赤なトマトをくっつけたように充血していた。男は物凄く苦しそうで、何度も首を左右に振った挙げ句、口の端を両手で摑んで引き裂こうとした。ビチビチと唇の裂ける音がした。

「痛い痛いいたい、いたぁぁぁぃ」

と、そこまで叫んだとき、目から血の涙がツーッと零れた。

わたしの真横にいたボンベロが後ろにすっと退いた。

「あふぇ」

ブシュッと西瓜《すいか》を潰すような音とともに男の顔が破裂し、生温かいものが、まともにわたしにかかった。

背後で、チカーノズが不快そうな呻き声をあげた。

ドシャッ。

と男だったものが尻餅をついた。首から上は見たこともない奇妙なものに変わっていた。安い薔薇《ばら》の花束みたいだったけど、脇には耳と髪の毛が付いていた。男の躰が壁をなぞるように横倒しになった。握られていた手がゆっくりと開いて止まった。男は頭を破裂させたんだ。わたしは口の中に苦いものがこみ上げ、目を背《そむ》けた。

「お前は相変わらず趣味が悪いな、キッド」

ボンベロのうんざりした声が聞こえた。

「緊急避難だよ、ボン。見てただろう。俺はマジやばかったんだぜ」

「そんな玩具《おもちゃ》をどこで手に入れたんだ」

するとキッドは右手を開いた。

「良いだろ。クルップKK。マグナムの弾だって装塡《そうてん》できる。もっとも俺用にだいぶ手を加えたけどな。こいつぁ、水中でも撃てるんだぜ」

キッドは長さ三センチほど、胴を詰めた注射器のような金属を持っていた。

「へえ、珍しいもんだな」

スツールを離れたブロウが覗き込む。

「二十二口径。相手に密着して撃つのを前提にすればほとんど音のしない薬量《パウダー》で充分なんだ」

「でもよっぽどのことでない限り、それじゃ致命傷にはならんだろ」

ブロウの言葉にキッドは、あれを見ろよと言わんばかりに指を壁の死骸に向けた。

舐め髭とVネックが血を踏まないように脇に寄ると腕組みしながら死骸を見下ろした。

「弾は硬プラスチック製で空洞さ。躰に突入した段階でそれが割れると二種類の液体とさらに小さなカプセルが出る。こっちは滲出《しんしゅつ》したC－4の液化爆薬とその起爆液が混ざり合い反応するのを待てばいい。もし失敗しても溶解カプセルに詰めた青酸カリが仕事を終わらせてくれる」

「でもよ、一発が、えらく高くつかねえか」

舐め髭の言葉にキッドは嬉しそうな顔をした。

「もちろん特注だ。実包十発で三百万だ」

ひぇ、Vネックが奇妙な声をあげた。

「俺には信じられねえ。そんな銭があれば女を買うぜ」

「それになんで、わざわざそんなまどろっこしいことをしなくちゃなんないんだ。バンっと一発で事は済むじゃねえか」

ブロウと舐め髭が呆《あき》れたように首を振る。

「趣味なんだ。奴《やつこ》さんにとってはな」ボンベロが口を挟む。「いかに相手を面白おかしく殺すかが……な」

「おいおい。そいつはちょっと語弊《ごへい》があるぜ。俺は単に仕事を楽しみたいだけだ。この手の仕事を陰々滅々《いんいんめつめつ》とやるなんて息が詰まるし、ナンセンスだぜ。俺は俺自身の為に少しでも長く仕事ができるよう工夫してんだ。この店だってそうだろ、ボンベロ」

わたしは混乱し、莫迦《ばか》になって突っ立っていた。だって頭が吹き飛んだ人を放り出したまま、みな平然と話してるし、今まで子ども子どもしていたキッドが突然、ボンベロやブロウと対等の口をきき始めたからだ。そういうあんなこんなが一斉に襲ってきたので、なんだか鼻の奥はツーンとするし、頭は一杯一杯になってしまったんだ。また吐き気がした。

「さて、おまえらに追加オーダーがなけりゃ、店仕舞いにしなくちゃならん。また来てくれ」

ボンベロがチカーノズを振り向いた。

「なんでだよ」キッドが不満そうに頬を膨らませた。

「あの旦那をこのままにしてはおけんだろう。おまえが脳幹を吹き飛ばしたおかげで失禁が始まってるんだ」

「掃除屋《クリーナー》を呼べよ」

「おまえが代金を支払うならそうしよう。死体の始末、血の拭き取り、消臭、合わせて二百もあれば奴らはいつでもやってくる」

「にひゃく！　冗談じゃない。百だって高いぐらいだ。三十でやる奴はいくらでもいる」

「おまえは相場についちゃ何もわかってないようだな、キッド。それは仕事とあんこになっている値《あたい》よ。こんな誰の得にもならんような人間《ネタ》の始末に誰が動く」

「だって正当防衛だぜ。見てただろ？　あんたらだって」

キッドがチカーノズや、わたしを見回した。

ガチャンと音がしてテーブルに突っ伏していた老人が空のグラスを払い落とした。

「……あれも、きっちりおまえの札《ふだ》に付けておく」

キッドが舌に砂をまぶされたような顔になった。

「ボン……俺はまだ物いりでよ。正直、きつい」

「聞こえんな。あんな豪勢な弾をはじいてる奴の台詞じゃない」

「俺、この躰の払いが終わってねえんだ。まだ四、五千残ってる。毎月、切り取り切り取りで大火事なんだよ」

「なら道はひとつだ。おまえも手伝え」

ボンベロの言葉にキッドの顔が明るくなった、でも、それは何か必要以上に喜んでいるみたいだった。


服をオーバーオールに着替えさせられたわたしはボンベロの指示で死骸を黒い死体袋《ボディバッグ》に入れ、キッドとふたりでキッチンの奥にある島台に置くことになった。手袋が欲しかったが、ボンベロからはあっさりと撥《は》ねつけられた。

死体なんて触ったことがなかったし、特に破れた元・頭だったところを持つなんて絶対に無理だった。わたしが持ちあぐねて突っ立っているとキッドが率先して摑みあげて引っ張ってくれた。

「ありがとう。ごめん」

「いいのよ、いいのよ。おねえさん」

キッドは子どもっぽく戯《おど》けてみせたが、ちっとも微笑ましくなかった。足のほうを持

ち上げるとすでに棒みたいに硬くなって酷く重かった。

BGMも消され、ホールの照明は落とされ、キッチンでは島台の周囲だけが点灯していた。

「載せろ」

胸元まである硬そうな綿のエプロンをつけたボンベロが葉巻をくゆらせ待っていた。

傍《かたわ》らの台に車の修理に使うような中央を紐で縛った革包みがあり、わたしとキッドで苦労して袋を台に載せるとボンベロは革紐を解き、中身を広げた。金属の乾いた音が響き、ペンチやニッパに混ざって、歯医者で使う鉤針《かぎばり》や見たこともない巻き爪用の爪切りを思わせるヤットコのようなものもあった。

「まず服を脱がせ、指と歯を取り除き、顔の皮を剝ぐ。そこまでやればグッと安くあがる。掃除屋は袋の中身を捨てるだけで良いからな。本来なら胃も取ってしまうところだが、こいつは酒を飲んだだけだから必要はない。百はかからんだろう、良いなキッド」

キッドが渋い顔で頷く。

葉巻を横に咥《くわ》えなおしたボンベロが、死体袋のジッパーを開けた。なんだか奇妙な……そう、本当に奇妙なとしか言いようのない躰がそこにあった。なんて言えば良いんだろう。黒い袋のなかにあるのは躰は人間で首から上は別の……人間になり損ねた魚か、

ていた。


単なるでたらめがいた。

袋の内側には血が溜まり、白いものや肉、髪の毛があちこちにくっついていた。ボンベロがペンチで死骸の右人差し指の第二関節を挟んだ。わたしは自分が奥歯を痛いほど噛み締めていたのがわかって、ちょっとため息をついた。さっきから、どこかでゴミの蓋《ふた》が開いていると思っていたが、臭いは袋の中からきていた。

ボンベロは一瞬、わたしに向かいウィンクをした。バツンと花屋で太い枝を切り落とす時に似た音がし、指先が飛ぶようにして床に落ちた。

不意に膝がすかすかになったような気がして、わたしは台の端を摑んで躰を支えた。

「俺がやるよ」キッドが興奮して叫んだ。「俺が全部やる」

「そうか。すまないな」

「いいよいいよ。俺がやるよ。みんなやるよ」

「なら、ホールにいる。済んだら声をかけてくれ」

キッドは返事もせずすでに中指を切り落としに掛かっていた。

ボンベロが〈行くぞ〉とわたしに向かって顎をしゃくった。

キッドと死骸を残し、ホールへ移った。

テーブルに着くと隣のテーブルから老人の鼾《いびき》が聞こえてきた。

暗闇からグラスをふたつ手にしたボンベロが現れ、ひとつをわたしの前に置いた。手にすると氷が揺れて音を立て、鼻に辛いようなアルコールの臭いがした。

「マッカラン。今日の報酬分だ」

わたしは小さなグラスの中の液体を見た。ほんのちょっぴり。これが、わたしだと思った。

照明の下ではキッドの小さな背中が忙しそうに動き回り、切ったり、剝がしたりする音が聞こえる。暗くなったホールからだとなんだか妙なひとり芝居を見せられているみたいだった。

「奴はイカれてる」

ボンベロが静かに呟いた。

「ホルモン注射、度重なる全身整形、骨格にまで手を加えて、奴は子どもに姿を変えた。実際の年齢は俺にもわからんが、おまえよりは確実に上だ」

「どうしてそんなこと」

「もともと充分な成長をしていないということが原因のひとつ。ふたつめは気がおかしくなってしまうような家庭だったらしい。奴の母親は祖母とペアで淫売《いんばい》をやっていたん

だ。奴が生まれると三人で始めた。尻《けつ》を持っていたのが、どうしようもない変態でな。金さえ払えば何でもできるというふれこみで売りを張らせていたらしい」

「父親はいないんだ」

「いた。が、職場での事故が元で躰が不自由だったらしい。寝たきりに近い状態だったと奴は言っていた」

「そう」

「奴は客が切り取った祖母の乳首とアソコの肉を喰わされたそうだ。それも吐き戻したら金は払わないという条件でな。たぶん、何かしくじった挙げ句の罰のようなものだったんだろうが」

するとキッチンのほうから何かが足下に飛んできた。小石のようなものが落ちていたので拾い上げると深い皺《しわ》と硬い根が生えていた。

わたしはうんざりして隅の灰皿に置いた。

歯だった。

「おふくろはそれから奴を女装させ小児性愛者《ペドフィリア》の男色家に売り始めた。しかもＳＭ好きの変態ばかりに……。奴の成長に本格的な影響が出たのは、その頃からだろう」

胃の辺りが落ち着かなくなったのでわたしはグラスに口を付けた。舌が灼け、液体が

自分のなかのどこをどう通っていくのか手に取るようにわかった。いきなり耳が遠くなったような気がして、わたしは首を振った。

ボンベロは黙ってわたしのそんな様子を見つめ、グラスを舐めた。口に籠もっていた葉巻の煙がグラスのなかで白く渦を巻いた。

「奴の最初の仕事はおふくろを殺すことだった。奴は雇い主に自分で金を払い、自分で始末する権利を買った。そんなことをしなくても処分してやると言われたそうだが、本人は仕事《ビジネス》としてやりたがったらしい。確か奴が十二の頃で三万円を払ったと聞いた」

ふと長いため息が出てしまい、わたしは驚いた。

そんなわたしを一瞥するとボンベロは頷いた。

「此処の客は、みな多かれ少なかれそんな傷を背負っている」

「じゃあ、あの人も？」わたしは酔い潰れている老人を見た。

「あれは飾りだ。携帯のストラップにすぎん。キッドはあの形《なり》だ。行く場所、歩きまわる場所、時間にも制限があるし、下手をすれば目を付けられる。その偽装用《カモフラージュ》だな、時には道具にしているようだが」

「道具？」

「ああ、今そこで酔い潰れているのは前回の〈教授〉とは別人だ。たぶん盾《たて》にするか、

怪我をして使えなくなったのかしたから始末したんだろう」

キッドが口笛を吹き始めた、さぞや順調に進んでいるのだろう。

「奴が好んで拾うのは餓死寸前のようなホームレスの老人ばかりだ。奴はそいつらを洗い、髪を切らせ、爪の手入れをし、髭を剃《そ》り、エステに連れて行く。一流の服をオーダーメードで作り、小道具を持たせ、自分と同じホテルに寝泊まりさせ、食事も好きな物を好きなだけ与える、もちろん酒もだ。路上で染みのようにくたばらせるしか能がない行政よりは、よほど功徳《くどく》を施している」

ボンベロは顔を顰めたわたしにそう言った。

「奴は面白いことに、いつもこうした英国紳士然とした格好をさせるんだ。自分が理想とする父親像を再現しようとしているんだろう」

「どうして、そんな話をするの」

「暇だからだ。それとあいつは長くはない」

「病気？」

「違う。奴は自分の改造費を賄《まかな》うためだと言っているが、たぶん自分の渇望が抑えられなくなったんだろう。此処最近は、外道ネタばかりを受けている」

「わからない」

「普通の殺し屋が避ける類のものということだ。女、子ども、老人、神父、牧師、まったくの堅気。奴が手がけるのは子ども、しかも女の子ばかりだ。奴は形で相手を安心させ攫《さら》ってしまうんだ」

「気がしれないよ、まったく」

「誰もやりたがらない仕事は実入りが良い。が、奴は根っから子どもを拷問《ごうもん》し、惨殺するのが好きなんだ。大抵、こうした仕事は復讐がらみであることが多い。あまつさえ奴は動画を老人に撮らせ、相手の親に送りつけたりもしている。自分の娘を生きたまま解体された人間は職業貴賤《きせん》を問わず奴を許さない。地獄の果てまで追いかけようという輩《やから》がうようよしている以上、長生きできるはずがない」

わたしはキッチンを見た。キッドの背中がカウンター越しにひょこひょこ見える。口笛も聞こえる。小躍りしているように思えた。

「奴は自分のしていることをわかっている、その結果どうなるかも含めてな。だが止《や》められないのだ。なぜだかわかるか?」

わたしは首を振るついでに、またグラスに口を付けた。また同じように喉が灼かれたけれど、黙って話を聞いているよりも、そのほうが数倍、楽だった。

「そう創られたからだ。俺は長い間、奴らを見ていてひとつだけ悟ったことがある。そ

れは奴らは自分の与《あずか》り知らぬ手の届かないところで、そうするように仕組まれてしまっているということだ。奴らは動きを止めると溺死《できし》する鮫《さめ》と同じだ。それをしなければ死んでしまう。なぜ、俺はこんなことをしてしまうのだろう、どうして俺は普通にできないのだろうと思いながらそれをする。理由を知っているのは奴らを創り上げた者たちだけだろう。『フランケンシュタイン』は架空の話ではない。あれは現実を単に描いただけなのだ」

その時、キッドが「終わったよ」と声をあげた。

ボンベロはグラスを干し、わたしはグラスを回して氷を鳴らすと立ち上がった。

島台の前でキッドは得意満面の笑みを浮かべていた。その傍らに、また奇妙なケーキが置かれていた。

「これはなんだ」

ボンベロがあからさまに不愉快そうな声を出した。

「ケーキのスポンジは冷蔵庫の下から見つけたんだ。金は払うぜ。良いだろう」

「此処に在るものには触れてほしくないな」

わたしはキッドが拵《こしら》えたものを見て舌の上にマッカランが逆流してくるのを感じた。

銀色に光る磨き上げられた島台の上にはローソクの代わりに切り落とされた指の並ん

だデコレーションケーキがあり、周りには抜いたばかりの歯がちりばめられている。スポンジにはクリームが多少、塗り付けてあったが白い上に血が散らばってしまい余計にグロテスクに見えた。真ん中には切り取った舌が載せてある。

「面白いだろう。材料は無駄にしない主義なんだ。スポンジの間には奴の顔の皮が挟んであるんだぜ」

ボンベロがゴミ箱を摑むと台の上のそれを中へ払い落とそうとした。

「待って」キッドが悲鳴をあげ、ボンベロの手を止めた。

「なんだ」

「慌てるなよ。貰《もら》いが少なくなるぜ」キッドはナイフをチャカつかせると先端で舌を差した。「こいつをみなよ。凝ってるぜ」

黒い染みのようなものが付着していたが、すぐにそれが刺青だとわかった。白と黒の鼠《ねずみ》が互いの尻尾《しっぽ》に顔を付けているようなマークだった。

「見覚えあるか」

ボンベロの言葉にキッドは首を振った。

「陰陽に似てるわ」

わたしは刺青《タトゥー》を見て、そう呟いた。

ボンベロとキッドが胡乱《うろん》な目で見つめてきたので、慌てて説明を加えた。「ほら。あの中国のマークよ。インヨー」

両手で輪を作ろうとすると……できなかった。右と左の腕が、ちゃんと動いてくれなかった。膝から炭酸ガスのようなもやもやした感じが始まると立っていられなくなってしまった。

わたしは床に尻餅をついた。

「あらら。大丈夫かい」

キッドが驚いたような顔をしていた。

ボンベロは相変わらずポーカーフェイスのまま、わたしを見下ろしている。

「うん。なんかちょっと変」

舌が口のなかで引きつけていた、うまく話ができない。

「キッド。その不細工なケーキを喰うか、捨てるかして帰れ。今日は店仕舞いだ」

どんどん視界が暗くなり、遂にわたしは床に横倒しになっていた。

その時、ボンベロが隅にあったグラスの中身を流しに捨てた。

——あ、あのお酒だ。マッカラン。

わたしはハッと気づいた。
視界が薄れるなか、こちらを見下ろすボンベロの顔に笑みが広がっていた。

chapter 2
Ultimate sextuplex & Venezuela thick darkness
〈究極の六倍とベネズエラの濃い闇〉

いきなり鼻の奥に芥子《からし》を塗られたような痛みに、わたしは咳《せ》き込んだ。口を開け、深呼吸すると涙越しに周囲の光景が目に入ってきた。

倉庫の椅子に縛られていた。

ボンベロは、もうひとつの椅子の背をこちらに向け直すと跨《また》ぐようにして座り、両手を背凭《せもた》れの天辺《てっぺん》に重ねていた。その手には小さな茶色の小壜《こびん》がある。傍《そば》にはスチール製の移動式カート。

……厭《いや》な予感がした。

ボンベロは小壜に白いキャップを塡《は》め、胸ポケットにしまった。

「おまえとキッドで死体を移動している間に連絡があった……予約だ。近々、此処《ここ》で懇親会が行われる。ゲストはこの街を管理している五人の長《おさ》だ。ホストはこの店のオーナーになる」

ボンベロは、そこでもう一度、わたしの目を見た。

「オーナーがやってくる」

「つまり、あの壜が必要なんだ」

「ディーヴァ・ウォッカだ。オーナーは今回、開けてみたいと言っている」

「返したら、命は保証してくれるの」

「ない。俺はおまえに何も保証しないし、できない。突然、怒り狂った客が、おまえを殺すかもしれん。オーナーが他所《よそ》へ転売するかもしれん」

「そんなのフェアじゃないわ」

「俺とおまえは対等ではない。金魚や蝿《はえ》と五分の約束をする奴はいない」

わたしはため息をついた。

「なら、わたしには何のメリットもないよね。好きにすれば」

「メリットかどうかはわからんが、選択肢はある」

ボンベロはカートを引き寄せると上に載《の》っていた革袋を広げた。なかには先程、キッドが使っていた道具に似たものが並んでいた。そのなかのひとつ、やたらに先の長いアイスピックのようなものを取りあげた。

「これをゆっくりと鼻に入れる。俺はそれをとても巧くすることができる。鼻の奥の粘《ねん》膜《まく》を突き破り、副鼻腔《ふくびくう》を砕いて眼球の裏を傷つける。痛みに耐える訓練を受けた男でも悲鳴をあげるし、心臓麻痺で死ぬ者もいる」

次いでボンベロは握りのついた卓球のラケットに似た楕円形《だえんけい》の革を手にした。

「悪魔の舌だ。ルーマニアの秘密警察が使っていた。表面に細かな棘《とげ》がついていてな。ひと撫《な》ですれば大概の皮膚《ひふ》は削り取られる。その分量が絶妙なんだ。大量に出血して削り辛くなるほど多くを取らない。人の顔をこれで二時間も磨けば良い顔筋の教材になる」

ボンベロは近づくとわたしの顔の前に悪魔の舌を近づけた。鼻を突く饐《す》えた臭いにわたしは顔を背《そむ》けた。

「キッドと一緒だわ、莫迦《ばか》みたい」

「では、そうした子《キッ》ども《ド》が玩具《おもちゃ》を使いたくて、うずうずする気持ちもわかるわけだ」

ボンベロは再び椅子に腰掛けるとわたしを見つめた。

「また俺には自分でしないという選択もある。俺は何か人から聴き出したい時、それを効率よく行う人間たちを知っている。彼らはプロフェッショナルだ。服を脱がせるように皮膚を剝《は》ぐし、脇腹に穴を開け、生きたまま胃を摑み出すこともできる。彼らは人を痛めつける天才だ、特別な道具すら使わない。奴らは女のあそこに剃刀《かみそり》を入れたガチャポンのカプセルをいくつも挿入すると腹の上でブギを踊る。彼らは歯も抜く、おまえは一日に五本も健康な歯を抜かれた人間の顔がどんな風になるか知らないだろう。また彼らは歯を割りもする。金槌《かなづち》で砕いた歯の穴に電流を流すとプロレスラーでも脱糞《だっぷん》するも

のだ。おまえはどうかな」

　話を聞いているだけで耳鳴りがしてくるようだった。狭い空間で怖い話を怖い男から聴かされるのは酸欠になるような胸苦しさを覚えた。胃の辺りがむずむずする。苦いものがゆっくり逆流して吐くための準備運動を始め出した。

「彼らは相手が女だと言えば仕事抜きで喜んでやってくる。普段、相手にしているのは圧倒的に男ばかりだからだ。男には飽き飽きしていると彼らはよく言う。女なら金は要《い》らないと言うんだ。たまには自作の道具も使ってみたい。その為のお試しをさせてくれるなら無料でも良いという者がたくさんいる。その代わり時間と場所をくれと……。限界まで楽しみたいというんだ。ここなら打ってつけだとは思わないか。女を殺さずに子宮を丸ごと取り出すカッター付き吸引器を作った奴がいるんだ。電話をすれば三十分でやってくる」

　ボンベロは葉巻を取り出すと、また火をつけた。

　暑いわけでもないのに額から滑った汗が睫毛《まつげ》に溜まり視界がぶれた。わたしは自分が死体袋のなかに乱暴に投げこまれるのを想像した。顔は何かに踏みつけられたみたいに潰《つぶ》れ、鮪《まぐろ》のサクのように舌が長く飛び出していた。

　幼い頃、すっかり陽が沈んでから友達と別れたわたしは近道をしようと自転車で建築

現場を突っ切ったことがあった。人気はなくそのまま走っていると穴の上に蓋《ふた》代わりに置いてあるベニヤ板へとまともに乗ってしまったんだ。板は重さで内側にたわみ、その拍子にバランスを崩したわたしは側《そば》にあった作りかけのブロックの上にまともに倒れ込んでしまった。そこには芯として埋め込まれていた鉄筋が針のように突き出していた。

なんだか随分、奇妙な感覚だった。

無理矢理、抓《つね》られ、皮膚を剝《む》かれたような……。痛みよりもその唐突で暴力的なやり方に酷《ひど》く戸惑ったことを憶えている。こちらの状況などお構いなしにいきなり蹂躙《じゅうりん》する何かが存在するということへの驚きのほうが強かった。

痛みは鉄筋の先端が脇腹を貫通しているのがわかってからやってきた。と言ってもさほど時間が経ってた訳じゃない。最初は自分に何が起きたのかわからず、鼓動が打つたびに襲ってくる激痛と闘っていた。温かいものが躰《からだ》から流れ出していくのが怖かった。当然のことながら空っぽになった時が終わりだと思った。わたしが転んだ場所は現場の奥まった所にあり、何度か大きな声で助けを呼んだけれど答えはなかった。空には満月がぽっかりと浮かんでいた。立ち上がって引き抜こうとしたが躰が言うことを聞かなかった。医者に言わせると夏場で気温が下がらなかったこと、鉄筋が肝臓などの主要臓器や血管を傷つけなかったこと、無駄に暴れて傷口を広げなかったことが幸いしたんだぞ

うだ。五ミリずれていれば鉄筋は肝臓を貫いていた。串刺しになったまま、近所の家が夕食にカレーを作っているのを嗅いだ。その時、何故か無性にカレーが食べたくなったのを憶えている。

わたしが発見されたのは逢瀬《おうせ》を楽しもうと忍び込んできたカップルによってだった。スカートを捲《まく》り上げた女が老婆のような悲鳴をあげた。それはそうだと思う。暗がりのなか、逆さまに近い格好の子どもが睨《にら》んでいたのだから……。

事故後、宇宙飛行士が暗い宇宙でポツンと浮いている写真を見ると寒気がするのは、あのせいだ。

わたしは孤独だった。昔から……そして今も。

「選択肢はあると言った。おまえがディーヴァの在処《ありか》を告げ、それが無事、俺の手に戻れば俺以外の誰かがおまえを殺そうとした時、一度は止めよう」

「でも、相手がどうしてもそうしたいと言ったら？　あなたが止めるのを無視してでも、そうしたいと言ったら？」

「ここで俺の制止を無視するということは客ではなくなるということだ。その覚悟がある相手なら、おまえは間違いなく殺される。また非がおまえにある場合も俺に止める権利はない」

「全然ダメじゃん」

「まだ間違っている。選択肢だ。俺が今言ったことを、今すぐ経験するか、それとも先送りにするか。それだけのことだ。それに少なくとも俺の言うとおりにすれば拷問死だけは免れる。店をおまえの部品で散らかされちゃかなわんからな。それだけは許さん」

「わけわかんない」

ボンベロは立ち上がると葉巻の灰をわたしの額に落とし、次の瞬間、肩の辺りに先端を押しつけてきた。滲《し》みるような痛みと焦げた臭いが鼻を打った。

「話は以上だ。あとはおまえが決めろ。奴らが来てしまえば俺には止めることはできなくなる。その時になって、おまえがいくらディーヴァの在処を叫んでも何の意味もない。おまえがいなくても、じきに俺は捜し出す。それだけは確かだ……」

ボンベロは椅子に戻った。

わたしは黙っていた。

とても厭《いや》だったけれど涙が出てきた。

「頑固な女だ。そして莫迦だ」

ため息をつくとボンベロは扉を出て行った。

しばらくして電話でぼそぼそと話をするのが聞こえた。

葉巻を咥《くわ》えながら戻ってきたボンベロには何の表情もなかった。その後は、ただ黙って椅子に座っていて時折、腕時計を確認した。

「ねえ。みんなこんな風にされていったの？」

わたしの問いにもボンベロは眉を小さく上げた。

「なにが」

「こんな、酷い扱いを受けて死んでいったのかってこと」

「どんぐりだ」

「え？　なに」

「死に方に良いも酷いもありゃしない。死は負けだ。死に方に多少の差があろうとも、どんぐりの背比べにしかなりゃしない」

わたしはボンベロを睨みつけた。どうせ死ぬんだ。体裁を繕《つくろ》う必要なんかない。

「それにここに来る奴は、おまえも含め、みんなそれなりに理由があってのことだ。心当たりのまったくない洗い立てのシーツのような奴なんかいやしない。どのみち発狂するか野垂れ死にするかが関の山な人間ばかりが墜《お》ちてくる。ここはそういう人間が最後に働く場所なんだ」

ボンベロは自分の台詞が気に入ったのかクックックッと小さく笑った。

「あんたはいったいどんな生き方をしてきたっていうの」

ボンベロはわたしを一瞥《いちべつ》すると葉巻の灰を少しだけ落とした。

「俺には過去なんかないんだ」

「ずいぶんと都合が良いのね」

「まあ、なんとでもほざけ。あと五分ほどで奴らが来る。おまえは自分が思っているより痛みに強くはないことを知るだろう。しかも知ったからといって後戻りはもうできない。痛みと恐怖によって人でも女でもなくなってしまうんだ。言葉すら話すことはできなくなるだろうし、多分、おまえが最後に見る風景はこの倉庫の壁についた自分の血の染みや肉片になるだろう。奴らは最後までおまえの目を潰さない。どちらか一方はとっておくはずだ、そのほうが恐怖を与えられるからな。暗闇で整形手術をされたようになった顔と、鏡のなかでのご対面を楽しみに待っといい」

膝が震えだした。苦いものが後から後から口のなかに逆流し、わたしは少しだけ床に吐いた。

ボンベロはまったく顔色を変えずに葉巻を弄《いじ》くっていた。

と、その時、来客を告げるブザーが鳴った。

全身に鳥肌が立った。

ぼんやりと迫っていた不安が確実な恐怖となってやってきた時、それは人を鷲摑《わしづか》みにするのだということをわたしはカウボーイが死んだ倉庫で知っていた。

ボンベロが倉庫のドアを細目に開けたまま相手を迎えに行った。やがて圧搾《あっさく》空気がボルトを跳ね上げる音が聞こえた。

短い遣り取りが済むと、複数の足音が近づいてきた。

わたしは俯《うつむ》き、目を閉じたままでいた。

ドアがゆっくりと開く気配がした。

「カナコ、客だ」

ボンベロの諦めきったような声が響いた。それでもわたしは顔を上げられなかった。

脳が煮え、笑い出しそうだった。たぶん、その通りにしていたらあっと言う間に狂っていただろう。

足音が停まった。

ゆっくりと目を開くと靴の爪先《つまさき》と黒いジーンズが視界に飛び込んできた。

「カナコ」

スキンだった。

彼は戸惑《とまど》ったような顔で立っていた。

わたしは黙って彼の傷だらけの地図のような顔を見つめていた。

「どうしたんだ？」

スキンがわたしの躰に巻き付いているロープに気づき、ボンベロに向き直った瞬間、わたしの口から低く呻《うめ》く様な啜《すす》り泣きが漏れ始めた。

そしてロープを解こうとするスキンの手がわたしに触れた途端、自分でも驚くほど声がうわずり、泣きじゃくっていた。

†

暗い店内で、わたしはマグカップを両手で包み込むようにしてテーブルに座っていた。

ボンベロとスキンはやはり照明を落とした調理場に入ったまま何やら話し合いを続けていた。

時折スキンに対し、ボンベロが不承知だというように首を振っているのが気にはなったが、わたしは黙ってカップの中のどろりとした液体をスプーンで掬《すく》っては口に運んでいた。

湯気を嗅いだ時にはココアかと思ったが、そんな生易しいものではなかった。中に入

っていたのは異常に粘着力のあるチョコのスープだった。

「ベネズエラ・シック・ダークネスだ。眠剤入りの酒とストレスで胃が灼《や》けているだろうから、こっちのほうが落ち着くだろう。それでも吐きたくなったら便所でやれ」

マグを置いたボンベロは大袈裟にため息をつき、わたしに寄り添っていたスキンに顎《あご》をしゃくり、調理場の奥へと入って行った。

ふたりの声は訓練でもしているのか静まり返った店内でも、ハッキリした言葉はまったく聞き取れなかった。

ボンベロが言うように、わたしの胃はガタガタだった。まともな食事も休憩も取っていないところへ薬だの拷問話だのを詰め込まれたものだから、虐《いじ》められた野良猫のようにひねくれ、何かがやってくるたびに暴れ回ろうとしている。それでも、わたしは何とか栄養を摂《と》ろうと騙《だま》し騙し濃厚で激甘なポタージュ風のものを運び続けた。

「勝手にしろ」

突然、ボンベロの声がし、わたしが顔を上げるとふたりはこちらに戻ってくるところだった。

「カナコ、君は自由だ」

スキンのあまりに唐突な言葉にわたしは混乱した。

「え？」

「条件はある。俺と一緒に来ること」

わたしは咄嗟《とつさ》にボンベロを見た。

彼は壁に凭《もた》れたまま、うんざりした目をし、葉巻を口の端から端へと手を使わずに動かした。

「おまえはスキンが買ったんだ。オーナーはそれを了承している。後はおまえが奴に付いていく気があるか、どうかだ」

スキンはわたしを見つめていた。

「どうする？」

わたしは充分に間を置いてから本当に訊きたいことだけを口にした。

「これはなに？　何かの罠《わな》なんでしょ？　油断させたほうが殺し易いとか……そういうやり口のひとつでしょ、そうに決まってるわ？」

「ほらな。言っただろう。こいつは面倒臭い女だって」

ボンベロは葉巻を外し「うふうふ」と笑い、つられたようにスキンも苦笑を始めると、やがてふたりは大声で笑い始めた。

わたしはふて腐《くさ》れ、彼らを睨みつけてはマグの中身をスプーンでガチャガチャ掻《か》き混

ぜた。

「からかわないでよ」

スキンは真顔に戻り近づいてきた。

「安心しろ。罠なんかじゃない。本当に君は自由なんだ」

わたしはスキンの顔を真っすぐに見つめた。

「信じて良い」

まだシャックリのように引き攣《つ》った笑いを続けているボンベロを、わたしは睨んだ。

「気にするな。ただ笑っているだけだ。何もしやしない」

「信じられないもん。わかるでしょ。簡単にそっちのボートに乗り移れないよ」

「じゃあ、そのままでいるか？」

「絶対に無理。ここはお墓。ううん、解剖室のようなところ。一秒だっていたくない」

わたしはその時、自分の手首についた縄の痕《あと》に気づいた。それは酷く暴れたかのように赤黒く拗《ねじ》くれていた。

スキンの長い指がそれに触れた。冷たいけれど、優しい感じがした。

「カナコ、本当なんだ。信じてくれ」

こちらを見ていたボンベロが、やれやれといった風に大仰《おおぎょう》に首を振ったが気にならな

かった。スキンが本気で言っているということは、なんとなくわかった。そして、わたしには、それがとても大切なことだった。

「こっちにだって条件はあるんだ。スキン、言ってやれ」

スキンはわたしの向かいに座った。

「ボンベロは……否、オーナーは懇親会までは君に店を手伝わせろと言っている。その前に代わりが見つかれば即日、解放されるという条件でね」

ボンベロが頷いて見せた。

「次にこれはボンベロの注文だが、ディーヴァは彼に返せ。俺もそうすべきだと思う。君の安全は確保されている。ボンはもう君に手出しはしないよ」

「変な人たちにわたしを預けると脅してきたのよ」

スキンがボンベロを振り向いた。

「解体屋《スクラッパー》か？」

ボンベロが肩をすくめた。

「連絡したのか？」

「するわけがなかろう。銭がかかる」

もう一度、ボンベロは口をへの字にして肩をすくめた。

「しょうがない奴だ。とにかく君はディーヴァをボンに渡すんだ。何処《どこ》にある？」

スキンは、わたしをまっすぐに見つめてきた。

ここで答えを間違えれば終わりだと、わたしのなかの何かが囁《ささや》いていた。要は延々と積み重ねた数字にゼロを掛けるようなもの。生きようとする自分の絶対値のようなものが警報を打ち鳴らしていた。……カナコ、ここで失敗すれば、あんたのすべては終わりだよ、オワリダヨオワリダヨ……とそれは叫んでいた。

ボンベロがあくびを噛み殺す。

スキンは瞬《まばた》きもせず、わたしを見据えていた。

先程の安堵《あんど》が緊張へと完全に逆転した。

「言えない」

わたしはスキンの顔に不穏な影が走るのに気づいた。

「なぜ」

スキンは静かに呟《つぶや》いた。

「君を連れ出す条件のひとつが俺と一緒にということだ。そうでなければ組織は納得しないし、それは即ち、俺を信頼してという意味でもある。君は残りたいのか？」

わたしは首を振った。

「じゃあ、どうしてだ」

「壜がなけりゃ、女もなしだ、スキン」

スキンの躰が急に小さくなったように感じた。わたしを見る目から興味が失われ、距離が遠くなってしまった。

「君が、わからないな」

「ごめん。変なのはわかってる。でも、あまりにもたくさんのことがいっぺんに押し寄せてきたからわかんないの。だから命綱を簡単に手放せない。時間をくれない？ 代わりの人が見つかって、あなたがわたしをここから本当に連れ出してくれる時か、それか懇親会の前には返すわ。必ず」

スキンは顎の下に組んだ指を閉じたり開いたりしていた。

「壜がなけりゃ、女は渡さない」

ボンベロがくり返した。

わたしはスキンが掌《てのひら》を返したように席を立つような気がしていた。これも彼らの小芝居のうちだったら、どうしようと。もしそうなら仕方がない、ここには端《はな》っから救いの道など通ってはいなかったんだ。

耳鳴りと動悸が押し寄せ、目がしょぼつく。口の中はカラカラに渇いて舌が貼りつい

た。胃がブギを踊りだした……ああ、もう吐きそう。

スキンがため息をついた。

「仕方がない諦めよう……」

スキンはテーブルから立ち上がった。わたしのほうを見ようともしなかった。

「壜は彼女を連れ出す時に返す。それでどうだ」

「無理だ。コフィは宴で開けたがる。その前にこちらの手元にあることが条件だ」

スキンがわたしを見た。

「いつなら渡せるんだ」

わたしは覚悟を決めた。「懇親会で」

わたしの台詞にスキンはホッとしたようだった。

「ボン?」

「気に入らん、まったくもって気に入らん。が、おまえがそれを保証するなら仕方あるまい」

「カナコ、約束できるな」

わたしは頷《うなず》いた。

「その代わり、その間、彼女には食事と寝る場所を与えてくれ。それと傷つけたり、危

ない目には遭わせるな」

「後半は確約できんが、善処《ぜんしょ》しよう」

その夜、わたしは久しぶりに横になれた。

ボンベロがマットレスと毛布をくれ、倉庫で寝ろと言ったんだ。

翌日……と言っても何時なんだかわからないけれど、目を覚ますとボンベロはすでに調理場のなかで作業を進めていた。島台の上に置かれたバットに入った挽肉が山となっていた。ボンベロは手前の挽肉器に乱切りの肉を押し込んでハンドルを回していた。

わたしは裏から箒《ほうき》を持ってくるとホールの掃除を始めようとした。

「それはあとで良い。今はこっちを手伝え」

わたしは箒を置くと調理場に入り、手を洗った。

「そこにある肉を順番に詰めてくれ」

ボンベロは別のバットにあるブロック肉を指差した。

「随分、多いのね」

「老人の癖に肉好きの大食漢ばかりだ。おまけに奴らのボディガードの分まで用意しなければならんし、取り巻き連中もいる。ひとりでは手が足りん」

「いつもはどうしてるの」

「ひとりでやってる」

ボンベロはニヤリと笑った。

午前中（たぶん）一杯を使って肉の仕込みをすると昼（おそらく）は、座って食事をした。

不思議なことにボンベロは機嫌が良かった。

「わたしが出て行くのが、本当に嬉しいのね」

「ああ」

彼はレタスで挟んだコンビーフをパンパンに詰めたホットサンドに齧《かじ》りつきながら頷いた。

「厄介《やっかい》ごとは嫌いだ。おまえはややこしい」

搾りたての冷えたオレンジジュースを口にすると躰が甦《よみがえ》るような気がした。わたしはボンベロが作ってくれたハンバーガーを齧った。塩気のある肉汁と重ねたチーズの風味が、熱々のまま口の中に広がった。

「おいしいわ」

「当たり前すぎて褒め言葉にもならんな」

憎まれ口を叩きながらもボンベロは、どこか嬉しそうだった。

「妙ね」

「なにが」

「そんな嬉しそうにしてるの初めて見たわ」

「そうか」

「言いたくないけれど、あなたが嬉しそうにしてるのは不思議な気がする。いつもは嬉しいことなんか何もないって顔をしているのに」

「それとこれとは別だ」

「どういうこと」

「今日、病院から連絡があってな。俺の相棒が退院して戻ってくる。もう少し時間がかかるかと思っていたが、悪運の強い野郎だ。大したもんだよ」

わたしは厭な予感がした。

「どんな人」

「タフで、俺とはもう五年以上になる。人を殺すのに何の躊躇《ためら》いもない、火の玉みたいな奴だ」

「火の玉……その人、怪我したの」

「拳銃《けんじゅう》で撃たれたんだ、先月。貫通したのが幸いしたけれど、危ないところだった」

「ここのお客に撃たれたのね」

「ああ。あまり頭に来たからブチ殺した。そいつは今、おまえさんの手の間にいるよ」

わたしはギョッとしてハンバーグを取り落としそうになった。が、すぐにボンベロがニヤついているのに気づいた。

「趣味ワル」

「迎えに行ってくる。おまえはホールの掃除を済ませておくんだ」


ボンベロはなかなか帰っては来なかった。ホールを始めとしてあらかたの雑巾掛けを済ませたわたしがこの機にディーヴァ・ウォッカの壜を確認しようと腰を浮かせかけた時、ブザーが鳴り、目の前でドアが開きだした。

ボンベロは随分、相棒を信頼しているような口ぶりだけど、どんな男であれここでは一皮剝けば怪物なのだ。油断は禁物だった。

わたしは心の中でスキンと出て行かなかったことを少しだけ悔やんでいた。新たなトラブルの予感がしていたし、それは実際、当たっていたのだ。

ドアが開くと、予期せぬものがいた。

ボンベロの脇に白い包帯を巻き付けた全身筋肉の塊《かたまり》のようなブルドッグがいた。

わたしは文字通り凍りついていた。きっと、莫迦のように口を半開きにしたまま、ボンベロの足下――ちょうど、膝下の全部を隠した肉ダルマのような生き物から目が離せなくなっていた。

不思議なことにそのブルドッグは、わたしのことなどまったく眼中にない様子で正面を物憂げに見つめていた。腰を下ろしたまま微動だにしない姿はまるで置物だった。

「何をしてる、どけ」

ボンベロが苦笑しながらわたしの脇を通り過ぎた。

ドアが閉まりかけるとブルドッグは腰を浮かせ、もったいつけて後についた。

わたしを取り残したまま、一人と一匹は奥の事務所に入っていき、しばらくして戻ってきた。

ブルドッグの態度は最前と寸分も変わらず、なぜかはっきりとした理由もないのにわたしは圧倒されていた。

ボンベロは調理場に入ると牛骨らしきものを手に戻ってきた。赤ん坊のスネほどある骨には肉がみっしりと絡みついていた。

ブルドッグは調理場の入口で腰を下ろしたままボンベロの出てくるのを待っていた。

まるで絵に描いたような忠犬ぶりだが、その分、命令如何《いかん》ではどんなことでもやっての

ける気がした。

ボンベロはブルドッグの前に立つと彼を見下ろした。

ブルドッグはボンベロの視線を受け、肩から直接生えた巨大な瘤《こぶ》のような頭を持ち上げていた。わたしはブルドッグというのは、もっと皮が弛《たる》んでぶよぶよしているものだと思っていたが、目の前にいるのは砲丸に犬の皮を張ったような筋肉お化けだった。

「初めて見たって面《つら》だな」

わたしが頷くと、ボンベロは満足そうに微笑《ほほえ》んだ。

「此奴《こいつ》らは怪物なんだ。自然に生まれたものじゃない。人間が創り上げたんだ。きっと、闘うためだけに特化させた生き物を見てみたかったんだろう。闘犬のようなものだ。最もあっちの相手は犬だが、こいつらは違う。見世物小屋に集まった人間の前で熊や牛を相手に殺し合いをさせられたんだ」

喋《しゃべ》り続けるボンベロの握った骨が揺れるたびに巨大な拳骨《げんこつ》のような頭部の端から涎《よだれ》が糸を引いて床に落ちた。すでに足元にはパンケーキほどの水溜まりができていた。

「当然、ボロ負けさ。腹を割かれ、頭を砕かれして、血溜まりの中で仲間が息絶えていくのを横目で見ながら最後の一匹までが突進していった。だがな、そんな敵に対抗できるように当時の山師やら興行師やらが他の犬種と掛け合わせ、改良に改良を重ねた結果、

徐々に此奴らの頭骨は鋼《はがね》となり、打撃のショックを軽減させるべく形を丸めていった。特に最大の武器は口だ。極端に下顎が突出した反対咬合《こうごう》になっている。しゃくれているんだ。何故だかわかるか？　これだと相手に喰らいついても楽に息ができる。要は急所に嚙みついたら呼吸のために力を緩めたり、離す必要がない。それに急所である首は肩の間に埋め込んでしまっている、正に嚙むため、闘うための生物なんだ」

ボンベロは不意にわたしに近づくと手の上にずしりと重い骨を渡した。するとそれがスイッチだったかのようにブルがわたしのほうに躰を向けた。白目にはいくつもの血管が走り、皺《しわ》垂れた口元からは涎の糸と一緒に泡が湧《わ》いていた。すでに〈おあずけ〉状態も我慢の限界にきていた。

「ボンベロ……」

一歩踏み出すと、地鳴りのようなものが聞こえた。ブルが低く唸《うな》り始めたのだ。

「なんだ」ボンベロが暢気《のんき》な声をあげた。

壊れたトラクターのエンジンのように唸りが莫迦げた勢いで高まり、見る間に毛の生えた厚い頰皮が緞帳《どんちょう》のようにするすると捲《めく》れ上がり、黒い斑点《はんてん》が浮かぶ桃色の歯茎とその下に並ぶホワイトアスパラのような牙《きば》が剝き出しになった。

「これ……大丈夫なの？」

「おまえに横取りされたと思ってなければ、な」

「……思ってるんじゃない？」

不意にブルが前方に十度ほど体勢を傾斜させた。わたしとの距離は一メートルを切っている。あの奈落のような口でばくりとやられたら、いったい、どれほどの肉が毟《むし》られてしまうんだろう。ホオジロザメに襲われた人の太股が食べかけのフライドチキンみたいになっている写真を思い出した。

次の瞬間、信じられない跳躍でブルが、わたしの首めがけ飛び込んできた。眼前一杯に迫る牙を剝いたバレーボールのような塊を莫迦になって驚いていると、ボンベロが手を振った。と、ブルはわたしの胸を前脚で、どんっと蹴り、宙でターンすると別方向へ着地し、そのまま隅っこでもぞもぞし始めた。

泥を捏《こ》ねるような咀嚼《そしやく》音がした。

喉がからからだった。

不意に手の熱でべたべたになった牛骨に気づき、ボンベロに押しつけようとすると彼は赤いものを摘《つま》んでいた。

苺《いちご》だった。

「菊千代《きくちよ》──奴の名だ」

ボンベロは顎をしゃくり、苺をまたひとつ摘み上げた。

「変わった奴だ。最高級の和牛肉より、ひとパック二百円の苺に眼がないんだ」

そう言ってボンベロが苺を放るたびにブルは器用に飛び上がったり、走ったりした。

短い手足を必死に動かす様が妙におかしくなってきた。

ブル——菊千代はアッという間に苺を平らげた。

「オーバー。おしまいだ、菊千代」

ボンベロが空《から》の両手を広げるとブルドッグは不意に何もかも興味を失ったみたいにさっさと場を離れ、ジュークボックスの辺りに寝そべった。どうやら、そこが彼の定位置らしい。

ボンベロがタオルを投げつけてきた。

「手を洗え」

わたしは洗面所に向かった。

ボンベロが菊千代に牛骨を渡したのか、ガリゴリと板を割るような気味の悪い音が聞こえてきた。わたしはわざと水を派手に出して、その音がなるべく耳に入らないように手を洗った。

床に撒《ま》いたピーカンナッツの殻を足で踏み潰していると、コートにソフト帽を被ったボンベロが事務所から出てきた。

「ホールが終わったら、次はこっちだ」

ボンベロはわたしを調理場に入れた。

島台とは別の作業台の上に大きな籠《かご》が五つ。黒と緑のものが山盛りになっていた。

「この籠のなかにあるレタスをすべて、葉を一枚一枚取って水洗いして笊《ざる》にあげておけ、そしてこっちのアボカドを全部、漉《こ》しておくんだ。こっちの目の細かい笊を使え」

「此処を使って良いの？」

「下拵《したごしら》えにもならない単純作業だ。ロボットと同じだ」

ボンベロはコップに水を汲むと飲み干した。

「懇親会の日時が決まった。明後日の午後九時だ。明日は店を休んで一日中、仕込みにあてる。メニューを完成させねばならん。たいして腹を減らしてもいないが長を満足させるものが必要なんだ。単なる食事ではなく、それ自体が彼らに権威と忠誠を感じさせるシンボルになっていなければならん……ふふ」

「なんか嬉しそう」

「当たり前だ。今まではおまえの面倒を見なくちゃならんから、ちょっと店を留守にす

るのにも不自由したものだが、これからは俺の代わりに菊千代がしてくれる」

わたしが黙っていると、ボンベロは指笛を吹いた。ゴンッとカウンターの潜《くぐ》り板に体の当たる音をさせ、菊千代が調理場にやってきた。

「いいか。言いつけ以外のことはするな。怠《なま》けるな。菊千代に尻を持ってかれるぞ。奴は口は利けないが、おまえが此処で何をすべきかは承知している。妙なことをすると大怪我するはめになるし、奴は俺のように躊躇《ためら》いはしない」

ボンベロは菊千代の南瓜《かぼちゃ》ほどもある頭をぽんぽんと叩くと調理場を出て行った。

「戻ってみたら血の海で昼寝してたなんてことは勘弁しろ。最悪の場合、流し台に飛び乗れ」

「わかった」

わたしはボンベロの後に付いていったん、調理場から出た。

ボンベロはコートのポケットに手を入れた。リモコンが入っているのだろう。

ドアが開き、ボンベロが出る。

ドアが閉まる。振り返るとすでに菊千代はジュークボックスの前から胡乱《うろん》な目でわたしを見つめていた。

「なによ」

わたしは残りの殻を手早く片付けることにし、一気に殻を麻袋からぶち撒け、じゃくじゃくと派手に踏み潰しに掛かった。それから殻を掃き清め、手すりを磨き、テーブルの上を拭くと、調理場に入った。

ボンベロが残していったのは籠三つ分のレタスと、二つ分のアボカド。レタスだけで二十個、アボカドも同じ数はあるだろう。わたしはため息をつくと、まずレタスから片付けることにし、ボウルの上に笊を重ね、レタスをひとつ摑み、軽く水洗いすると、流しの上で芯の部分を上にしてそこを力任せに潰した。普通にレタスを切っていくより、こっちのほうが速いと昔、パートをしていた洋食屋のマスターから教わっていた。其処《そこ》は自家製デミグラスソースが自慢の店でレタスとキャベツは毎日、山ほど刻んだり、洗ったり、揉んだりさせられた。潰したレタスの芯を指で刳《く》り抜くと、葉は面白いようにばらける。それをまたボウルに入れて洗った。洗った葉はなるべく開いた格好にしてバットに重ねていった。

気がつくと菊千代が離れた場所で寝そべっていた。

わたしが見ると、〈わかっているぞ〉とでも言うように顔を少し持ち上げた。

「やってるわよ」

菊千代はふんと鼻を鳴らすと、前脚を重ねた上に顔を載せた。

しばらくすると事務所で電話の鳴る音がした。じりりりり……という昔ならではの耳に付く音だった。あの黒電話が鳴っているのに違いなかったが、ボンベロから出ろという指示は受けていない。

手を止めて待っていると五回鳴って切れた。ようやく三つ目の籠に取りかかった時、再び電話が鳴った。

今度は十回まで鳴って切れた。きっと、掛けたほうも数えていたのだろう。芯の潰し過ぎか手首が痛くなってきた。腰の辺りも重い。肩を叩き、首を回していると、自分はここにこうして閉じこめられているけれど知らない場所が大半なのだと思った。わたしはふと思いつき業務用冷凍庫を開けてみた。なかにはいくつものパック詰めされた肉が並んでいた。ビニールの縁にマジックで英語のようなものが表記されていたり、漢字の書いたラベルが貼ってあったりした。〈子羊〉〈羊〉〈鶏〉〈鳩《はと》〉〈雉《きじ》〉〈仔牛《こうし》〉〈牛〉〈豚〉〈猪《いのしし》〉の各部位と〈貝〉〈海老〉〈魚〉に付け合わせとなる〈野菜ミックス〉etc……。

また冷蔵庫のなかにも、同じように肉と野菜、果物、シロップ類、見たこともない調味料が混じっていた。

わたしはぼんやり、これらの材料から何ができるだろうかと考えていた。思えば食べ

る人をまったく知らずに作るというのは難しい話だった。ボンベロたちを束ねている長というのだから若すぎるということはないだろうが、四十代、五十代、もっと上かもしれない。しかも、最高食材の高級料理を食べつけている人たちばかり……。

と、その時、足下で何かのモーター音が始まった。

菊千代が牙を剝きだして睨み上げていた。

わたしは冷蔵庫のドアを閉めると流しに戻った。

レタスを終えると腰から背中が干物になったように固まっていたけれど、へたに休むと辛くなるのでアボカドに取りかかった。不思議なことにボンベロが用意したアボカドはみんな均一に熟《う》れていた。これだけあればまだ若かったり、逆に熟れすぎていたりするものだが、すべてが綺麗なモスグリーンとライム色の中身を見せ、ナイフの刃がバターに差し込むように滑らかに動いた。

するると、また事務所で電話が鳴った。

一度、切れ、二度目も短く切れた。が、三度目は予想外に長く電話は鳴っていた。わたしは手を止め、顔を上げた。それまではどうせ店の客だろうと思っていた。しかし、四回目に鳴り出すと急にボンベロ自身が掛けているのではないかと思い始めた。たっぷり三分は鳴ってから切れた。さらに五回目、六回目と電話は鳴り続け、七回目に鳴った

とき、わたしは不意にスキンが掛けてきているのではないかと思い立ちドキドキした。

胸騒ぎで手のなかのアボカドが滑り、取り落としそうになってしまった。

十回目。

突然、菊千代が吠え始めた。

わたしはナイフとアボカドを置き、手を洗うと事務所に向かった。

菊千代は怒らなかった。

代わりに事務所のなかでは電話が怒り狂っていた。菊千代が早く出ろと促《うなが》すようにわたしの膝裏にぐいぐいと躰を押しつけてきたおかげで出る決心がついた。

「もしもし」

相手は無言だった。

「もしもし……」

菊千代が首を傾《かし》げながらわたしを見上げていた。

その時、受話器の向こうで相手の息づかいが聞こえた。

「……もしもし」

『だれ？』

返事に窮している間に電話は切れ、ビープ音に代わっていた。

――女だった。

再び、電話が鳴った。

わたしは悲鳴を噛み殺し、受話器を取りあげた。

「……もしもし」

無言……やがて相手が何事かを口走ったが、向こうの騒音が酷く、聞き取りづらかった。

「あ、ちょっとよく聞こえないんです」

『……俺だ……。今……キッドが……待たせておけ』

電波状態の悪いラジオのような声、それだけ言うとボンベロは電話を切ってしまった。

「キッドが来るって」

わたしは菊千代に向かって呟いた。


取り敢えずコーヒーの準備を済ませ、アイスと生クリームの場所を確認した。子どもぶるのを止《や》めたキッドは酒を注文するかもしれなかったが、チョコレートパフェを欲しがった場合に備えようと思った。

ジュークボックスに戻った菊千代が不意にドアを向くと――ブザーが鳴った。

モニターのモノクロ画面のなか、キッドがひとりで立っていた。

プシュッとドアが鳴るとキッドが、ふらふらしながら入ってきた。酷く疲れて見えるのは帽子が無く、服がなんとなく皺くちゃで破れているからだった。

「あれ？　ボンベロは？」

キッドは小さな鞄を床に置くとスツールに登るようにして腰掛けた。

「今出かけてるの」

「そうか……此処で待つように言われたんだけれど」

「さっき、そう電話があった。何か飲む？」

「うーん。そうだな、バーボンをストレートで」

わたしはカウンターの向こうに行くとグラスを取り出した。キッドは落ち着きのない様子で盛んに前屈《まえかが》みになったり、両手を擦《こす》り合わせたりをくりかえしていた。

「菊千代。戻ってきてたんだな。もっと遅くなるかと思っていたけれど。大した奴だ」

「知ってるの」

「ああ。こいつはこう見えても大した殺し屋だ。ボンベロの片腕と言っても良い。殺した奴の睾丸《こうがん》をむしゃむしゃ喰うんだ。血管の浮いた精巣管をチューブみたいに引き伸ばしながらさ。ガツガツむしゃむしゃ」

キッドが歯を剝いて食べる真似をして見せたが、わたしは他所を見ることにした。

「いつもの人は？」

わたしの問いでキッドは眉を顰《ひそ》め、哀しげな顔になって首を振った。

「爺《じい》さんか……溶けちまったよ。この間の仕事で……。酷い奴らだった。生きたまま頭《ず》蓋骨《がいこつ》を錐《きり》のようなもので開けられ、灼けた油を注ぎ込まれた……酷い音と臭いがした……俺は逃げるのに精一杯だった、はあ」

キッドは俯くと顔を両手で覆った。

「カナコ。おまえ、ずっと此処にいるつもりか」

「先のことなんか考えたくない。意味ない」

「できるだけ早く逃げ出したほうが良い。ボンベロは蠅を潰すように人を簡単に殺してしまう。実際、俺は奴がウェイトレスを目の前で始末するのを何回も見た。あいつは狂ってる。死んだ女にしか感じないんだ」

わたしは黙っていた。

キッドが頰に触れてきた。

菊千代がむっくりと体を起こした。

「おまえさえ良ければ、俺が此処から連れ出してやるよ」

「無理よ」

「簡単さ。あのドアを開けて出て行くんだ、一緒に」

「できっこないよ、そんなこと」

「できるさ。俺にはルートがある。助けてくれる人間もいる。金もある。おまえさえ、その気なら俺はやってみせる。俺は……」そこでキッドは大きくため息をついた。「本当はもう足を洗いたいんだ。今度のヤマで辞めようと心に決めていた。しくじっちまったから金は入らなくなっちまったけれど、今まで貯めていた金がある。街から逃げ出すには女連れのほうが都合が良い。適当な場所まで逃げたら、おまえは何処にでも好きな所へ行けば良い。手伝ってくれたら少しはお礼もする。どうだ……」

菊千代は、まるで話がわかっているかのような顔をしていた。

「彼は面白くなさそうだわ」

わたしは菊千代を見た。キッドが頷いた。

「ああ、ワン公は俺に任せろ。ＯＫだ」

「気持ちはありがたいけど、先にスキンがわたしに約束してくれたの」

キッドは顔を顰《しか》めた。

「スキンが……」

「うん。わたしを買ったって。もう此処のオーナーとも話はついてる。ボンベロも納得してるわ。明後日の懇親会が終わったら出て行くの」

「出てって、どうする？」

「わからないわ。でも、此処よりはマシだもの」

「俺は今此処で、俺と出たほうがマシだと思う」

「駄目。約束だもの」

するとキッドが薄気味悪く笑った。

「好きにしろ。八ツ裂きにされたければな」

「何が？」

「カナコ、おまえはどうして、そうまだ世間の尻尾《しっぽ》って奴をぶら下げてるんだ。おまえは何処にいる？　肥溜めよりも最悪な場所だよ。見た目はまともだが此処は梅毒の淫売《いんばい》の子宮と同じ。いや、それよりも最低な場所。カナコはスキンを夕方にでもなれば〈ただいま〉と帰ってくるサラリーマンみたいに思ってるのか？　オーナーが買い受けを許可するのはなぜかと思わないのか？」

「わからないよ、そんなこと。わかるわけないじゃん」

キッドはグラスを舐《な》め、唇を濡らした。赤い唇の上に濃い産毛のような髭《ひげ》が並んでる。

「オーナーが承諾したのは十中八九、スキンがあんたを逃がさないと考えたからだ。つまりさ、楽しんだあと、ちゃんと口封じできると踏んだからだ」

足から急に力が抜けるような気がし、わたしはカウンターに摑まった。

「カナコ、それ以外に理由が見当たらない。おまえが助かりたいのなら今、ここで決断するしかないんだ」

わたしは菊千代を見たけれど、当然ながら其処に答えなどあるはずもなかった。

「早く決めたほうが良い。俺と来るか、諦めるか」

「まだ下拵《したごしら》えが終わってないの」

わたしが振り返るとキッドが手に触れた。

「何を言ってるんだよカナコ……君が俺を嫌うのはわかってる。俺はこんな怪物だし、ボンベロからもいろいろと悪い噂を聞いているんだろうな。でも、怪物でもたまには優しい気持ちになったり、本当のことをしたりもするんだ。それは信じてほしい。三百六十五日、二十四時間、俺は狂っているわけじゃない。今がそうだ。本当だ」

キッドは泣いていた。子どもじみた瞳から涙が頰を伝わっていた。

「実は俺はもう終わりなんだ。最後の最後まで怪物でなんかいたくないよ」

「わかんないよ。あんたを信じれば、スキンを裏切るし。スキンを信じれば……」

「違う違う。俺とは一緒に行かなくて良いんだ。そんなことを言ってるんじゃない。俺があの犬を惹《ひ》き付けている間に、君だけドアから出てっても良いぐらいだ」

その時、再び事務所で電話が鳴った。

「ちょっと待ってて」

わたしは事務所に入った。

「もしもし……」

『俺だ』

ボンベロだった。今度は、雑音がまったくない。

『今から言う食材が冷蔵庫にあるかどうか、それとあれば数をチェックしてくれ、サルシッチャ・ピカンテ……』

「キッドが待ってるよ」

『なんだと』

ボンベロの声が停まった。

「待たせておけって、さっき電話をくれたじゃない」

『そんな電話はしていない。キッドだ。たまたまおまえが出たんで、咄嗟《とっさ》に声色《こわいろ》を使ったんだろう。奴は声帯模写が得意なんだ』

全身から汗が噴き出した。

『奴は仕事に失敗した。しかも自棄《やけ》になって助手の爺さんまでバラしちまった――おまえ、消されるぞ』

膝が震えてきた。

『奴はどうしてる』

「カウンターで飲んでる」

『時間を稼げ。菊千代から離れるな』

電話はそこで切れた。

喉が詰まったみたいに苦しい。わたしは胸に手を当て、呼吸を整えようとした。

「おかわりをくれ」

グラスを手にしたキッドが後ろに立っていた。

「いいわよ」わたしはどうにか返事をした。

なんとかグラスの縁にボトルを当てないようにバーボンを注いだ。少しでも触れれば手の震えが音になってばれる気がした。

カウンターに戻ってからスツールに座ったキッドは、ぼんやり〈店内を見廻しては、わたしに戻る〉をくり返し、黙っていた。

「誰？」

「ボンベロ、なんとかシッチャの数を数えておけって言って切っちゃった」

キッドは黙ってわたしを見ていた。

菊千代が立ったままこちらを見ていた。

カウンターにグラスを置いたのが合図かのようにキッドが言う。

「さあ、そろそろ行こう。グズグズしているとボンベロが戻ってくる」

「菊千代は」

「任せてくれ」

「どうすればいいの。単にわたしが出れば菊千代が襲ってくる」

するとキッドはポケットから、ひと組のカードを引き出した。タロットだった。彼は一枚引き出すとわたしに見えるようにした。丸い輪の周囲に奇妙な生き物がいた。

「運命の輪だね」

キッドはそのままテーブルに向けて腕を振った。トンッと木を叩く音がし、縁にカードが突き刺さった。

「硬質プラスチックフィルムの縁を限界まで研《と》いだものだ。下手なナイフよりもずっと使えるし、金属探知機にも引っかからない。見つかったとしてもタロットで通る優れも

のだよ」

そう言いながらキッドはまた腕を振った。

トンッ。

XIII──大鎌をもった案山子《かかし》が先程のカードと並んで突き立つ。

キッドが苦笑した。

「今のは死神ね」

「なぜか奴はよく出るんだ。特に何気なく引くとね」

「当たるの、それ」

「こんな風に命中させるのは難しい。だが俺は目をつぶってもできるように訓練した」

「……違うよ。タロットとして」

キッドは一瞬、何か言いかけ目を逸《そ》らした。

「答えたくなければ良いわ」

「当たるよ……すごく」

菊千代が大きなあくびをした。

「あの肉団子をカードで串刺しにしてやる。カウンターに乗って投げれば奴は飛びかか

ってくることはできない。作戦変更だ。まずは菊千代を倒す」

「どうするの」

「菊千代をもっとそばまで呼んで、まず目を潰すから。普通の犬と違って、ああした短《たん》吻《ぷん》系の犬の鼻はそれほど発達してないから目を潰せば攻撃力は激減する。目さえ見えなくすれば、後は移動しながらやり放題だ。カナコ、呼んでくれよ」

カードを一枚手にしたキッドが、スツールの上に乗り、中腰になった。

「やれ」

わたしは一歩前に出ると菊千代に向かって手を伸ばした。

「おいで」

ブルはゆっくりと近づいてきた。

「へへ。いいぞ。その調子。もっと近く。もっと近くだ」

すでに菊千代をズタズタにしたつもりなのかキッドの顔が一瞬、緩んだ。

「菊千代！」

わたしは叫ぶとキッドの腕に飛びかかった。

が、一瞬でそれは躱《かわ》され、わたしは彼の正面に莫迦のように突っ立つ格好になった。

「ほんと、やっすい女だな！」

キッドの腕が振られ、胸に衝撃と痛みが走った。

カードが制服の上に深々と刺さっていた。

その瞬間、白い砲弾がわたしの真横から射出し、スツールの脚に直撃すると、
ディン！

鈍い金属音がした。

と、キッドの短い悲鳴があがり、スツールごと床に倒れた彼は菊千代に腕を嚙みつかれ、そのまま丸テーブルのある反対側の隅へあっという間に引きずられていった。

興奮する犬の唸り声と生地の破れる音、床を蹴る靴の踵《かかと》、人間の喚《わめ》き声が響き渡った。

キッドの脚がばたついていた。わたしは立ち尽くしたまま動けずにいた。首筋がぴりぴりする。胸に触れるとカードが抜けた。ピエロのような格好の男――〈愚者〉のカードだ。

「菊千代！」

わたしは叫んだ。

すると唸り声とキッドの脚のばたつきが止まった。

わたしはスツールのそばにライターに似た黒い塊が落ちているのに気づいた。それには白いボタンが付いており、押すとパチパチと青白い火花が起きた。わたしはそれを拾

うと倒れているキッドに近づいた。

「やあ。停めてくれて助かったよ」

キッドは弱々しく手をあげた。が、その姿は予想とはまったくかけ離れたものだった。わたしは彼が菊千代の牙によってズタズタにされていると思った。もちろん、あちこちズタズタにはなっていたけれど、その程度の予想を軽く吹き飛ばしたのが頭だった。一瞬、わたしは何を目にしているのか理解できなかった。キッドの頭は、すっぽり菊千代の口のなかに納まっていた。よく遊園地などで売っているブルドッグの帽子を被っているように見える、がもちろん、可愛くも面白くもなかった。服はぼろぼろ、指や手の甲は嚙みつくのを防いだせいか爪が剝がれ、妙な方向に曲がっていた。

菊千代はキッドの頭を丸呑みするか、嚙み潰すかする直前で止めていた。なぜかわたしは給食に出たゆで卵をいつまでも嚙まず、白身を唇から覗《のぞ》かせたままにしていた同級生のことを思い出した。

「まったく狂犬だな、恐れ入ったよ。なあ、カナコ、こいつに俺を吐き出すように言ってくれないか。これじゃ、芸に失敗した調教師みたいだ」

「厭よ。あんたは信用できないもの」

わたしはキッドのお腹に拾ったライターみたいなのを押し当てた。

「下手なことをすればスイッチを入れるし、菊千代だって口を閉じるわよ」

キッドは情けない顔をした。こめかみの辺りには牙が突き立っているのか涎と血で顔が腐りかけた柿のようになっていた。

「妙な玩具ばかり持っているのね」

「あんたには玩具だろうが、俺には生き甲斐そのものなんだ。俺は親から玩具って物をもらったことがなくてね。自分が玩具になってた側だから。ああ！　もう臭い。こいつ。こんな噛み方を練習してるんなら歯ぐらい磨くもんだよ！」

キッドは菊千代のふいごのような熱い息を浴びて苛立った。

「怒らせないほうが良いわ。彼はわたしに従ってるわけじゃないから、いざとなったら口を閉じるかもしれない」

「莫迦みたいに体当たりしてきやがった」

「さすがボンベロの片腕だけあるわね、驚いた」

「こんな畜生にやられるようじゃ、俺も完全にヤキが回っちまったのかもしれないな」

キッドはぼんやりそう呟くと沈黙した。剝げた爪の下から見える肉が痛々しい。

首に触れると、ぬらぬらしている。まだ止まっていないようだった。

「カナコ。俺のこと嫌いだろう」

「答えたくない。あなたがどうだろうとわたしには関係ないもの」

「人殺しだからな。でも、スキンも人殺しだぜ」

わたしは無視していた。

「だよな。いつでももてるのはスキンみたいな男なんだ。人はみんな見かけで判断するからな。畜生、右腕が動かないや。さっきえらい勢いで噛みつかれたから壊れてしまったんだ」

キッドの言う通り右腕はジャケットに大きな穴が幾つも開き、そこから肉のようなものが覗いていた。

「ボンベロが来たら、医者を呼ぶわ」

「そんな気休めはいらない。俺はもう終わった。完全に終わってしまったんだ」

キッドが哀れっぽい声を出した。

わたしが黙っているとキッドも何も言わなくなった。

菊千代がふーふー息をする音だけが響く。

冷蔵庫やらのモーターが入ったのか、ぶーんという音が始まった。

「なぜ何も言わないんだ。俺には話をする価値もないの」

キッドが菊千代の口の中から睨んできた。

「そうじゃない。不思議だと思ったの」

「不思議」

「ええ。だって、あなたは今までにそういう命乞いみたいな台詞をたくさん言わせてきたんでしょう。で、今度は自分が同じことを言う番になったのね」

「考えてみるとそうかもな。奴らは死ぬことがわかると途端に女々しくなるか、頑固になった。急に二手に分かれてしまうんだ。怖がっているのかと思ったけれど、あれは違ったんだな。奴らは焦ったんだ。まだ自分にはやり残したことがある。それをしないで消える自分というのが巧く把握できずに焦っていたんだな」

「ねえ。どうしてあなたは子どもを殺すの」

「仕事だからさ」

「だけど、みんなは厭がる類《たぐい》の仕事だわ。それにあなたは躰をそんな風にしている。それは警察の目を逸らすためだと言うけれど、本当は子どもを油断させて近づきやすくするためでしょう。あなたは進んで自分を子ども殺し用に改造したのよね。どうしてなの。子どもって誰かに頼まれたっていうだけで何人も殺せるものなの」

「遠回りをしないでさ。おまえは怪物だ、反吐《へど》が出るって言えば」

「違うの。知りたいの。子どもを殺して平気でいるにはどうしてるのか。後悔とか哀し

みとか、あなたはどう処理してるの」

「仕事だから」

「嘘よ。そんなことは無理だわ」

キッドがわたしを見ていた。睨んでいるのではない、わたしという〈風景〉を理解しようとしているような妙な目付き。見られた側が自分が物になってしまったような気にさせるガランとした虚《うつ》ろな目だった。

「よくわからないんだ」

「何が」

「カナコが最初に憶えているものって何。最初の記憶」

「急に言われてもわからない」

「俺は蛇《へび》。赤い蛇が何匹も俺を喰い殺そうとして狙ってるんだ」

「夢じゃないの、それ」

「俺もそう思ってた。だけどそうじゃなかった。俺のおふくろは淫売で、客に種付けられるたんびに堕ろしていたんだが、俺の番になったときもう子宮がボロになっていて一生、子は産めないだろうと医者に言われたらしいんだ。それでおふくろは、ばあちゃんにそそのかされてイベントを思いついたんだ」

「イベント」

「ああ。客を集めて餓鬼《がき》の産まれるところを直《じか》に見せようっていうんだ。莫迦みたいな話だが、おふくろとばあちゃんの常連は大層喜んだらしい。で、奴らの前で俺をひりだしやがったのさ、特別料金をもらってね」

ブルドッグに頭を齧《かじ》られたまま横たわった小男を見ながら、そんな話を聞いていると、眩暈《めまい》に似た頼りなさが足下から湧き上がってきて、わたしは思わず壁に手をついた。

「常連は生まれてまだヘソの緒も切っていない俺の口に自分のペニスを押しつけた。だから俺はおふくろのおっぱいより先に見知らぬ男のアレをしゃぶったことになる。もちろん、それも別料金だ。俺は淫売をするために生まれたんだ。それを聞かされた時、俺は何度も悪夢に出てくる赤い蛇の正体を知ったよ、人間という生き物のどうしようもなさと一緒にね」

キッドの目に、頭の傷から回った血と菊千代の涎の混じった液体がするりと流れ込み、縁を通って溢《あふ》れた。血の涙のように見えた。

「おふくろたちの唯一の誤算は生まれるまで俺を女だと思いこんでいたことなんだ。もっとも、客のなかでそれについて文句を言う者はあまりいなかったらしい。嫌らしい変態や小児性愛者にとっては小さければ男も女も関係ないんだな、きっと。おふくろたち

は俺が生まれても淫売を止めなかった。おふくろはベビーベッドの横で客を取った。母乳を飲ませろとリクエストする客も多くて随分、儲《もう》かったそうだ。俺がよちよち歩きするようになるとおふくろは俺に女の服を着せた。客の中には子どもに見られるのが好きな奴もいて、特に女の子に見られると喜ぶんだ。俺は普通の餓鬼がアニメやら特撮ヒーローものを見る代わりにおふくろと客がやったり、互いのションベンを飲んだり糞《くそ》を喰ったりするのをテレビ代わりに見ていたんだ。おふくろが言うには俺は小さい頃から人形の首を取り外しては焼いたり、切っていたらしい。俺のおもちゃ箱にあるぬいぐるみや人形はすべて目玉や手足が欠けていた。口を裂いたりしていたんだ。でも嫌ったり憎んだりしていたわけじゃない。説明しづらい感覚なんだけれど、そのほうが落ち着くんだ。壁にかかっている額《がく》が曲がっていると気になるだろう。あれをもっと強烈にした感じ。だから俺は自分が気に入るように人形を変えたんだが困ったことが起きた。外に出るようになると、そこら辺を歩いている人間にも同じように感じるんだ。特に自分と同じ年頃かもっとちっちゃな子どもを見ると胸がムカムカした。自分でも困ったよ。だから、俺はある日、おふくろに告白したんだ。なんで俺はあいつらを見るとムカムカするんだろうって、そしたらおふくろがそれは当たり前だって言うんだ。彼らは幸せそうだものって。俺はなるほどと思ったよ」

「なにを納得したの」

「嘘つきの顔だからムカムカするんだってわかった。だってこんなゲスな世の中で幸せであるはずがないじゃないか。それを幸せでございますって顔をしてるってことは、どうしようもないぐらい莫迦か、途方もなく自分を偽っているかのどちらかなのさ。人形の顔が嫌いなのもわかった。あいつらはみんな笑顔だからな。莫迦みたいに幸せそうだから嫌いだったんだ。だから俺は幸せそうな顔を見ると、そいつらに生きる資格を感じなくなっていったんだ。逆に醜かったり、捻《ひね》くれていたり、病気だったりする奴らには親近感を覚えていた」

「それが子ども殺しを積極的に引き受けた理由なのね。だから後悔とか良心が痛むとかはないと言うのね」

「そもそも俺は殺しなんてしてないからな」

「なんですって」

「俺は自分が殺しをしてるとは思わない。他人からは、どう見えるかしらんが、俺は回転を少しだけ速めているだけさ」

「わからないわ。外国語を聞いてるみたい」

「いいか。魂というのは何度でも生まれ変わるんだ。だから俺のやっていることは現世

から来世へと送り込んでいるだけだ。つまりボールをこちら側から向こう側へ自然の流れよりも少しだけ速く放ってやっているに過ぎないのさ。誰だってよぼよぼで糞やションベンを人に弄られて猿のように嗤《わら》われながら死ぬなんて嫌だろう。だから俺はその前に向こうへ送ってやっているのさ。慈善事業みたいなもんだよ」

「子どもなのよ。もっと生きたいと思っているはずよ」

「それは無知だからさ。どんな悲惨な目にこの先、遭うのか知らないからだ。そういうことを事前に察知して導いてやるのは大人の務めだよ」

わたしはため息をついた。

「それは思い上がりだし、勝手な決めつけだわ」

「そうかもしれない。でも、俺にとってはどうでも良いことなんだよ。理屈なんて。だって俺は望んで生まれたわけじゃない。押しつけられたんだ。ここで生きろ、この国で、この親で、男として、生きろって押しつけられたんだ。だったら好き勝手にさせてもらわなければ、神の奴隷《どれい》のままで終わっちまう。それじゃ虫と同じだよ」

「大口叩いても犬に齧られているじゃない」

「だからエンディングが近いんだよ。俺もそろそろ今世を抜けてあっちに行く時期なんだ。参考になったかい」

わたしは肩をすくめた。

「しらばっくれて……同類の癖に」

背中に電流が走った。

「おまえ、人を殺してるだろ……それも子どもだ」

キッドの声が突き刺さった。


♪こども部隊はそろそろ行くよぉ〜。丘越え山越え。そろりそろそろ歩いてゆくよ。

　手には綿菓子、靴音高くぅ♪


返事をしないでいるとキッドが奇妙な節回しで唄い始めた。

「なにそれ。聴いたことがないわ」

「これは俺のおつむのなかのプレーヤーが奏《かな》でてるのさ」

「頭のなかの何ですって」

「プレーヤー。蓄音機。ジュークボックス。なんて言えばいいんだ。そんなようなものが鳴るんだよ。手にベルトを巻き付けたおふくろが、バックルのとこで俺を殴ったりすると突然、聞こえ出す。気に入った曲だと俺はそれに耳を傾ける。そうすりゃ、おふく

ろは俺が悲鳴をあげなくなるのに満足。俺は曲に満足。痛みも薄れるしね。気に入った曲が聴きたくなったりすると、わざとおふくろを怒らせ殴らせてみたりもしたよ」

「今も鳴ってるの」

「少し鳴った。でも、もう終わったな。最近は珍しいんだ。あまり鳴らなかったから。今のは人さらいの唄。白塗りをした黒人がピエロの衣装をつけて子どもを山の向こうへ掠《さら》っていく時の唄さ。陽気だろ？　子どもを相手にする時には、そいつが肝心なんだ。奴らはびくついてる猫と同じ。まずは安心させてやらなけりゃ、こっちは手も足も出ない。下手に手を出しゃ、かまどに放り込まれた猿みたいに喚きだすからな。あんたみたいに女のほうが餓鬼を殺《や》りやすいのは安心させるのが巧いからさ。男はその点、かなり慎重にあの手この手でいかなけりゃならない。俺はそいつが、しちめんどくさかったから改造したんだ。元々の自分が嫌いだってのもあったんだけど……。あんたが羨《うらや》ましいよ。ところで、なんで餓鬼を殺したんだい」

「言いたくない」

「あんたなんかと一緒にしないでよ、か？　わかるわかる。その気持ち。でも気にするな。人を殺すのに御大層な理由がいるのはテレビや小説のなかだけだよ。大概は〈弾み〉や〈怒り〉でやっちまうもんなんだ。気にすることない」

「耳が潰れてるの？　話したくないのよ」

菊千代がふーっとため息を漏らす回数が増えてきた。そのたびに咥えられたキッドの髪が揺れた。

「さっきより息づかいが荒くなってる」

「そろそろ顎が疲れてきてるんじゃない、カレ」

「俺もそんな気がする。なあ、自由にするように言ってくれないか」

「だめ。あんた、菊千代から離れたらきっとひどいことをするから」

「おいおい、目ん玉をどこかに置いてきちまったのか？　此処にいるのは殺し屋から畜生のおしゃぶりに壊されちまった男だよ。第一、腕が動かないし、指だって半剝けのバナナみたいになってる。今さら、俺に何ができるっていうんだよ」

「悪いけど、あんたは油断がならない。変な武器ばっかり出す悪いドラえもんみたいだもの」

すると突然、キッドは叫び、頭を潰された蛇のように身をくねらせた。

不意の反応に興奮した菊千代が嚙みつきながら首を振った。牙が食い込んだのか、それとも菊千代の口の中にもともと、溜まっていたものなのか床に血が広がった。

「いぎぎぎぃ！」

「よしなよ」

頭が締めつけられ悲鳴をあげたキッドの眼球が真っ赤になっていた。それは夫に激しく殴られた後で鏡の中から見返していた自分の目だった。白目の血管が破裂したせいだ、兎の目《ラビット・アイ》だと生活保護の医療券を受け取った医者はそう言っていた。

「ひゃあ」

キッドはかけ声とも悲鳴ともつかない音を発し、さらに躰をねじったので、菊千代の口がさらに閉まった。

「ねえ、なにやってるのよ。下手に興奮させて頭を食べられても知らないよ」

実際、菊千代は頰の皺を痙攣《けいれん》させ、前脚を踏ん張り気味にし始め、今にも口を閉じてしまいそうだった。粘り気を含んだ唾液が糸を引くのが見えた。かなりの力が掛かっているみたいにキッドの顔は充血し始めていた。

「ぐぎぎぎっ」

キッドは躰をなおも揺さぶる。

「よしなさいよ！」

わたしは甲羅《こうら》が潰れる音と一緒に、今まで見たこともないものが菊千代の口から足下へと散らばる気がして胸が悪くなった。食紅のような血水の中から皺の寄った白い脳の

断片を掃《は》き集めたくはなかったし、そんなものを菊千代が咀嚼するのを見てしまったら、もうカレに触る気にはなれそうになかった。

「カナコ！　見てろ。人が犬に頭を齧りとられるところをさ！　見せてやるよぉ」

さっとキッドの左手が伸びると、指が菊千代の目玉をまともに突いたように見えた。

ドンッ。

鈍い音がし、キッドの腕が菊千代の眼前で向こう側に弾《はじ》き飛ばされた。

ボンベロがわたしの真後ろに立っていた。

キッドが菊千代の口の中から睨みつける。左の掌には小型ナイフが刺さっていた。

突然、エンジンが掛かったかのように菊千代が唸り声をあげた、頬の皺が一気に縮んだ。

「菊千代、殺れ」

ボンベロが告げた。

わたしは顔を背《そむ》けた。

ガポッ。

水の入った靴を脱ぐような濡れた音をさせてキッドの頭を吐き出した菊千代は立ち上がり、ゆっくりボンベロの脇に移動した。

「キッド、おまえは出入り禁止だ。出て行け」

顔と髪を血と唾液で濡らし、呆《ほう》けたような笑みを浮かべて倒れているキッドは雨の中に捨てられた腹話術人形のようだった。

「反語か……。やっと楽になれると思ったのにガッカリさせてくれるぜ、ボン」

「立て。おまえに構ってる暇はない」

「今、良い唄が鳴ってたのによ」

こめかみの辺りを指で押さえながらキッドはのろのろと身を起こし、それから足を引きつけるようにして立ち上がった。間違って漂白された人形のように精彩がなかった。

「じゃあな」

脇を通るとき、キッドは手を差し出したが、ボンベロは無言のまま暗い目をしていた。

キッドは自嘲気味に、ほっと息を漏らし歩き始めた。足を引きずり、伸びた手の先から血が滴《したた》っている。

開け放しのドアの前でキッドは立ち止まった。

「その女は人を殺しているぜ……子どもだ」

俯いたキッドは自分の爪先に言い聞かせるように呟いた。

「駅は止めろ。車でできるだけ遠くに行け」

キッドはわかったという風に手を挙げ、外に出た。

ドアが閉まり、ボルトの落ちる音がやけに大きく聞こえた。

†

「テーブルで待ってろ」

わたしは棒のようになった躰をホールへ運ぶと椅子に座り込んだ。見る見るうちに爪先から細い根が伸びて、そのまま床に深く張ってしまいそうだった。

「おい」

腕を突かれ顔を上げるとボンベロが席に着いていた。

「そろそろ起きろ。冷めちまう」

湯気が鼻を打ち、自分が眠りこけていたと気がつく前に口内に涎が溢れた。

目の前にはハンバーガーとスープ、オレンジジュースが並んでいた。

「まだ、おまえには後でポテトの仕込みをしてもらわなければならないけどな」

スープボウルのなかにある赤いスープがチリコンカーンだということは豆と挽肉が覗いていることでわかったが、驚いたのは電話帳よりも分厚いハンバーガーだった。

「バーガーラップごといけ」

わたしは薄い包み紙を通して伝わってくるバンズの熱を感じながら手に取った。並みのバーガーの三、四倍は、ずしりとした手応えがある。焼きたてのバンズの匂いが良い。若葉を陽に透かしたような瑞々《みずみず》しい色のレタスやトマトが六枚のパティの間に挟まっており、またそれぞれにタルタルやブラウンなど別のソースが塗ってあるようだった。

「おい、食べ物だ。絵じゃない」

ボンベロが苦笑した。

「いただきます」

これ以上ないというぐらい大きく口を開けると、わたしは口の周りが汚れるのも構わず、一気に両手の間に顔を突っ込んだ。

「うわっ。なにこれ」

モゴモゴとした音でしかなかったが無意識に口がそう言っていた。温かい肉のすべてが別々の味を主張していた。甘み、コク、深み、塩気をたっぷり含んだ肉が呆気《あっけ》に取られるほど柔らかく、しかし噛めば反発しながら詰まっている豊潤《ほうじゅん》な肉汁を染み出させた。

「ポイントになっているのは仔鹿《こじか》の背肉だ。少し苦みがあるからそれだけ濃厚な肉のアンサンブルでも舌がだれずに済む。真ん中にあるのは母乳だけしか飲んでいない早生ま

れの仔羊だ。脂をすべて取り去った物を挽く。ソースは仔牛のストックを五倍に煮詰めたものにシャンピニオンを混ぜた物で仕上げた。おまえがさっき作った魚のストックを利用したものもある。一番下にあるのは熊のパティだ。甘みを感じるはずだ。他に鴨、牛肉、豚の六種を使った……究極の六倍《Ultimate sextuplex》だ。これを明日の懇親会のメインに出す」

食べながら前腕の毛が逆立つのを感じていた。ひと口食べて驚いたことはあるが、驚きながら食べ続けたことはこれまで一度もなかった。わたしは息をするのも忘れて嚙み続け、咽《む》せた。

ボンベロが少し笑った。


食事を終えるとブザーが鳴り、黒っぽい服の男がふたり、ケースに入ったお酒を運び込みに来た。ボンベロが応対しているあいだに、わたしは山ほどジャガイモを剝かなければならなかった。ナイフを持つ手が震え始め、指先が荒れてヒリヒリしてきたが、ジャガイモは少しも減っているようには見えなかった。

ボンベロは別の場所でスイーツに取りかかっていた。クッキーが焼かれ、胡桃《くるみ》をびっしりと敷き詰めたロールケーキが焼かれる前にカラメルを掛けられているのが見えた。

ボンベロは常に二つないし、三つのことを同時に行っていた。しかも、非常に細かいこ

とも忘れずに為《な》されていた。彼のしていることの半分は予測がついたけれど、あとの半分は何の為にしているのかまったくわからなかった。いや、知っていたとしてもわからなかったと思う。それほど手際が良かった。

ジャガイモは付け合わせのフライドポテトになった。

「これに着替えろ」

ボンベロの言葉にわたしは渡された新品の制服に着替え、ホールに戻った。

すると、また来客を報《しら》せるブザーが鳴った。

chapter 3

Delmonico regulations & Skin's lullaby

〈デルモニコの掟とスキンの子守歌〉

まず最初に現れたのは黒い鼻面《はなづら》とベルトの先のように長く垂れた舌だった。

「ひさしぶりだな。ボイル」

「今月はウチが月番《つきばん》なんだ。探らせてもらうぜ」

肩に釣り道具を入れるような長い革のバッグを掛け、黒のリードを摑んだ男がホールの中を見廻した。

「ああ。好きにしろ」

「邪魔するぜ」

男は長身を折り曲げ、膝《ひざ》にくっつくようにしていたドーベルマンの頭をポンと叩き歩き出した。

菊千代が顎を上げ、どんより目を向けた。

「今日、何か届いたか」

「酒だ。いつも通り、チェの部下に運ばせた」

「ふーむ」

男はホールをゆっくりと時計回りに動き始めた。ドーベルマンは靴べらのような細長の頭をふりふり、時折、鼻先を鳴らす。

「今日、電話は掛かってきたか」

「いや」

「おまえじゃない。そいつに訊いている。どうなんだ」

わたしは咄嗟《とっさ》に返事に詰まり、ボンベロを見た。何の答えも浮かんでなかった。

するとそんな躊躇《ちゅうちょ》を見て取った男が舌打ちをした。

「相変わらずこの店はこんなジャンキー崩れの、脳味噌を落っことしちまったようなスベタを飼ってるのか」

「まあ、そんなとこだ」

「電話は……なかったです」

レジまで到達した男は背後の壁をしばらく眺めていた。

「おまえ、名前あるのか」

「オオバカナコです」

「とってをつけろよ」

「なんですか」

「把手《とって》だよ」

男は顔を向け、何かを握る仕草をした。

「はあ」

カウンターの前を通るとドーベルマンは、わたしと次にボンベロ、そして少し離れた菊千代のところへ移動して、その躰を嗅ぎ回った。鼻面が触れると、菊千代は口をばかりと開けてあくびをした。目の前を蠅《はえ》が掠《かす》めた程度の興味しかないようだった。

「頭に把手を付ければ、からっぽの中身でゼラニウムが植えられる。少しは役に立つってもんだ」

ホールを一周し終えたボイルが、キッチンの潜《くぐ》り戸を開け、ドーベルマンを連れ込もうとしたのでボンベロの目が険しくなった。

「待て。犬は入れない」

「仕方がないんだ、ボン」

「懇親会に出す料理や食材がすでに広げてあるんだ」

「おまえのボスも了解していることだ」

男はそう言うとキッチンのなかに犬と一緒に入った。

ボンベロが唸《うな》った。

「随分、念が入ってるじゃないか。今までウチは治外法権のはずだったが」

「その通りだ……。だが、状況が変わった」

調理台の引き出しをひとつひとつ開けては、なかを小型のフラッシュライトで照らし、同時に犬に鼻面を突っ込ませていくボイルが独り言のように呟《つぶや》き、振り向いた。

「昨日の晩、マテバのおやじが死んだ。殺されたんだ」

ボンベロの顔に緊張が走った。

「俺も信じられん。長老の中で最も用心深い人だったからな。おまえ、ニュースを見ていないな。いまや横町の子どもでも知っている大事件だ。生きたまま虎の檻《おり》に投げ込まれたんだ。おまえも知っているだろう。町外れの浮島にある市立動物園だ。おかげで世間は蜂《はち》の巣を突《つつ》き回したような騒ぎになってしまった。とんだ時に月番になったもんだよ」

「すると懇親会は……」

「キャンセルだ。いつ再開するかも未定。勿体《もったい》ない……」

ボイルは調理台の上のプレートのひとつに指を突っ込むとクリームをひと掬《すく》いし、口に入れた。

「うーむ。相変わらず絶品だな、おまえの料理は。どうなってるんだ。人殺しの癖に」

「連絡はなかった」

「今、戒厳令になってる。どの組も行動は凍結」

「本当か」

ボイルはキッチンを終え、ホールに戻った。

「普段は見て見ぬふりのポリ公まで、マスコミに尻を煽《あお》られて騒ぎ始めてる。まあ、あっちは組織の金が回れば、いずれ収まるだろうが。問題は今回の事件が内側から手引きされたらしいってことだ」

「なんだと」

「マテバのおやじさんは、他の長老と違って行動ルートを組内にも大っぴらにはしない人だった。お付きの人間が予定を知るのは当日の朝、なのに襲撃されたのは上層部に内通者がいるということになる」

テーブルに着くとボイルはわたしに向かって何か飲む仕草をした。

「スコッチを出せ。倉庫の左棚の上から二番目の箱にあるやつなら、どれでも良い」

倉庫からボトルを持って戻るとテーブルに氷の入ったグラスがふたつ並べられていた。

ボンベロとボイルの間の空気は依然、硬いままだった。

ボトルを置くとボイルが手に取った。

「キャメロンブリッジか。相変わらずカビ臭いものが好きだな」

「マテバの長老が好きだった。偶然だな。あそこには他の酒も入っているのに」

ボンベロが封を切り、琥珀色《こはくいろ》の中身をグラスに注いだ。

「乾杯は無しか」

「無しだ」

ふたりはグラスを取り、黙って口を付けた。

「さて」

ボイルは暢気《のんき》な声を出すとおもむろに肩に掛けていたバッグを開き、なかから細長いものを取り出し、テーブルに置いた。映画で見た散弾銃に似ていたけど、先が切り落とされて、ほとんど無かった。銃口はボンベロの胸に向けられていた。

「どういうことだ」

「言ったろ、月番なんだ。戒厳令が下りた。俺らの組のあらかたの野郎どもは大忙しで散らばってる」

「わからんな」

ボイルはドーベルマンのリードを離した。

菊千代が立ち上がる。

「デルモニコ・レギュレーションだよ」

「なんだと」

ボイルが肩をすくめた。

「俺もつい二時間ほど前に、ボスの前でおんなじことをやったよ……だが、事実だ。確か十五年ぶりだと」

ボンベロが勢いよくため息をつき、グラスを呷《あお》ると、もう一杯注ぎ、また飲み干した。

「しばらくすれば電話が掛かってくる。おまえが何の関係もないとハッキリすれば、俺は帰る……」

「もし、そうでなければ」

「此処にいる誰かが死ぬ。そいつにとっては昨日の夕飯が最後の晩餐《ばんさん》となるな。俺はカップ焼きそばになるな」

「まだそんなジャンクフードばかり喰ってるんだな。言ってるじゃないか、何を喰うかが大事なんだぜ」

「所詮糞《くそ》の原料だろ。食い物に凝《こ》るなんて下衆《げす》だよ。じじいの言い訳か、ばばあの厚化粧をありがたがるようなもんさ」

「おまえのボスが聴いたらぶっ飛ばされるぞ」

「たぶんな……。とにかく、おまえと俺は解除の連絡があるまで、ここで正面切って座っている。動くのはあの植木鉢だけだ」

ボイルはわたしに顎をしゃくった。

「小便は」

「我慢しろ。陳の拷問を一昼夜耐えた男なら屁《へ》でもないはずだ」

「最近は歳《とし》でね」

ボンベロは胸ポケットから葉巻を取り出すと火をつけ、煙を吐き出した。

「俺もそろそろ潮時かもしれんよ。最近はあんな女にも尻尾《しっぽ》を摑まれる始末でね」

「冗談だろ」

ボイルがわたしに死んだような目を向けた。

「先のことなど誰にもわからん」

「ああ、その通り。だが、ハッキリしている奴もいるぜ」

ボイルはポケットから棒付きキャンディーを取り出し、口のなかに放り込んだ。カチリと歯が鳴った。

「どういうことだ」

「スキンが消えた。今朝から連絡が取れない」

「なに？」

わたしの全身が総毛立《そうけ》った。

「あちこち走らせたが行方がわからん。マテバが消されたのも同時期だ」

「なんてことだ」

「あんたはスキンと仲が良かった。俺が此処《ここ》によこされたのはそれさ。スキンが関わってるとするなら、奴ひとりでしてのけたのか？　それとも誰かが手助けしたのか？　ちなみにこいつはスキンの臭いを嗅ぎ分けるんだ」

ボイルはドーベルマンの頭を叩いた。菊千代と睨《にら》み合っていた。

「此処にはいないぞ」

「それは入る前からわかっていた。その肉団子はどうかしらんが、こいつらの嗅覚は人間の十億倍だ。マテバを殺《や》った後にスキンが此処に駆け込んでいれば、興奮した奴の靴の縫い目から滲《にじ》んだ分泌物がすでに散らばっているはずで、ドアに来る前にこいつは反応しただろう。そうなりゃ、俺はのんびり肩にこいつを担いで来ちゃいない」

ボイルはテーブルの上の散弾銃を摑むと、大きな音をたてポンプを作動させ、また、ゆっくりテーブルに戻した。銃口はボンベロに向けたままだった。

「じゃあ、なぜ嗅ぎ回させるんだ」

「あんたも気づかない間にスキンが何か運び込ませている場合がある。奴は爆破《パイロ》が専門だ。本人が現場にいなくても仕事をしでかすのが、あいつの得意技だ。火薬、硝酸《しょうさん》、石灰……こいつはそっちにも鼻が利く」

「随分、優秀なんだな。名前は」

「ボイル」

「同じじゃないか」

「おまえも次に犬を飼うのなら自分の名前を付けると良い。周りの人間が大切にしてくれる。兄貴の名前を軽々しく呼んだりはできないからな。自然と扱いが良くなるのさ」

「逆恨みされて陰で蹴られたりするんじゃないのか」

「ボイルは生の睾丸《こうがん》が大好物なんだ。蹴った奴のほうが後悔するだろうな」

グラスが空《から》になりかけていた。

「入れますか」

「おつぎしますか、だ。植木鉢。俺はホモじゃねえ。入れられてたまるか」

ボイルはグラスの底を眺め、静かに置いた。

「こいつのせいで酒がまずくなった。ボンベロ、名残惜《なごりお》しいがおしゃべりも終わりだ。いざというとき殺しづらくなるからな」

「いいだろう」

ボンベロは葉巻の先を見つめた。

わたしはスキンのことで頭がいっぱいになっていた。

彼がトラブルに見舞われているのが事実なら、無事に出られる可能性は消え失せた。ディーヴァだっていつまでも隠しておけるはずがない。ボンベロだって我慢の限界だろうし、懇親会が潰《つぶ》れちゃった今となれば、わたしを殺してゆっくり捜すという選択肢だってある。

ショットガンの銃口が突然、大きくなったような気がして、わたしは足を踏ん張った。ふたりはそのまま黙って自分たちの手元やテーブルの上に視線を落とし、真ん中にいるわたしは、まるで生温かい彫像を相手にしているようで落ち着かなかった。

もし、ボイルが突然、ボンベロを撃てば、理由はわからないけれどわたしも殺される。

舌が死んだ鼠《ねずみ》のように乾いていて気持ちが悪かった。

炭火の上で正座しているような厭《いや》な時間が過ぎた。

電話の音がした。

菊千代が低く唸り始める。

ドーベルマンがそれを牽制《けんせい》するかのように体勢を低く、身構えた。

「おまえは動くな」

立ち上がりかけたボンベロをボイルが制した。

「たぶん、あんたの調べがついたんだ、植木鉢。おまえが行け。そして相手が何と言ったか教えるんだ」

「なぜ彼女なんだ。だったらおまえが行けばいい」

「電話を受けている時が最も無防備なのをあんたが知らんわけじゃあるまい。もし、あんたが裏切り者なら俺は処置なしだ。奴らは簡単な符丁を伝えてくるだけだ。それが白を意味するか、黒を意味するのかは俺にしかわからん。行け、植木鉢」

わたしはボンベロを見た。

「しかたない。しくじるなよ」

「うん」

わたしはまたもや足下がふわふわした感じを覚えながら事務所に向かった。電話は焦《じ》れたような音を立てていた。受話器を取る前に深呼吸をした。

「はい」

相手は何も喋《しゃべ》らなかった。

「ボンベロは出られなくて」

『おまえは誰だ』

「犬を連れた人に代わりに出ろと言われて……」

間があった。受話器を押さえ、口早に相談しているような気配が伝わってきた。

『その男はどうしてる』

「ボンベロの前にいるわ。銃を突きつけてる」

『ロミオと』

「え？　もしもし」

電話は切れていた。

わたしは呆然《ぼうぜん》として受話器を置いた。

傍《そば》に文具バサミがあったのでポケットにしまった。

ホールに戻るとボイルが睨んできた。

「どうだった」

「なんだか、とても早口で。途中で切れて……」

葉巻に指を添えたボンベロもわたしを見つめていた。

「相手は何と言ったんだ」

わたしは躊躇した。

ボンベロが深く息を吸った。

アイドリングのような菊千代の唸りが耳についた。

「早くしろ。相手は何と言ったんだ」

普通、ロミオとジュリエットじゃないんだろうか。でも、確かに相手は〈ロミオと〉とだけ言ったんだ。でも、もしかしたら相手が言ったのに自分が聞き取れなかっただけかもしれない。

——どうしよう。

「おい！　死んじまったのか？」

引き金に掛かった指が見える。

「下手な小細工はするなよ。ふたりとも死ぬぞ」

一瞬でボンベロが真っ赤な霧に包まれ、熱い肉片が降りかかるのが目に浮かんだ。

「ロミオと……」

「うむ。次は」

わたしは黙っていた。

「次は何だ」

「ないわ」

「ない？　どういう意味だ」

「次はないわ。切れたの」

「カナコ、冷静になって答えれば良いんだ」

ボンベロがボイルとわたしを交互に見た。

「ロミオと。それだけか」

「相手はそれだけしか言わなかった」

ボイルはボンベロから視線を外して、わたしを睨んだ。

「この莫迦《ばか》女め。聞き逃したな」

「ないのよ！　ロミオと。それだけ！」

わたしは思わずそう叫んでいた。

と、不意にボイルが銃口をわたしに向け、ズドンッと叫んだ。

一瞬、後退《あとずさ》ったが痛みも衝撃も無かった。

笑い声がし、ボイルが銃を置いた。

「助かったな。次はないんだ。黒なら〈ジュリエット〉と続いて、おまえはズドンだ」

「趣味の悪い奴だ」

ボンベロが顔を顰《しか》め、首を振った。額に汗が浮いていた。

「一杯もらおうか。植木鉢、ワインをくれ。赤だ」

わたしは腰に力が入らなくなり、座り込んでいた。

気がつくと菊千代がドーベルマンの鼻先にまで移動していた。ボイルが撃ちそうになったら腹にでも噛みつく気だったに違いない。

「俺が持ってくる。おまえはグラスを用意しろ」

ボンベロがわたしの頭を軽く小突き、倉庫に向かった。

わたしはただ莫迦のように、その後ろ姿を眺めていた。

†

「他の組はどうなったんだ」

「さあな」

ふたりは二本目のワインの栓を抜いたところだった。

カウンターのスツールに腰掛けることが許されたわたしは、ぼんやりと調理場を見つめたり、テーブルのふたりを見つめたり、菊千代や犬のボイルを眺めて過ごした。

「以前にもレギュレーションが出たことがあったのか」

「ああ。俺がまだ入り立ての頃だ。あの頃はまだ長老たちの結束も固かったからな、今回よりもピシッとしていた。確かチャイニーズマフィアがコリアンマフィアとうちらとの間に入ってこようとしてガタついた」

ボイルはグラスを干し、開けた壜に手を伸ばす。

「あんた、七提灯通りって渾名《あだな》されている中華屋の路地があるのを知っているか」

「あの上海の婆さんのいる店か。酔った客が落ちて失神したところで懐《ふところ》を狙えるよう三階から上に鼠階段を使ってる……」

「そうだ。あの店の前はすれ違いにも困るような細い路地だが、あそこに切り落としたばかりのチャイナマフィアの首が七つ下がった。前回のレギュレーションの落とし前だ。ごたつきはそれで終わった。考えてみれば大したシステムだよ。それ以前はいちいち互いに敵味方を探りながら大抗争をしていたんだ。一回の抗争で二億から下手すりゃ十億は軽く飛ぶ。生き残った組もへとへとだ。そこへまた新手が乗り込んでくれば資力・体力が保《も》たない。そこで作り上げられたのがこの掟よ」

「有事の際にはいったん、全体が動きを止め、互いが指定された組の要所を監視、確認するというわけか……」

ボンベロは、ふらりと立ち上がった。

「どこへ行く」

「何か作る。喰っていけ」

「いらない。俺はマックかカップラーメンでいい」

「貧しいのは顔だけにしておけ」

ボンベロは苦笑すると、調理場に入った。

「植木鉢、腹が減るのは俺だけじゃない。奴にも何か喰わせろ。ボンから肉の端切《はぎ》れでももらってこい」

わたしはスツールから下り、ボンベロの元へ行った。

「どちらにせよ、今日、使わなければ捨ててしまう。バーガー用の挽肉をどれでも出してやれ。但《ただ》し、熊は駄目だ。あれだけの上物はなかなか手に入り難《にく》いからな」

ボンベロは肉の種類ごとに成形していた。

わたしは指示された陶器の皿に肉を盛った。

「ふたつ作るのを忘れるな。菊千代がおまえの尻に喰いつくぞ」

ホールに戻り、わたしは犬のボイルと菊千代の前に皿を置いた。一瞬、二匹とも警戒していたが先にボイルが嗅ぎ、喰いついた途端、菊千代も皿に頭突きを入れるみたいに

食べ始めた。ボイルが嗅ぎ回っている間、透明な涎《よだれ》が飴のように唇の端から床に伸びて溜まるのがおかしかった。

「犬ってのは面白いだろう」

不意に人間のボイルが口を利いた。

「今、こちらに尻を向けてる。正面から見れば怖ろしい面構えだし、人をビビらせるにも充分だが、後ろから見れば尻の穴が丸出しだ。だが、そんなことを奴らはまったく気にしない。人間なら下半身丸出しで凄《すご》むなんてことは覚醒剤《ポン》でも喰ってなきゃできるもんじゃないが、こいつらはボンボリみたいなキンタマが揺れてるのも気にせず凄む。それが面白い。俺は犬が獰猛《どうもう》な顔をして唸るたびに、奴らの後ろ姿のことを考える。そうすると怖くなくなるんだ」

脂が盛大に爆《は》ぜる音がし、ボンベロがパティをグリルに載せたのがわかった。もうバンズと付け合わせの野菜、アボカドを漉《こ》したソースなどは台の上に並んでいた。ボイルが少し話をしていただけなのに……。

菊千代が一瞬、皿から顔を上げ鼻をひくつかせ、また皿に戻る。空っぽになりかけた皿が舌で舐《な》め上げられるたびにごりごりと音を立てて移動した。

「おまえは何日、此処で保《も》ってるんだ」

ボイルの質問の意図がわからずにいると、彼はうんざりした顔になり「何日目か？と訊いているんだ。日本人じゃなかったのか、おまえ？」

「わからない。日付の感覚がないの。でも、かなりいる気がします。日本人です」

「だが、ひと月は経っていないな。女はアソコに時計を持っているから便利なもんだ」

「はあ……」

わたしが言い淀《よど》んでいると、チンとベルが鳴った。カウンターの上に皿が載《の》せられていた。

「奴は悪気はあるが、悪い奴じゃない」

まるで今までの会話を耳にしていたかのようにボンベロが呟いた。

大皿に載せられていたのは完成された究極の六倍《Ultimate sextuplex》であり、少し前に自分が食べたものと同じ内容であるはずなのに〈華〉の有り様がまったく違っていた。ボンベロはまるで皿の上に絵を描くようにバーガー、付け合わせ、ソースを配置している。

「乱暴に扱うな」

「はい」

わたしは熱くて、ずっしりとした皿を持ち上げた。

「なんだこれは」

「食事というものだ。人はこういうものを食べている」

テーブルに置かれた皿を覗《のぞ》き込んだボイルが声をあげると同時に右手に自分の皿、左手にワインのボトルを手にしたボンベロがホールに戻ってきた。

「ずいぶん、御大層《ごたいそう》な感じだな」

「まず喰え。飯の文句を喰う前に言うな」

「ふん。不味《まず》かったらボイルに喰わせてやる」

ボイルの声にドーベルマンが顔を上げた。それぞれの皿を空にした二匹は腹を床に着け並んでこちらを向いていた。

ボンベロは栓を抜くとボイルと自分、そして三つ目のグラスにも静脈血のような赤黝《あかぐろ》い液体を注いだ。

「おまえも飲《や》れ」

グラスを見つめたままボンベロが呟く。

ボイルがわたしに向かって〈グラスを取れ〉というように顎をしゃくった。

「乾杯は」

「しない」

「強情者め」

それでも、ふたりはグラスを互いに軽く掲げてから口を付けた。わたしもつられて鼻を近づけたが空きっ腹なのと躰が弱ってるのとで、それだけで耳鳴りの混じった目眩《めまい》がした。

「ずいぶんと喰いづらいものをこさえたな。腹を下したサイの尻《ケツ》みたいだ」

ボイルがバーガーをペーパーに入れ、両手で構え、止まった。

「おまえらバーガーを喰う人間を見るのは初めてか？」

「いいから、黙って喰え」

「莫迦、気になって喰えるか。毒殺屋《ヤク》みたいな面《つら》しやがって。奴らは必ず飲ませた相手に効果が表れるか盗み見てやがる。今のおまえらはそれだ、危なっかしくて味わうどころじゃない」

「じゃあ、勝手にやらせてもらう」

座ったボンベロは皿の上のバーガーをペーパー無しの素手で摑むと、がぶりと勢いよく嚙みついた。パティとバンズとレタスとトマトとチーズで頰が膨らんだが、そのままさらにひと口、ふた口と続けた。唇の周りに濃厚なソースが貼り付き、ピエロの唇になった。

「喰うっていうより飛び込むって感じだな」

ボイルが呆れたような声をあげると、ボンベロは無言で頷《うなず》き、バーガーを下ろし、ナプキンで顔を挟むようにして一気にソースを拭い取った。

「もしかすると死んでいたかもしれないからな。一度は豪勢な奴を作ってこんな風にやってみたかったんだ」

するとボイルもペーパーを剝《は》がし、素手でかぶりつき始めた。

「なるほど。確かに此《こ》のほうが旨い」

「喰い方じゃない。物が良いんだ」

ボイルはそれからバーガーをすべて平らげるまで無言だった。驚いたのはその速さだった。両手で構えなければならないほどの大きさを、わたしがほっとため息をついて再び顔を上げた時にはあらかた食べ終わっていた。

「まるで犬だよ。おまえの喰い方は」

「当たり前だ。俺は生まれついての野良犬なんだ」

ボイルが短く口笛を吹くと犬のボイルがやってきて主人の指先についたソースと肉汁を舐め取り始めた。

と、それを見た菊千代がのたり起き上がり、腹身を揺すりつつやってきた。

「ボイル。菊千代にはそれをやらせるな。二度と銃が撃てなくなるぞ。昔、口移しでス

テーキを喰わせようとした奴が唇を半分、持っていかれた」

横から菊千代が割り込もうとしたので、ボイルは慌てて手を引っ込めた。

ボンベロは自分とボイルの皿を流しに運ぶと軽くお湯で流した。それからわたしに懇親会で使うはずだった食材のうち腐りやすい物をゴミ箱に捨てるよう命じ、自分はまたボイルのいるテーブルに戻っていった。

わたしはバットに入った魚の切り身を捨て、千切りにされている野菜の固まりを捨て、泡立ての済んだホイップクリームを捨てた。その時、親指の根元に白いクリームがついたので舐めてみた。口の中に思ってもみない上品な甘さが広がりため息が出た。それらが渦を巻いて流しの排水口に消えていくのは哀しかったが、わたしは黙々と手を動かし続けた。

ボンベロとボイルが、カウンターの向こうからわたしを見て話をしていた。なにかぼんやりして指示を聞き漏らしたのかと、しばらく顔を窺《うかが》っていたが何かを言った風ではない、たとえ何か命じたにせよ勢いよく流れる水の音で声は届かなかったろう。ふたりの顔にぼんやりした笑みが浮かんでいた。ボイルが何か言うと、ボンベロが頷く。彼らは明らかにわたしについて話しているようだった。

「おい。途中で良いからこっちへ来い」

ボンベロが叫んだ。

「手を出せ」

ボンベロが命じた。

「え」

「手だ」

「どうして」

ボンベロは返事の代わりにわたしの手を摑み、犬のボイルの口元に突き出した。ボイルは反射的に牙を剝き、黒い鼻面をくっつけてきた。

「あ」わたしは短い悲鳴をあげ、目をつぶった。が、痛みはなく、手の甲に固くひんやり濡れた感触がした。目を開けるとボイルがわたしの手を嗅ぎ回っていた。

「もう良いだろう」

ボイルの言葉にボンベロが、わたしの手を解放した。「なんなの」

「ディーヴァを返してもらう。スキンの行方が知れない今、おまえには返す気がないだろう」

「ボンベロに盾突《たてつ》くなんて大した女だな、おまえ。でも、もう遊びもここまでだ」

ボイルは立ち上がり、ボイルの頭を軽く叩くとボンベロと一緒に歩き出した。それを

犬のボイルは蚊蜻蛉《かとんぼ》のように細い脚を伸ばして追い、その後を鳥腿《とりもも》のように太く短い脚の菊千代が続いた。

わたしは、ふらふらと彼らの後ろを追った。

ボンベロとボイルを追い越すと犬のボイルはまっすぐ倉庫へ向かった。その足取りに迷いはなかった。

「あのディーヴァには代わりがないんだ。似たものをボイルに嗅がせることができないか?」

「いや。かえって強いアルコール臭はこいつらの鼻を莫迦にする。強烈なものがあると、微妙な香りが裏に回っちまうんだ。とりあえず植木鉢が触っていそうな場所を探らせてみよう」

ふと、ボンベロがわたしに向き直った。

「カナコ。こんな手間を掛けずとも、どこにあるのか教える気があるなら話を聞くぞ」

わたしは一瞬、戸惑い目を伏せた。

「このままでは、おまえが思っている以上に面倒なことになる」

わたしは掌《てのひら》を広げてそこにある皺《しわ》を見つめた。

「そんなところに書いてあるのか」

ボイルがせせら笑う。

犬のボイルは鼻を鳴らしながら倉庫のあちこちを蝙蝠《こうもり》のように嗅ぎ回っていた。

菊千代はビールの箱や豆の袋、醤油や酢など調味料の詰まった木箱の辺りをノロノロと移動していたが、わたしはそちらを見ないようにした。

横には使わなくなったのか床から少し上で中途半端に断ち切られたパイプが錆《さび》を浮かせている。ボイルはその前を通過すると菊千代と一度、ぶつかり、次にサラダ油の缶と広口の壜が載せられている棚の下に移動した。

「面倒なら自白剤でも使ったらどうだ」

ボイルの口調が突然、おかしくなった。彼はわたしが目を遣るのを待って、ニヤリと笑った。

「まだそんな玩具《おもちゃ》を持ってるのか」

ボンベロが呆れた声を出した。

「莫迦。玩具じゃない。本来の俺はこっちなんだ」

ボイルはギザギザになった犬の牙《きば》そっくりの入れ歯を塡《は》めていた。

「俺はこいつで女を咬《か》むのが好きなんだ。なんなら、植木鉢が壜の在処《ありか》を吐くまで咬んでやっても良い」

カチカチと歯嚙みをさせるボイルは喜色満面だった。

「そいつは後で頼むかもしれない。カナコ、最後だ。ディーヴァはどこだ?」

その時、わたしはボンベロがわたしじゃなく、わたしの〈目〉を覗いているのに気づいた。わたしが無意識にディーヴァの在処《ありか》に目を向けるのを待っていた。

犬のボイルが困り果てたというように鼻を鳴らし、主人の元へと戻ってきた。菊千代は豆の袋の横で寝そべり、腹を床に着けた。

わたしは視線を上げずにいた。

「見ろ。今、こいつは俺が〈目を盗む〉のに感づいた。こんな女、見たことがない」

すると、ボイルがボンベロの肩を押しやるようにしてわたしの前に迫った。

「俺に任せろ。二時間で聞き出してやるよ。相変わらず、おまえは女に緩い」

ボンベロがボイルの肩越しに、わたしを見、わたしも彼を見た。困ったような顔をしている。

「どうするかな……」

「もしかすると三十分かからねえ。俺は猛烈にこの女を咬みたくなってきた。顔を糸屑《いとくず》にしてやる」

ボイルの唇がゆるゆると捲《めく》れ上がり、白い氷柱《つらら》のような牙が細い顎の真ん中で剝き出

しになった。唇が紅い。

犬のボイルが二度、三度、頬を鳴らすように鳴いた。

ボンベロが思案するように頬に手を当て、わたしを眺めていた。

無意識に垂らした指の先にエプロンのポケットに入っている伝票帳の角が触れた。

「いただきます」

不意にボイルがわたしの肩に手を掛け、手前に引いた。

わたしは咄嗟《とっさ》にポケットの中のものを、その顔前に突き出した。ガクンと手元に衝撃が走り、目と鼻の先に迫ったボイルの顔が歪《ゆが》んだ。

彼は真横にした伝票帳に咬みつき、柔らかく沈んでしまった牙を紙の束に捕られていた。ボイルはまったく犬のように唸りながら首を振った。

「ここにはないわ！」

わたしは伝票帳を放し、ボイルから離れて叫んだ。

「ボンベロ！　ここにはないの！」

腕組みをしていたボンベロがゆっくり動いた。

「苦し紛《まぎ》れに何を言ってるんだ」

ボイルが深々と穴の開いた伝票帳を棚に叩きつけるのを見て、ゾッとした。彼は怒り

で完全に錯乱《さくらん》しているようだった。

「ほんと……」

言葉が続かなかった。鳩尾《みぞおち》に杭《くい》でもぶち込まれたような痛みがあり、躰が後ろに吹っ飛んだ。後頭部に棚板がぶつかり、わたしは吐き気と目眩で失神しそうになった。

ボイルが蹴り上げた足を下ろすところだった。

「ふざけやがって」

右肩に犬のボイルが迫っていた。頸動脈《けいどうみゃく》を狙っているのがわかった。首の皮を血管ごと咬み千切られるのを覚悟して目をつぶった。

が、それはされなかった。

目を開けるとふたりの男が見下ろしていた。

口の中に血の味が広がっていた。喉を灼《や》く苦い液が後から後から迫《せ》り上がってくるので飲み込み続けた。腰と背中が鼓動のたびに痛む。

「ほんとうよ……ここにはないの……」

泣き声にならないようにするのが精一杯で声が震えるのは、どうしようもなかった。

「それは嘘だ、カナコ。おまえは一歩も外には出ていない。不可能だ」

ボンベロの声には何の抑揚《よくよう》もなかった。きっと〈殺し屋モード〉にでも入っているん

だ。

「ほんとうなの。信じる、信じないは勝手だけど……」

ふたりは顔を見合わせた。

「確かに、こいつは探し出せなかったな」

ボイルが、ボイルに触れた。

ボンベロは腕を組み、それでも、しつこくわたしを値踏みするような視線を向け、熊のように歩き回った。

わたしは立ち上がった。右肺の裏が酷く痛むので振り返るとちょうど、その辺りで棚のシリアルの箱が出っ張っていた。

菊千代が怠《だる》そうに寝そべったまま躰を伸ばし、パイプを引っ掻《か》く真似をしていた。

「畜生……」

不意にボンベロが足を停め、振り向いた。顔が怒りにたぎっていた。

わたしは総毛立ち、震えた。

「わかったぞ。キッドだな。貴様、奴に渡したな。くそっ！　なんてことをしてくれたんだ」

「面倒な女だ。殺させろよ」

「いや、待て。こいつはただ渡すほど莫迦じゃない。何か仕掛けがあるはずだ。何か受け渡しの方法が」

「壜の在処《ありか》を聞き出すのと同じことだ。俺に任せれば小一時間で済む」

「カナコ、おまえが決めろ。今、すべてを話すか。ボイルに任せるか」

「放っておいてよ」

「こいつに任せれば、母親もおまえだとはわからないような顔になる。いいんだな」

それを聞いたボイルが汚れたハンカチで牙を拭った。

限界だった。もうこれ以上は踏ん張れない。頬や唇をひと咬みひと咬み面白半分に削り取られるのを我慢なんかできるはずがなかった。もう同じことだ——わたしはボトルの在処を話そうと顔をあげた。

すると来客を知らせるブザーが鳴った。

ボイルが首を傾《かし》げる。

ボンベロが倉庫を出て行った。

菊千代は、こんな時でも退屈で仕方がないという顔をしていた。

「コフィだ」

「なに」

ボイルの顔が緊張した。

「なぜだ」

「わからん。とにかく入れよう」

ボンベロはそれだけ言うと足早に戻り、その後をボイルと犬のボイルが追いかけた。

わたしは助かったのかどうかもわからないまま突っ立ち、砂の詰まったような頭のなかに何か答えが落ちてないかとぼんやりしていた。

「どうすればいいの」

菊千代は、ふんっと鼻を鳴らすと目を閉じてしまった。

†

すでに客はボンベロの案内で奥の円型テーブルへ向かうところだった。

六十絡《がら》みの男がふたり。

ひとりは頭に麻色のバンダナを巻いた鷲《わし》のように痩せた男。片方は釣《つ》り鐘《がね》のような躰を黒いスーツで包み、銀髪をオールバックにしていた。

ホールに現れたわたしを全員が一斉に振り返った。静電気に触れたように背中と手足

の産毛がチリチリした。

誰も動かなかった。喉が鳴った。

不意にオールバックの男が僅かにボンベロへ顔を向けた。口を開いたのではない、ただ何か物言いたげな表情を浮かべただけだった。

ボンベロは即座に反応した。

「こっちへ来い」

わたしはボンベロの声に前に進んだ。

ドアがまだ開いたままになっていた。前を過《よ》ぎる時、階段が見えた。叫びながら駆け上るところを想像したが、巧く馴染まなかった。

彼らは死人の目をしていた。特にオールバックの男は華やかな香水をつけていたけれど、なんだかその人の静まり返った雰囲気と合わさると火葬場できれいな蝶《ちょう》を見つけたみたいな妙な感じだった。照明の加減か、迫り出した額の影になって目の動きが見えなくなった。ただ瞬《まばた》きすると、チラチラと暗い中から瞳が光った。

「何をつくる」

咄嗟に答えが出なかった。

「何をつくれるんだ」

その時、男はほんの僅かだが、しゃくれ気味の顎を弛《たる》ませた――笑ったのだと気がついたのは、彼がまた表情を硬く戻してしまった後だった。

「スパゲッティボロネーズにミートボールを入れたことはあるか」

「はい」

「ボロネーズ最大の旨味はなんだと思う」

男の表情は暗く、まるで癌《がん》の告白をしているみたいだった。

ボンベロが。

ボイルが。わたしを見つめていた。

「苦みです。コクのある苦いソースが好きです」

「どうやってするのだ」

「レバーとセロリで」

男はボンベロを振り向くと、軽く頷いた。

「こちらへ」

ボンベロが彼らをテーブルに案内した。

わたしは背中にぐっしょり汗をかいていた。

「変わった女だ」

わたしに一瞥《いちべつ》をくれた後、シャンパンを注いだボンベロに男が呟いた。

その頃になってホールにやってきた菊千代がボスと呼ばれた男の足下で寝ころんだ。

「コラ」

ボンベロは叱りつけたが、男は気にする様子もなくブルドッグを放ったまま、ボンベロとボイルを交互に見つめ口を開いた。

「レギュレーションは先程、解除された」

——不思議な掠れ声だった。

威圧的ではなく、どこか物事を諦めてしまっているような、冷静さとはまた違うものだった。自分の力ではどうしようもない悲劇をありったけ目にすると人はこんな声になるのかもしれないなと思った。

「懇親会はキャンセルだが、どうしてもおまえの料理だけは食べておきたくてな、ファキールを連れ出した」

バンダナの老人が微笑《ほほえ》んだ。

わたしはテーブルから付かず離れずの位置にいて、ボイルはカウンターのスツールに、犬のボイルはその足下にいた。

男から離れたボンベロが、わたしに耳打ちした。

「ボスのコフィだ。おまえはここで彼らが別の飲み物を欲しがるまでシャンパンを注いで回れ。何か他のリクエストをしてきたら知らせろ。料理にかからねばならん」

シャンパンの冷えたボトルをわたしに押しつけながらボンベロが離れようとした。

その瞬間、コフィの声が響いた。

「ボンベロ、彼女に逢わせてくれ」

ボンベロの躰がガクンと揺れて停まるのがわかった。

「歌姫《ディーヴァ》を」

わたしはシャンパンのボトルを取り落としそうになり、胸に抱き寄せた。

「コフィ、まずは料理に合った酒を用意しているので、それを楽しんでからではどうです？」

「そうさせたいのか」

「ええ。そのほうが料理が引き立ちますよ。歌姫は、その……舌へのインパクトが強すぎます」

ファキールが相好《そうごう》を崩しながら周囲を見渡した。

「〈料理が引き立ちますよ〉か、ふふ。いつからここは定食屋《ダイナー》じゃなくて飯宿《オーベルジュ》に鞍替《くらが》え

したんだ。そんな大仰《おおぎょう》な飯でもないだろう。肉団子をパンで挟んだだけのものを偉そうに」

「まあいい、おまえの好きにするが良い」

ボンベロの肩の張りが抜けた。彼は「それでは」と調理場へ向かいかけた。

「だが……置いておくことはできるはずだ」

コフィの指がテーブルの上をトントンと二度叩いた。豪華そうな腕時計が白いシャツの隙間《すきま》から覗いていた。

ボンベロが何か言い掛けたが、今度はキッパリとコフィがそれを遮《さえぎ》る。

「まさか私に壜《ボトル》すら見るなというのか」

「そんなことは毛頭……」

「おい女。抱くのは男か、ぬいぐるみにしろ。シャンパンがぬるい小便になっちまう」

ファキールの言葉に、わたしは胸からシャンパンの壜を剝がすと彼のグラスに注いだ。

壜の口が縁に当たりカチカチ鳴った。

コフィのグラスを見る目に暗い光が集まったように感じた。

「カナコ、歌姫を持ってこい。紅い冷蔵庫にある」

ボンベロが静かに呟いた。

スツールにいるボイルが何か言い掛けてやめた。

ファキールが、わたしを覗き込む。

「随分、仕込んだもんだな。このウェイトレスが、あの歌姫を取りに行くのか」

「ええ」

ボンベロの声には迷いがなかった。

コフィが両手を膝に落としたまま、わたしをジッと見つめていた。

ボンベロが軽く腕を摑んだ。

「早く行け」

わたしは頷くとボトルをボンベロに渡し、ホールを出て倉庫に向かった。

ボイルがわたしに親指を立て、首を掻き切る真似をしてニヤついた。

「ええ、その通り。その通りですよ」

わたしはへらへら頷いた。もう、どうにでもなれという気持ちだった。

「妙な具合だな……」

そうコフィが呟くのが背中越しに聞こえた。

倉庫のなかは暗かったけれど、わたしは敢えて灯《あか》りをつけず、廊下から漏れる明かり

のまま取り出しにかかった。

歌姫《ディーヴァ》は隠した場所にいた。


わたしはその硬く冷たいボトルを手から滑らせてしまわぬようジリジリするような思いで少しずつ、引き出した。今にも背後からボンベロが手を伸ばしてくるのではないかと心臓が口から出そうだったけれど、焦ってボトルを取り落としたら最後だと自分に言い聞かせた。

ゴトッ。

ボトルが凹みから外れて手に載った。

ゆっくりと引きだし、暗闇のなかであらため、詰め物を直したところで、背後に気配を感じ、振り返った。

丸い影が倉庫の入口に残っていた。

菊千代だった。彼は何か待ち構えてでもいるかのように、おすわりをし、はっはっと開いた口から舌を覗かせていた。

ボンベロやボイルの気配は無かった。

「絶対に内緒だからね」

わたしはエプロンで壜を綺麗に拭い、ホールへ戻った。

ホールではすでにボンベロがUltimate sextuplex《究極の六倍》の皿をコフィとファキールの前に並べ終えていた。ボトルを見て、彼の目が鋭くなったが、わたしは敢えて気づかないふりをした。

歌姫《ディーヴァ》・ウォッカはその名の通り、飲む宝石といった美しさを放っていた。ちゃんと見たことがなかったからわからなかったけど、磨き抜かれたクリスタルボトルと透明な液体は、とんでもなく高そうだった。

歌姫を受け取ったコフィは王冠のように両手で掲げ、やがて満足したかのようにテーブルに置いた。

「では、戴《いただ》くとするか」

ファキールはやにわに両手でバンズを包んだ紙を摑むとかぶりつき、「うーむ」と満足げな声を出した。

「畜生。天才だ。俺にもボンベロを回せ、コフィ」

「駄目だ。あれは私のものだ。伯父が救い、育て、そして伯父亡き後は私が譲り受けた。謂《い》わば奴は〈生きる遺産〉なんだ。私だけのものだ」

「ふふ。では、おまえが死んだら誰が奴を引き継ぐ」

「ない」コフィはバンズを皿に置いた。「私が最後だ。ボンベロはコフィと共に死ぬ。そうだな、ボンベロ」

「ええ」

ボンベロが当たり前のように頷く。

「ふん。レトロな。今どき流行《はや》らん」

ファキールはナプキンで口を一度拭うと、また齧り始めた。

「では、そろそろ」

いつのまにかボンベロが小さなリキュールグラスを手にしており、それをコフィとファキールの前に置いた。完璧に冷やしてあるのが霜《しも》の付き具合でわかった。

コフィがディーヴァのボトルを手に取るとキャップに触れた。

今にも栓を切る音がするのを待っていると。

「いや、その前に」

コフィはボトルをテーブルに置き直した。

「なんだ。もったいつけるじゃないか」

ファキールが口を出す。

「やはりこうしたものは、きちんとした記念の日に開けるべきものだ」

「たとえば？」

「同志マテバを殺害した裏切り者が処刑され、再び信頼と平和が我々の手に戻った時などが相応《ふさわ》しかろう」

「ふむ」ファキールが口をへの字に曲げた。

「ボンベロ。今は非常事態だ。それはわかるな」

「ええ」

「おまえにも力を貸してもらわなければならなくなった」

ボンベロの顔が曇った。

「もし、この男が店に現れれば、おまえが処理するのだ。いいな」

コフィは胸ポケットから一枚のモノクロ写真を取り出すと、テーブルに載せた。

「こいつは何者だ」

ファキールが目を細め、写真を見つめた。

「裏切り者だ」

ボンベロは動かなかった。ただ写真を凝視し続けていた。

長髪で白いシャツを着た細面《ほそおもて》の男がいた。微《かす》かに笑っていた。切れ長の目、痩《こ》けた頬が精悍《せいかん》さを加えていた。

「確かですか」

ボンベロの問いにコフィは頷いた。

「確かな情報源からもたらされた事実だ」

「預かります」

ボンベロが写真を取り上げた。

「ボンベロ、私はおまえの忠誠心をも確認したいと思っているのだ。それを忘れるな」

「わかりました」

ボンベロは調理場に戻っていった。


それから小一時間ほどは、どこにでもある食事の風景だった——但しここが殺し屋の〈ダイナー〉であるということを除けばだけれど。

あれからボンベロは調理場に入ったままだった。

わたしに指示も出さず、仏頂面《ぶっちょうづら》でナイフを動かす。

それにしてもボンベロのペティナイフの使い方は驚異的だった。まるで機械のように精密に手と刃が一体となって動く。どんな幅でもどんな食材の面でも自分で切ると決めただけを好きなだけ切り出し、そしてまったくブレない。

それに自分を中心にして両側に並べた食材の刻み、味付け、焼き、盛りつけを一回転するだけで必要なだけ済ませてしまう。まるで前にも後ろにも目が付いているようだった。こんな所で働いていなければレストランのオーナーとして立派に成功しただろうに。

「もたもたするな」

ボスの食事が一段落するのを見て取ったボンベロは泡立て器で柔らかくしたバニラアイスクリームの上に飴を少量混ぜたチョコをかけたものを運んできた。

「またシンプルなものを出してきたな」

そう言いつつ、ひと匙《さじ》掬って口に入れたファキールが満足げなため息をついた。

「餓鬼《がき》の頃、おふくろが誕生日になると出したやつにそっくりだ」

「コフィから、その話を聞いていたんで試しに作ってみたんです」

「貴様って奴ぁ」

ファキールがスプーンでボンベロを何度も突く真似をし、顔をぐんにゃりと歪《ゆが》めた

——たぶん笑うとかなんとかして見せたつもりなんだろうな。

と、その途端、〈来客〉を報《しら》せるブザーが鳴った。

全員の顔から一斉に表情が消えた。不思議なことだが彼らは何か事が起きると顔色を失うとか慌てるという反応をしない。代わりに死人のように無表情になる。

ボンベロがコフィを素早く見遣り、ボスが頷くのを確認してからモニターに向かった。

「誰だ」

驚いたことにボンベロはコフィの言葉を無視した。

ドアに駆け寄ると開くのももどかし気に外に出、肩を貸しながら戻ってきた。

スキンだった。

地図のような顔は蒼白で、ボンベロに支えられながらも自分で歩こうとして何度も足をもつれさせた。赤い靴の跡がスタンプのようにホールに付いていた。腕にはカーキ色のダッフルバッグを大事そうに掛けている。

ボンベロが、ボスたちのいる円型テーブルに連れてくると席に座らせた。

「水だ」

わたしはグラスに水を注いでスキンに手渡した。

手が触れ合ったとき、スキンがわたしを見たけれど、そこからは何も感じられなかった。残念だけど、時間は彼と知り合う以前に巻き戻ってしまったみたいだった。

スキンは水の入ったグラスを受け取ると飲み干した。

ジャケットに穴が開いていて、首筋にまで赤い血痕《けっこん》が飛び散り、貼り付いていた。

全部が本人のものだとしたらスキンは間違いなく死にかけているとわたしは思い胃が

持ち上がってきた。

「聞こう」

コフィが静かに呟く。

わたしやボンベロ、ファキール同様、彼も事態がまだ飲み込めていないはずなのに眉ひとつ動かさなかった。

「俺はあんたに依頼された仕事へ取りかかろうとした。現場に赴くと標的は現れず、俺は敵に囲まれていた」

次いで、スキンはわたしが聞いたこともない名前と番号を告げた。わたし以外の人間がそれを聞いて頷いているところを見ると、多分、彼らだけに通じる符丁のようなものなのだろう。

「……俺は逃げた。逃げ切れまいと思ったよ」

スキンは低く呻くと顔を歪めて躰を折った。

「まずは手当が先だ」

ボンベロが、ボイルと共にキッチンに入ると折り畳み式のストレッチャーを手に戻ってきた。

「向こうでやれ」

コフィの指図でストレッチャーはカウンターの側《そば》に置かれた。

スキンが横になる。

「大きな骨は折れていない。弾が少し入っている。動脈は無事だろう。でなければここまでは保たないはずだ」

ジャケットとシャツをナイフで切り裂き、躰を眺めたボンベロがボイルに告げた。

ストレッチャーの脇にピンセットや鉗子《かんし》、メスや針などの並んだ袋が置かれた。

ジンを口に含むとスキンの血塗《ちまみ》れの肌に向かってボンベロが吹き付ける。ボイルがアルコールを染みこませたらしいガーゼで血を拭うと胸と腹の辺りでいくつか瘤《こぶ》のように膨らんでいる箇所が現れた。

ボンベロとボイルの様子を見れば彼らがこうしたことに慣れているのは明らかだった。

短いゴムの棒のようなものが差し出され、スキンが横咥《よこぐわ》えした。舌を嚙まぬようにするのだろう。瘤の辺りにメスが刺し込まれ、サクッサクッとレタスを刻むような音が小さくした。一瞬、キラリと刃先が光る。スキンの分厚い胸が上下し、ボイルが血を拭っていく。カタリと乾いた音がすると鉗子の先から黒い大豆のようなものが金属の皿に落とされた。

ボンベロは傷口に酒を注ぎ、火の点いたマッチを近づけた。ポッと音がし、小さな火

が灯るとスキンの全身が雷に打たれたように硬直して、ストレッチャーが軋《きし》んだ。

ボンベロはいくつかの小壜《こびん》の中の薬液を傷の周りに注射し、黒くなった穴の中に軟膏《なんこう》をたっぷりと詰め込むと続いてボイルが用意していた針が手渡され、裂けた皮膚を縫い始めた。

「これで千を超えるな」

コフィが呟くのが聞こえ、わたしは振り返った。

「前回が、九百七十針目を超えたところだ。今回は三十針ではきかんだろう……。私は賭けに勝つことになるだろう」

「そんなものまで賭けのネタにしてるのか、おまえさん」

ファキールが首を振る。

「賭け屋《ブッカー》というのはそうしたものらしい。裏切り者は一刻も早く探し出し、駆逐《くちく》しなければならん」

「何年かに一度は必ずこうした事が起きる。まあダムの決壊のようなものだ。欲と義理と金が溜まりに溜まると必ず崩壊する。そして生き残った者が、またダムを造り、そこに水を溜めていくのさ。前回は五年前だな。兄貴の……いや、偉大なるデルモニコの」

「おまえには兄貴分でも私には大事な伯父だった。私も伯父の薫陶《くんとう》を受けた人間なの

だ」

「偉大な縄張りと権力も引き継いだしな」

ファキールの口調に微かな皮肉を感じ、わたしはふたりを見つめた。

コフィはわたしがファキールの空になっているグラスに酒を注ごうとしたのを手で制した。

「兄弟。それは誤解だ。未だにそのような心ない噂があると聴くが、私の仕事における売上と資産は、今や伯父から引き継いだものの三倍強となっている。額の多寡《たか》だけで偉大さを推し量ることなどできぬが……。私はそうしたデマゴギーには常々心を痛めているのだよ、ファキール」

「そうか。悪かった」

ファキールは鷹《たか》のような視線をコフィから外した。

「女。歌姫を戻しておけ」

コフィが、わたしにそう命じた。

ボンベロはスキンの皮《スキン》と格闘していた。


倉庫に行くと菊千代がパイプの横に陣取っていた。

そのパイプは以前は使われていたのだろうけれど床から十五センチほどのところで断ち切られたままになっていた。あの時、わたしはタオルでくるんだ歌姫をそのなかに押し込み、たまたま床に転がっていた元は小さなぬいぐるみであったようなスポンジの塊で栓をしたんだ。咄嗟に決めた場所だけれど、ボンベロに気づかれたとしても彼の太い腕は絶対にパイプのなかに入らない。

が、なぜか菊千代はこのパイプがお気に入りなのか、いつも嗅いだり、躰を擦りつけている。

「どきなさいよ」

わたしが躰を強く押すと唸り声を上げたが、牙を剝き出すようなことはせず、そこを離れた。目が充血していて、口元からは涎が溢れていた。

わたしはスポンジを抜くと歌姫を押し込み、またスポンジで栓をした。菊千代が興味深げに身を起こし、こちらに来ようとしたので素早くやる必要があった。

わたしが立ち上がるとまた菊千代はパイプに鼻を擦りつけ、頻《しき》りに臭いを嗅いだ。ボンベロが見れば何かあると気づくに違いなかった。

「ほら。あっちに行って」

わたしは片隅に積み上げてあった小麦粉の大きな袋をパイプの横に移動させ、菊千代

が直接、パイプに近づけないようにした。

それだけのことなのに、また目眩がし、背中が悲鳴をあげた。腰なんかは、ずっとネジ回しでも突っ込まれているようにズキズキ騒いでいる。殺される前に過労死しそうだ。

ホールに戻るとスキンの躰に包帯が巻かれ、驚いたことに彼はすでに上半身を起こしてコフィやボンベロたちと話をしていた。まるで診察を終え、薬を待っているように見えた。

ボンベロが忌々しそうにわたしを睨《にら》んだ。

何発も拳銃《けんじゅう》に撃たれ、格闘し、切られ、命からがら逃げ出した直後なのに……わたしには信じられなかった。そういえばキッドも菊千代に頭を齧られながら割と平然と受け答えをした。

殺し屋というのはそういう生き物なのだろうか。

彼らの声は相変わらず聞き取り難い。学生の頃、スイッチではなくボリュームを捻《ひね》って深夜ラジオを消した気になっていたときのことを思い出した。自分では完全にラジオは消えていると思いこんでいたので部屋のなかでいつまでもぼそぼそと男の呟きや時折、笑い声が聞こえるのに肝《きも》を冷やした。

スキンは一時もわたしを見ようとはしなかった。まるで、わたしの存在など忘れてし

まったといった様子でボンベロやコフィに頷き、頭を振り、首を傾げた。

わたしに視線を向けてくるのはファキールとボンベロ。ファキールは単に話に飽いたのか、スキンを見るのに飽いたんだろうとしか思えなかったが、明らかにボンベロは違っていた。

テーブルに歌姫がないことを彼はすでに気づいていた。

「よかろう」

コフィの声が聞こえ、それを合図に彼らはスキンから離れた。

不意に、スキンが手招きをした。

わたしはボンベロと視線を合わせないようにしつつ近づいた。

「大丈夫なの」

「ああ。それよりも大事な話がある」

大事な話……男がそういう時は大抵、女にとってロクでもない話なんだ。

わたしは最悪の事態に身構えた——もう、わたしはここから出られない。スキンはわたしを助け出さない。

「コフィが承諾した。おまえは自由だ。俺のものになった……」

膝から力が抜け倒れそうになると、揺れたわたしをスキンが支えてくれた。

「但し、今すぐには無理だ。今日はここに泊まる。明日の早朝におまえは俺と出る。いいな」

「大変な目に遭ったね」

スキンの目に奇妙な戸惑いが一瞬、浮かび、消えた。

「いや。いつものことだ。裏切り者が出ると必ずこうして揉め事が続く。そして収まるまでに多少時間がかかる」

ボンベロがファキールとコフィ、そして新たにテーブルに着いたボイルと話をしているのが見えた。

スキンもテーブルを窺っていた。そして、彼はそっとわたしの手を握ると、わたしの陰に隠れるように顔を移動させ、見上げた。真剣な顔だった。

「もし、俺が直接、言えないような状況になったとしたら、おまえがボンベロに伝えてくれ。〈コフィに用心しろ〉と」

「どういうこと」

「ボンベロを組織に入れたのはデルモニコというコフィの伯父だ。六人の長は全員が孤児だったのをデルモニコが引き取り育てたんだ。五年前、不慮の事故でデルモニコが死に、その後をコフィが継いだ。コフィを含めた六人は未だにデルモニコは暗殺されたと

信じて疑っていない。犯人を捜しているんだ。いや、犯人を見つけたがっている。コフィは……」

　スキンは不意に口調を変えた。

「腹が減った。昨日の晩から何も食べていないんだ」

　振り返るとボンベロが立っていた。

「歌姫はどうした」

　わたしは返事をしなかった。

「コフィは、おまえにしまわせたと言った」

「そのとおりよ」

「冷蔵庫にしまったんだな」

「スキンと出るときに渡すわ。それが条件のはずよ」

　ボンベロは何か言おうとしたがスキンが遮《さえぎ》った。

「ボン、何か作ってくれ」

「まだちゃんとした食事は早い。躰が膿《う》んでパンパンに膨らんでも良いのか」

「なら何か食べられるものを……頼む」

「似た者同士とはよく言ったものだ」

ふんと鼻を鳴らし、ボンベロはキッチンに入った。

「此処を出たら何処《どこ》へ行くの」

「君の好きなところへ行けば良い」

「あなたは？」

「俺は一緒には行けなくなった。ボンベロが心配だ」

スキンはキッチンにいるボンベロに暗い目を向けた。

「奴は何度も俺の命を救った。このまま放っておくわけにはいかない」

「ボンベロがデルモニコを殺したの？」

「それはない」

スキンはハッと顔を上げ、鼻をひくつかせた。

「畜生。あいつめ、最高だ。スフレを作ってやがる」

有り得ないことだがスキンは実際に涙ぐんでいるように見えた。わたしには涙を浮かべるような食事の記憶がない。少しだけスキンが羨《うらや》ましくなった。

その時、不意に今まで何度も湧《わ》き上がってきていながら口にしていない質問をした。

「ねえ。どうしてこんなお店ができたの？　殺し屋と組織の人間専用なんて。食事だけならどこでもできるのに」

「その通りだ」スキンは頷いた。「この店のアイディアはデルモニコのものだ。それをコフィが継承し、ボンベロが殺しを辞めることで実現させた。君は今、組織の人間も使うと言ったが、それは間違いだ。たまたま、君がいる時期にそういうことが目に付いただけで、此処は殺し屋以外の人間からは敬遠されている」

「なぜなの」

「理由は単純さ。奴らは俺たちを毛嫌いしているんだ。憎んでいるとすら言っても良い。自分たちと同列に扱うことを拒んでいる。気持ちはわからんでもないがな。俺たちが請け負う殺しは所謂《いわゆる》、組織でも〈汚れ仕事〉と呼ばれているもので、奴らにとって必要不可欠であるにもかかわらず最底辺の仕事だと思われている。世間にもあるだろう、そんな仕事が。人の役に立っているのに汚い、みっともないと毛嫌いされているような。同じことだ。俺たちは以前は完全な使い捨てだった。組織のメンバーに加われるわけでもなく、野良犬のように町から町へと流れて、その場その場で仕事を闇から闇へと引き受けていく。もともと人殺しを自分が生きるための手段にするなんて冗談以外のなにものでもないだろう？　それにもともと生きている実感も喜びもない。望まれて生まれたわけでもなく、オヤジの拳骨《げんこつ》や気の狂ったおふくろの縫い針や施設に勤める変態の性器で世の中がどういうものかを叩き込まれてきた奴が大半だ。はっきり言ってまともな精神

の人間はひとりもいない。組織に属するなんてことも端《はな》から不可能なんだ。俺たちは町場《まちば》に転がっている頭のおかしな犯罪者となにひとつ変わりがない。ひとつだけ違うのは金をもらえるということと、バレずに生き延びる環境となにがしかのコツを、もっているというだけのことだ」

わたしはスキンを見、そして忙しげなボンベロの背中を見つめてから、尋ねた。

「人を殺すのは……楽しい？」

わたしの問いにスキンは眉を顰《ひそ》めた。

「楽しいとは何だ？　俺にはそれがわからない。興奮するとか汗を搔くとか、そういうことなの？　笑ったり、懐かしんだりということであるなら、人を殺してそんなことはないな。ただ殺される奴には理由があり、俺はそれを契約によって履行《りこう》する。それは単にそうなるように世界ができているだけで仕方のないことなんだ。子どもが人目につかないところで殴られ、死ぬような目に遭わされているとするだろう。そんな目に遭い続けると殴られる理由なんて考えなくなる。無駄だからね。考えても考えても、納得できる答えなんかありゃしない。だから、ただそれは空から雨の降るが如《ごと》く、日が西へ沈むが如く、自分がそこにいたからなんだと受け入れる。人を殺すときも、たまたま自分にその条件が揃ったからなんだと考える。それ以外に感じることは塵《ちり》ひとつない」

「でも、人ってそんな風に割り切って生きていけるものなのかしら」

　スキンは頷いた。

「まさしくデルモニコは、その点を考慮した。彼は人殺しにも二種類あるということを知ったんだ。助ける意味のある人殺しと無意味な人殺しと。そして殺し屋はもともと寿命が短い」

「いつかは失敗するのね」

「それだけじゃない。最も多いのは自殺なんだ。もしくは限りなく自殺に近い失敗を犯す。なぜだかはわからない。ただ統計的にそうらしい。人を殺している人間は最後には自分を殺す。冷静に考えるとさほど理解できない話じゃないだろう。自分を殺すということは楽になるということだし、もともと立候補して生まれたわけじゃない。終わらせるということは安寧なんだ。だが、デルモニコはそれをそのままにはしておかなかった。殺し屋にも有能な人間がいる。代わりを見つけるのが難しいスキルをもった連中もいる。そういう人材をなるべく生かしておこうというのが、ダイナーの目的だ。此処に来れば、まともな食事ができる。話に加わる必要はなくとも自分と同じ職業、境遇の人間らしき者と触れ合うことができる」

「ただ食事するだけで……」

「もちろん、ただの食事じゃ駄目だ。ボンベロのハンバーガーでなけりゃな。また喰いたいと思うほどのやつでなけりゃ」

「あなたもそうなの、スキン」

「ああ。俺もボンベロのおかげで生き延びている」

スキンは自分の言葉を確かめるように頷いた。

「カナコ、カップをオーブンのなかに入れておけ。タイマーは十五分で」

わたしが立ち上がるとボンベロはスキンを伴って廊下の奥へと向かった。

コフィがグラスを停め、ふたりを見送っていた。

急に厭な予感がした。

わたしは調理台に用意してあった四つのカップを手早く、オーブンの角皿に均等に並べ、ドアを閉じ、タイマーを回した。でも、スイッチを押すところであることを思い出し、指が停まった。

試しにティースプーンで、ひとつだけ縁の色が違うカップを探ってみると、カチリと硬い物が先に当たった。やはり、十円玉がひとつ入っていた。

「厭な奴」

わたしはそれをエプロンのポケットにしまい、オーブンのスイッチを入れるとホール

からは見えない裏側から廊下に出た。

廊下にふたりの姿はなかった。右手のトイレから声が聞こえてきた。

スキンが襲われたときの話をボンベロにしているようだった。

『珍しい物が手に入った。返しておく』

すると、スキンのびっくりしたような声が起きた。

『おい。こんなもの、どこで見つけたんだ』

『コフィが返しておけと言ったのさ』

『俺が大学生だった頃の写真だ。確か、デルモニコに預けたんだ。元の俺の顔を知っておいてほしかったからな』

『母親だの、料理だの、元の顔だのと、おまえほど過去を引きずる男も珍しい』

『仕方がない。そうプログラミングされてしまったんだ。俺のせいじゃないさ』

わたしはあの写真を見た時、どこか見覚えがあるような気がした理由がわかった。あれはスキンだったんだ。怪我をしていないスキン、スキンになる前のスキン。

『ボンベロ、コフィだが。おまえはまだ奴に忠誠を尽くそうとしているのか』

『当たり前だ』

『俺はわからなくなった』

『なぜだ』

『デルモニコがキャディラックＤＴＳのホワイトごと爆死したのは憶えているだろ。その直後、コフィは伯父が乗っていたのと同じタイプのリムジンを買った』

『ああ、デルモニコの喪に服そうと色だけは白から黒に変えてな、それがどうした』

『コフィの車狂いは有名だ。内装からアクセサリーに至るまでが特注品だった』

『そうか……。別に車に金を掛けちゃいけないわけはなかろう』

間があり、やがてスキンの声がした。

『あの車をコフィは二週間で手に入れた。盛大な葬儀に間に合わせるためだ。いわば、自分の晴れ舞台のためだ。納車のために、かなり横車を押したというのは有名な話だ』

『彼がデルモニコの一切合切を引き継いだんだ。何の問題がある。要点を言え』

『キャディラックのエンブレムは〈リース＆クレスト〉だ。それをコフィは純金とダイヤをあしらった自分の名のものに変えたんだ。あれは実に手の込んだ細工だよ』

『だから？』

ボンベロの声が大きくなった。

『コフィは、死のひと月前にエンブレムだけ別発注していた』

——沈黙。

わたしも胃が締めつけられ、咳《せ》き込みそうになった。

『なぜ、コフィは自分の伯父の死をひと月も前に知っていたんだ』

――沈黙。

短い咳払《せきばら》いがした。

『単に偶然の一致だろう。何かの折にと用意していたのかもしれん。それともコレクションにするとか』

『死を知ってから注文したのでは、絶対にあのエンブレムは間に合わない』

わたしは廊下を進み、ふたりの姿が見える場所まで近づいた。

スキンは困ったような顔をし、ボンベロは不愉快そうだった。

「なんだ」

咄嗟に何を答えて良いのかわからなくなって、しどろもどろになっているとレンジの焼き上がりを知らせるチンッという音が聞こえた。

「あの……焼けました」

ボンベロが怒った顔のまま廊下に出てきた。

「ボンベロ」スキンが声を掛けた。「これを教えてくれたのはマテバの親父だ」

立ち止まったボンベロは無言でキッチンへと戻っていった。

スキンは哀しそうな顔をしていた。

「手伝え」

ボンベロがカウンターの向こうで顎をしゃくった。

キッチンには四つのスフレができあがっていた。

ボンベロは十円玉の入っていたカップをトレーに載せるとわたしに押しつけた。

「運べ」

ボンベロは不機嫌そうにそう呟くと残った三つのカップを載せたトレーを手にしてキッチンを出、コフィのいる奥の円型テーブルへと向かった。

わたしは、カウンター前のファミレステーブルにスキンと向かい合って座った。

スキンはわたしのトレーを見ると表情を一変させ、子どものように目を輝かせた。

「おまたせ」

わたしがカップを差し出すとスキンは頷いた。

「良かった。本当に、ここに戻って来られて良かった」

スキンは、スプーンでスフレを掬うと鼻先に近づけた。

「これだ。カナコ、もし万分の一の確率でここでない別の場所で会えた時、これを俺に作ってくれないか。ボンベロにレシピを訊いて」

「バケツで作ってあげる」

「うふふ」

スキンはスプーンを手にした。

「スキン……」

わたしはその手を軽く押さえ、スキンの目を見つめた。

「なんだい」

「大事な話があるの。誰にも聞かれたくない」

スキンが怪訝な顔になった。

「どうした」

ボンベロがコフィに話しかけられていた。

「ボンベロはあなたを殺す気よ」

「莫迦な」

「本当、嘘じゃない。コフィはこの男を殺せってあの写真を渡したの」

「ボンベロは何て言った」

「何も。ただわかりましたって」

スキンはスフレのカップに目を落とし、下唇を噛み締めた。

「スキン。わたしに何かできる？」

「いや。ボンベロがその気なら、もう無理だ。奴はとんでもない力をもってるんだ」

「そんな……」

「でも、俺は奴に殺されるのなら理由はどうあれ感謝しかない」

「莫迦なこと言わないで」

「本当さ。俺は本気でそう思ってる」

スキンはわたしの手をどかすとスフレを食べ始めた。

「うまいな、本当にうまい」

「スキン……そんなこと言わないでよ」

「うまい。本当にうまい」

「ねえ。わたしはどうなるの？　スキン……」

その時、ボンベロがこちらを見ているのに気づいた。なぜか顔が緊張していた。

「一緒に逃げるんだよね？」

スキンは答えなかった。

その顔はカップのなかを注視し、額には血管と先程まではなかった汗がべっとりと滲んでいた。

「スキン？」

そう問いかけた瞬間、スキンがわたしを向いた。

何かが変だった。

目の前にあるのはスキンの顔だが、わたしの知っているスキンじゃなかった。

スキンは何事かを言いながら、大口を開けてスフレを咀嚼《そしゃく》していた。口の中で攪拌《かくはん》されたクリームの白や卵黄の黄が舌や歯茎に散らばり、まとわりつき、それをぐっちゃぐっちゃと噛む様子は不気味だった。

「どうしたの？」

スキンはスフレを食べ終えると立ち上がり、ダッフルバッグを開けるとなかから軍隊で使うような大きなコートを羽織った。随分と重そうだった。

「スキン？」

わたしの問いかけにも答えずスキンは黙々とダッフルバッグの中から、わたしが見たこともないナイフやら、銃やらを取り出すと身につけていく。

「何してるの……闘いにでも行くみたい……」

ボンベロが身を硬くしたままこちらを見つめていた。

「スキン？」

「がなごぉぉぉ」

スキンが何か棒状のものをわたしに向けた。

背骨がへし折れるようなタックルに、わたしは吹っ飛んだ。

乾いたパラパラという音に続いて壁や天井が次々に大きな音を立てて破裂し、わたしの上に破片が降り注いだ。

スキンがわたしを向いた。

機関銃のようなものをもっている。

わたしの肩に手を載せたボンベロが起き上がった。でも、一瞬、スキンの銃口のほうが早い。

銃の発射音と怒号、黒い塊が矢のようにスキンの腕に飛びかかると毟《むし》り取るように振り回した。

「スキン！」

わたしは床に倒れ、ボイルの牙から懸命に逃げようとしているスキンに取りすがった。

パラララッと鍵盤《けんばん》を叩くような衝撃がし、犬の躰がわたしの横で少し膨らんだ。次の瞬間、肩の辺りを摑まれ、わたしは羽交い締めにされたままファミレステーブルに引きずられた。

喉が潰れそうな痛みに悲鳴をあげたが、スキンはわたしを離そうとはしなかった。

そして彼はわたしを人質にしたままソファに落ち着いたんだ。

軍用コートの硬い袖が顔に刺さる、生地が放つ強烈な椰子油《パームオイル》の臭いが気持ち悪かった。

床には犬のボイルが倒れていた。

怒りで顔面を充血させたボイルがカウンターの脇に立っていた。すでにその手にはあの切り落としたショットガンが握られており、その前にボンベロ、奥のテーブルにコフィとファキールがいた。コフィの顔は青褪《あおざ》めて見えた。

「……あちゃん……してよ……おれは……」

スキンが何か話していた。

目は虚ろで、機関銃の先はぴたりとボンベロたちに向けられていた。

「殺せ！　ボイル」

コフィの声にボイルが銃口を上向けたのをボンベロが手で制す。

「莫迦！　みな殺しにされるぞ。スキンが爆破屋《バイロ》だというのを忘れたのか」

視線の定まらないスキンの顔に不気味な笑みが広がっていた。

「僕はもう、あやつり人形は飽き飽きだ。あきあきなんだよぉ！」

どんどんとテーブルに機関銃を叩きつけた。それは変な感じで、まるでオモチャをね

だるダダッ子のようだった。

「かあさんの指図は懲《こ》り懲《ご》りだ。あれをしろ、これをするな、それをしろ、そっちはだめだ、僕はいったい、どうすればいいんだ」

前屈《まえかが》みだったボンベロが身を起こした。それによってスキンの銃口のど真ん中に彼は身を晒《さら》すことになった。逆に言えばボンベロはボイルの壁になった。

「スキン……聞こえるか」

ボンベロの額に汗がびっしりと浮いていた。

「スキン……」

するとスキンの躰がぶるっと震えた。

「ああ、ボンベロ……」

「スキン、おまえはもう大丈夫だ。もう自由なんだ」

「……自由?」

「そうだ。もうおまえは自分のなりたいものになれる。好きにして良いんだ」

「だめだよ……叱られる。ぼくは嫌われるよ、かあさんをがっかりさせてしまう」

ファキールが立ち上がり、ゆっくりと近づいて来るのが見えた。手には拳銃を持っている。

「スキン、そのコートを脱げ」

「がっかりだって言われる……産まなけりゃ良かったって言うんだ」

コートを通してスキンの震えが伝わってきた。

この人は怖がっているんだと思った。

「スキン……一緒に逃げるんでしょ。わたしを連れて行ってくれるんでしょう」

自分の声がぶるぶる震えているのに驚いた。

スキンがわたしを振り向いた。

「あ……カナコ」

まるで今、気づいたかのようにスキンの目に驚きが走った。

その瞬間、二発の銃声が響き、全身に衝撃が走った。

ファキールが仰向けに倒れていた。その手が開き、拳銃が離れるところだった。

スキンはわたしを放すと発砲したばかりの機関銃を捨て、別の拳銃をこめかみに当てた。コートの肩口に破れができ、そこから赤い染みがどんどん広がっていく。

「スキン……銃を下ろせ、コートを脱ぐんだ」

ボンベロが静かに告げた。

「スキン……逝《い》っちゃうの？　ひとりで」

不意にそんな言葉がこぼれた。

スキンはわたしを見つめ、微笑むと銃をこめかみから下ろした。

「すまんな、ボンベロ」

その瞬間、ボンベロがドスンと一歩前に踏みだす。

銃声が響き、スキンの顔がパッと赤く煙《けぶ》った。がっくりと頭が真後ろに落ち、背後の壁に赤や白の厭な物が飛び散ると、水の迸《ほとばし》る音が始まった。

スキンは眉間《みけん》を撃ち抜かれていた。

耳から滝のように噴き出す血は絵の具のように鮮やかだった。

ボンベロの手の中に拳銃があった。銃口から白い煙が上がっていた。

「なんで？　なんでよ！」

わたしはボンベロに向き直った。

「死ぬのやめたじゃない！　拳銃、下ろしたじゃないよ！　どうして？　どうして殺したのよ！」

ボンベロは無言でスキンを見つめていた。その顔はぽっかり穴が開いたように真っ暗だった。

「ねえ！　ふざけんなよ！」

わたしが食ってかかろうとすると首が折れるかと思うほどの力で顔を張り飛ばされた。ボイルだった。

「黙ってろ」

床にひっくり返ったわたしに彼はそう小さく呟いた。

沈痛な顔のボンベロがコートのポケットへ慎重に触れ、スキンの左手をポケットから引き出した。小さなスイッチが握られていた。

ボンベロはボイルに頷き、開いていたスキンの目を閉じた。

「その女と一緒に冷凍庫に行って耐爆庫《マイトボックス》をもってきてくれ」

ボイルはわたしの髪を摑んで立たすと廊下奥の冷凍庫に連れ込んだ。そこには小型の金庫のようなものがあった。わたしたちは両手でそれを運んだ。

ホールに戻るとすでにスキンはコートを脱がされていた。

ボンベロが耐爆庫のなかにコートを丸ごと突っ込んだ。裏地にもポケットがあってそこからいくつも白い粘土のようなものが覗いていた。

引きずったような血の染みが床に延び、その先でファキールが壁に凭《もた》れていた。

「スキンの弾だ。きっと青酸毒が塗ってあるだろう。残念だな、ファキール」

傍《かたわ》らに立つコフィが呟き、ファキールは弱々しく笑った。

「一発で仕留められると思ったが。あの距離で外すとは俺も焼きが回ったな」

犬のボイルがストレッチャーの脇に転がっていた。下半身が無くなり、紐《ひも》のようなピンクの腸がばらけ、伸びていた。

ボイルが逝ってしまった犬の顔を何度も撫《な》でていた。

「いったい、何が起きたの……」

震えながら、そんな言葉が反射的に口を突いた。

耳が鳴り、頬が焼け、わたしは仰向けにホールの床に転がった。

ボンベロが殴った手を下ろすところが見えた。

「貴様。奴に何をした」

「何もしないわ。ただ……」

「ただ、なんだ！」

「スフレに入っていた邪魔物を取り出したの！　だってあの人、いつもちゃんとしたスフレを食べたがっていたのに、可哀想じゃない。あんなに怪我をして。ボンベロのことも大切に思っていて、なのにちゃんとしたスフレを食べさせてあげないなんて」

「それが奴の引き金《トリガー》なんだ！　完璧なスフレを食べれば、あいつは死んじまう。この世での希望を失ってしまうんだ！」

「そんな……」

「そんな人間だっているんだ！　望みを叶えないことが生きる力になっている人間もな」

「死んだよ」

ファキールを見つめていたコフィが呟いた。

「電話はどこだ？」

「事務所です」

コフィは廊下を行き、わたしは座ったまま震え、抑えようのない叫びが唇をこじ開け、噴き出すのをどうすることもできなかった。それは昔、耳にした母の嗚咽《おえつ》に似ていた。

「人が来る。後の始末は奴らに任せろ」

「わかりました」

「この女は殺してしまえ。いくらでも替えはいる。死体は一緒に運ばせれば良い」

コフィは汚らしいものでも見るようにわたしを見、犬を抱えたボイルとともに出て行った。

ホールの隅に白いテーブルクロスが広げられ、スキンとファキールが並んでいた。

ボンベロはあの重い耐爆庫を、たった一人で冷凍庫に戻す時も、視線すら合わせようとはしなかった。

わたしはホールの隅に立ち、呆然としていた。

ボンベロはキッチンからウィスキーを持ってくるとテーブルに座り、飲み始めていた。

菊千代がホールに顔を出した。

おいでと手を伸ばしたが、無視された。

菊千代はボンベロの脛《すね》に躰を擦りつけると、ずるずると床に寝そべった。

わたしは、スキンの血の跡を眺め、そして決心した。

「ボンベロ……」

テーブルに近づいてもボンベロは、わたしを見ようとはしなかった。

「わたしのお節介で、スキンとファキールと犬のボイルを死なせてしまったわ。ごめんなさい。憎いでしょう、わたしが」

ボンベロは黙っていた。

「もう殺すのを躊躇《ためら》わなくて良いよ。今までとは違う。今は殺される理由が自分でもわかるから……」

静かにグラスが置かれ、ボンベロが見上げてきた。その目には先程のような怒りはな

かった。

「処理してくれる人が来るんでしょう？　早くしなけりゃならないんじゃないの」

するとボンベロが〈ふっ〉と笑った。

「おかしなことを言う女だな、おまえは」

「死ぬのが決まっているなら、自分で殺されるときを決めたいの。不意打ちは厭だわ。だから、もうそろそろ終わりにしようと思って。黙ってこのままいるのも限界。はっきり言って、もう耐えられない」

話しているうちに目から涙がぼろぼろと噴き出してきた、が、わたしもボンベロもそれには気づかないふりをした。

「どうするつもりだ」

「来て」

わたしはホールを歩き出した。

倉庫に入るとボンベロが、続いて菊千代がやってきた。

「此処では殺さないぞ」

「わかってる」

わたしは、またパイプに近づこうとしている菊千代の前に行くと小麦の袋をひとつひ

とつ、どかし始めた。

「何をする」

わたしはパイプに手を突っ込むと蓋になっているスポンジを引きながら、奥のボトルをそろそろと下ろした。わたしが歌姫《ディーヴァ》を取り出した途端、菊千代がスポンジをパッと奪い、隅で蹲《うずくま》った。

「あ」

ボンベロが頷いた。

「なるほど。だから奴はそのパイプの近くをうろついていたのか。いずれは見つけられていただろうな」

わたしはボンベロに歌姫を渡した。

「そうかもしれないけれど。あなたの腕じゃ、入らないわ。それにパイプを切ったり、穴を開けようとすればボトルを傷つけることになるかもしれないし……」

「窮鼠猫《きゅうそねこ》を嚙むとはいえ、よくこんなところを見つけたものだ」

「褒めてくれているの？　今から殺すのに」

「ああ。そうだったな」

ボンベロの顔から表情が消えた。

「これを言わずに俺を困らせようとは思わなかったのか」

「思わないわ」

「なぜ」

「それほど嫌っているわけじゃないもの。スキンが言っていたわ。すべては成り行きなんだって。わたしもそう思うから」

「わかった。手を洗ってくる。そうしたら始めよう。ホールに戻っていろ」

歌姫を手にボンベロが倉庫から出ようとした。

「ねえ。スキンは本当にわたしたちを殺そうとしたの」

「だろうな。奴はコートを脱がず起爆スイッチを握り続けていた」

「コートに仕掛けがあったのね」

「あれに隠されている火薬が破裂すれば、ここは空爆を受けたように跡形もなくなる」

「そう」

「あいつを恨むな。仕方のないことなんだ。だからあいつはこんな地獄の掃きだめにいたんだ」

「そんなことしない。悪いのはわたしだもん……それと」

「なんだ」

「どんな風に殺されるのかな。なるべく苦しみたくないの。睡眠薬とか、そんな関係の薬じゃ駄目かしら」

「薬はない。刺殺や銃は掃除が面倒だ。絞めあげるついでに頸骨《けいこつ》を砕いてしまおうと思う。首を一回転させる要領だ。あれなら脊髄《せきずい》を轢断《れきだん》できる。即死に近いはずだ。トイレに行ってきてもらうと助かる。大小便が溜まっていると漏らすからな」

「わかったわ」

「それじゃあ、待っている」

ボンベロは出て行った。

わたしもトイレに行き、個室に入った。

おしっこは最初にチョロッと出ただけで終わってしまった。下腹を指で押したが残りが出るような気がしなかった。大きいほうもそんなに食べていないから大丈夫だとは思ったが、もし漏れたら恥ずかしいなと思った。ペーパーを使っていると、不意にこれが一生の拭き納めになるんだと思って躰が震えだした。これが最後だと思うと何から何までが最後なんだ。

わたしは頭を振ってその考えを追い出した。

つまらない喩《たと》えだけど厭な予防注射の順番を待っているような経験しか、このときの

気持ちを言い表す言葉がなかった。妙なことにすでに〈注射を終えた〉スキンのことが羨ましく感じたりもしていた。

そして自分がしでかしてしまった〈莫迦〉について思うと、また涙が出た。エプロンで顔を拭くと火薬の臭いがした。もういろいろなことがたくさんだった。

トイレを出て、ホールに向かう途中で妙な物音が聞こえた。

何か掃除機のノズルが詰まったような音。

それは倉庫のほうからしていた。

「ボンベロ?」

わたしは彼が戻ってきたのかと思い、倉庫を覗いた。

白い塊が真ん中で転がっていた。

菊千代だった。

横倒しになって躰を痙攣《けいれん》させていた。

ふざけているのかと思ったが、口から泡が川のように溢れ、白目を剝いている。

「ボンベロ!」

わたしは叫んだ。

彼はすぐにやってくると犬に取り付いた。

「菊千代！　菊千代！」

ブルドッグは半ば死体のようにされるがままに肉を揺らし、まったく反応しなかった。

「畜生！　なんだってんだ！」

ボンベロは菊千代の口を広げた。

黒い斑《ぶち》のあるベルトのような舌がだらりと下がり、ボンベロがそれを引くようにしてなかを覗き込んだ。

白いものが喉の奥に沈み込もうとしていた。

「何か詰まってる」

ボンベロが指を突っ込んだ。

が、無駄だった。

菊千代の躰が冷たくなってきていた。

「くそ！　医者を呼んでくる」

ボンベロが立ち上がった。

「間に合わないわよっ」

わたしの声にボンベロが停まった。

「窒息《ちっそく》しているの。今すぐにしなければ無理だわ。口を開いて。わたしがやる」

ボンベロが再び、菊千代の口を押し開いた。

わたしは喉の奥へ指を差し入れた。

温かい泥のなかのようだった。

それは表面がボロボロしていて指先で下手に触れるとそこだけ千切れてしまう。

「喉を押して。そこを過ぎたら、もう取れないわ」

口が閉まり、腕に菊千代の牙が食い込んだ。

ボンベロが外側から菊千代の喉元に力を込めた。

指先に感触が帰ってきた。

「もう少し」

それから二分ほど経った時、わたしは、やっとそれを摘《つま》むことができた。

水っぽい栓を抜く音がし、スポンジの破片が取れた。

「なんだこりゃ」

途端に菊千代は自力で起き上がると、げぇげぇと空咳《からせき》をし、口から出た汁を舐め始めた。

「菊千代」

ボンベロが抱くと、彼は分厚い舌で何度も主人の顔を舐めあげていた。

わたしはスポンジを菊千代の届かない上の棚へ置くと手を洗いに行き、そして戻った。

ボンベロは、まだ菊千代とくっついていた。

「始める？」

ボンベロは頷き、立ち上がった。


わたしはスツールに座っていた。

ボンベロは用意をすると言ったまま、なかなか姿を現さなかった。

やがて足音がし、ボンベロが来た。

銃を持っていた。

「それを使うの？」

「さっきので状況が変わった……」

ボンベロは銃を見つめながら呟いた。

「おまえは俺の友を奪い、また友を救いもした。今、俺のなかではおまえを救いたい気持ちと罰する気持ちとがせめぎ合っている。俺は自分から、どちらを選択しても後悔するだろう」

ボンベロはそこで言葉を切った。

「おまえが決めろ」

「どういうこと？」

「意味はない。ただ、おまえが決めろ」

「だって……」

「三分したら事務所の前に来い」

ボンベロは、カウンターにキッチンタイマーを置き、それだけ告げると立ち上がってホールの奥へと去った。

それからしばらくして店内の照明が二、三灯を残して、突然、消えた。

ほとんど暗闇と言っていいなかで息を殺していると、動悸が苦しくなった。

やがて小鳥の囀《さえず》りのようなタイマーの音がした。

アラームを止め、わたしは立ち上がり、事務所から漏れてくる小さな灯りを頼りにして進んだ。

「止まれ」

不意にボンベロの声がすると圧搾《あっさく》空気の音がして、玄関のドアが開くのが見えた。

目の前には事務所へと続く、細い廊下、左手にはホールがあった。

その先のドアが全開になって停まった。

風が僅かに吹き込んでくるのが感じられた。ホールに横たわる遺体に被せられたシーツが揺れていた。

無音状態のなか、耳が圧迫されるような感じがして不安が高まってきた。

すると事務所の入口にボンベロが姿を現した。

彼は手にした拳銃をゆっくり上げると、わたしに向けた。銃口は確実にわたしの胸の辺りか額を狙っているはずだった。

「五つ数えたら撃つ。俺はこの一発に審判を委《ゆだ》ねる」

「わかったわ」

「一」

わたしはドアを見た。

「二」

ボンベロは、まっすぐわたしを狙っている。

「三」

屈んでいけばドアまで駆け抜けられるかもしれない。

「四」

あの階段を上り切れば自由になれる——。

「五」

が、やめた。

わたしは、ボンベロの顔だけは見逃すまいと彼を睨みつけた。

ボンベロも、わたしを見つめていた。

――プシュ。

乾いた破砕音がし、ボンベロの姿が粉々になった。硬い破片が床に散らばる音が続く。

何が起きたのか一瞬、わからなかった。

わたしは自分の躰に開いているはずの穴を手で探った。でも、どこにもそれはない。

顔を上げたとき、答えがわかった。

ボンベロが撃ったのは入口に立てかけられていた鏡だった。

空気の抜ける音がするとドアが閉じ、照明が元に戻った。

事務所ではなく、キッチンの奥から姿を現したボンベロは怒っているような悲しんでいるような不思議な顔をしていた。

「テーブルで座っていろ」

わたしは言われるがままにし、テーブルに顔を突っ伏していた。

すると何かを掻き回す音と刻む音が聞こえてきた。

「どけられないの。押したんだけど。持ち上がらなくて」

「そのほうが良い。無理にどけようとして顔に牙《きば》のパンチ穴を開けられた奴を三人知ってる」

指笛がした。

菊千代はひょいとわたしから降りた。

ため息をつきながら躰を起こすと大きな毛玉のような短い尻尾《しっぽ》の載《の》った彼の尻が廊下を曲がっていくところだった。

あらためて見まわすと手の下には柔らかで清潔なマットレスがあった。昨日、食事を終えるとボンベロはわたしにシャワーを使うように言い、その間にマットレスを敷いてくれていた。

「……どうも」

わたしがそう言うとボンベロはふんっと鼻を鳴らし、出て行った。

ホールに出るとボンベロがテーブルにいた。

すでに濃厚なスープの匂いが漂っていて、それが昨夜のコンソメを思い出させ胃を締めつけた。

「おはようございます」

ボンベロはハンティングナイフで骨を削っていて、白い削りかすがファミレステーブルの上につもっていた。

「三日が限度だな」

ボンベロが口にした。

「なんのこと」

ボンベロは、ナイフを摑んだまま人差し指をまっすぐわたしに向けた。

「おまえがだ。昨日、俺はおまえを生かしておこうと決めた。それでもおまえは保《も》たない。遅かれ早かれ、此処《ここ》に来た客の誰かに殺されちまう。たぶん、三日のうちに」

そう言い置くと再びボンベロは骨を削ることに集中してしまった。

黙って座ったままわたしは辺りを見まわしていた。隅の暗がりから硬いものを砕く別の音が聞こえてきた。

菊千代がボンベロにもらった骨を前脚で押さえながら齧《かじ》っていた。

「それに、おまえは端《はな》から間違えてもいる」

「なにを」

「今は朝じゃない。つまり、おはようじゃない」

「だって」

わたしは短針が七と八の間を指している柱時計を振り向いた。

「あれは気分で俺や客が好き勝手に弄《いじ》っている。つまりあの時計は今は七時半の辺りを指しているが、五分後には三時を指しているかもしれん」

「それじゃ意味ないわ」

「予定があって時間が気になるような者はここには来ないし、奴らはすでに自分の時計をもっている」

「ならあそこに掛けておく必要が無いじゃない」

呆《あき》れたもんだと言いたげにボンベロは鼻から太い息を吐いた。

「客のなかには柱時計が掛かっていないと、落ち着かない者がいる。またその逆もいる。掛かっていないと落ち着かない奴のほうが、掛かっていると落ち着かなくなる奴よりも頻繁《ひんぱん》にやってくる。だから掛けている。いちいち付けたり外したりは面倒だ」

「そんなこと」

「なんだ」

わたしは言いかけて止めた。

「なんだ」

しかし、ボンベロは畳みかけてきた。

わたしは顔を上げ〈別に〉という代わりに首を振って見せた。

「此処にはいろんな女が来た。ジャンキー、風俗崩れ、ギャンブルで焦げついた者、誰かにはめられた者、借金で首が回らなくなった者、単に頭がおかしい者……そしておまえのように買われてきた者」

ボンベロは刃のようになった骨の先端を、親指の腹で何度も触れて切れ味を確認した。

「だがな。そいつらは女だということ以外もうひとつ共通点がある。なにかわかるか？　わかるまい。わかっていれば、此処に墜ちてくることはなかったからだ」

菊千代が骨を嚙み砕き、ひときわ大きな音をさせた。

「……知らなかった。聞いていなかった。思いも寄らなかった。みんな同じことだが、奴らは自分が無知という罪を犯したことを理解していない。無知だからこそ、奴らは地獄の蓋《ふた》を開けた。おまえも同じだ。今、そんなことはわからないと言いかけた。わからなければ注意深くなれば良い。それこそ地鼠《じねずみ》や小魚のように全身をアンテナにしてそこらに散らばっている地雷を踏まないようにして歩かなくてはならない。堂々と歩けるのは知恵のある者だけ。そんな単純で絶対的な真理を無視して生きてきたんだ、おまえたちは」

「そうね。それはそうだと思うわ。でも、あなたはどうなの？　あなたは知恵があるん

でしょう。だったらなぜこんなところでこんな仕事をしているの？　わたしは自業自得かもしれない。だけれど人は殺していないわ。殺し屋なんかよりずっとマシ」

「スキンはおまえが殺したも同然だ。またキッドはおまえが人を殺していると言った」

「お金のためじゃないわ」

「殺したことは認めたな」

わたしは黙り、ボンベロは聞かなかったような顔をして、また骨を削り出した。

電話が鳴った。

ボンベロは呼び出しが三度、鳴るのを待って立ち上がり、事務所に向かった。

骨とナイフが残されていた。

わたしは骨を摑むとボンベロがしていたように先端に親指の腹を当ててみた。剃刀《かみそり》のように見事に削られていた。重みといい、胡桃《くるみ》のような断端部といい実に握り易いナイフに仕上げている。

ボンベロの低い声が聞こえた。

わたしは気取《けど》られないようにホールと事務所を繋《つな》ぐ通路の際に行き、耳を澄ませた。

「結論は出した。必要かそうでないかは俺が決めたいと伝えてくれ。これから忙しくなるんだ」

ボンベロが電話の相手に声を荒らげた。

「客に殺されるのは仕方がない。それは防ぎようがない。だが、俺からは……」

わたしはため息をつき、テーブルに戻った。

後は聞く気になれなかった。

「菊千代」

声を掛けると菊千代は骨から顔を上げた。

「ばーか」

犬は大きなくしゃみをすると再び骨に戻り、文句の代わりにバキバキと音をさせた。

「莫迦《ばか》は禁句だ」

いつのまにか、ボンベロが脇にいた。

「あらそう」

「奴はその言葉はわかる」

ボンベロは骨とナイフの位置が変わっているのに気づいたようだった。彼は再び、それを手に取った。

「俺は自分がおまえより上等だというつもりはない。汚い殺しを山ほどやってうんざりしたから、こんな埒《らち》もないことを始めただけだ。もちろん、みながてきるわけじゃない。

その点で俺は幸運だったのかもしれん。おまえの言うとおり、ろくでもない仕事だ。死にかけの駄馬の晩餐《ばんさん》をこさえてるのと変わりがないからな。おまえも見たとおり、此処ではいろんな事が起きる。それは仕方がない。だが、俺が我慢できんのは莫迦な女が莫迦なことをしでかして吹き飛ばされた脳味噌の破片や頭蓋骨《ずがいこつ》の欠片《かけら》を箒《ほうき》で拾い集めたり、床に膝《ひざ》をついて血の塊《かたまり》をダスターで拭《ぬぐ》ったりすることだ。客の躰なら、おまえにやらせる。だが、おまえが吹き飛ばされれば、後は俺がやるしかなくなる。前の女は顔の皮をあそこのジュークボックスにぶら下げられた。キッドがピアスを耳たぶごと切り取ってポケットにしまっていた。俺には三日後、俺がフライパンを振っていたり、パテを引っ繰り返したりしてる間に、おまえが血の海に転がされていたり、首だの顔だのを切り裂かれて飾られるような気がしてならんのだ」

「気をつけるわ」

「そうしろ。せいぜい気をつけることだ。今日も客がやってくる。客のなかには気に入らなくておまえを殺そうとする奴もいれば、気に入ったから殺そうとする奴もいる」

「だったら、どうすれば良いの」

「どうしようもない。普通にしていろ。特段に注意が必要な奴の扱いは俺が指示する」

最初にやってきたのは痩せぎすのスーツを着た黒縁眼鏡の髪の薄い男だった。彼は黙ってカウンターに座るとメニューにあるチーズバーガーとフレンチフライを指さした。

わたしがベルを鳴らし、注文書《オーダーシート》をチェッカーに挟んでいると、また別の客が来た。

「いらっしゃいませ」

声を掛けて顔を上げると肉の壁があった。レスラーのように巨大な男で、躰の割に頭がやけに小さかった。

彼はわたしの胸をドンッと突くと床に転ばせた。

「おまえ、今、転んだな」

「ええ」

「俺が押したから転んだんだ」

「そうね」

「痛かったか」

「痛くはないけど。驚いたわ」

「痛くはなかった」

と、男が言い終える前にわたしは固い岩盤のようなブーツが後ろへ引き上げられるのを見た。

横に転がるとブーツが釣《つ》り鐘《がね》を叩く撞《つ》き棒《ぼう》のようにブラウスを掠《かす》めた。あんなものがまともに当たったら躰がどうにかなってしまっていたに違いない。

「俺に押されたから転んだと言ってくれ」

「あなたに押されたから転んだのよ！」

「ジェロ！」

キッチンからボンベロの声が響いた。

すると男は背筋《せすじ》をピンッと伸ばし、そちらに向き直った。

「やめろ。女は柔らかい。壊れやすいんだ」

ボンベロがカウンターに皿を置き、わたしに向かってそっと手招きした。

ジェロと呼ばれた男がボンベロに気を取られている間にカウンターへ急いだ。

「あの人、どうかしてるわ」

「奴だけじゃない。足を見てみろ」

ボンベロの言葉にスカートを捲《めく》ると剃刀で掠ったような傷が三本走っていて、血が垂

れていた。

「夏油《げとう》、残りのふたりはいつ来るんだ」

ボンベロがあの無口な男に向かって叫んだ。

男は虚ろな視線を寄越し、肩を竦《すく》めた。わたしは大男が円型テーブルにつくのを目の端で確認した。

「この女を賭けの道具に使うな。今日は忙しいし、明日も忙しい、こいつが動けなくなると店を閉じなくちゃならん。そうなれば、おまえはどこで飯を喰うんだ？」

男はボンベロから目を逸《そ》らすと、ひとりで納得したかのように何度も頷いた。

「なんなの？」

「奴はおまえが気づかないうちに腿《もも》を何カ所切れるか、後で来る仲間と賭けているんだ。多く切れば切るほど奴は儲《もう》かる」

わたしはゾッとしてカウンターから回り込み、ボンベロと並んだ。

「あの大男は巧く扱えるかしら」

「ジェロには吐き気がするほど甘くしたパンケーキの山盛りを出しておけば良い。後は奴の言うことに逆らうな。何か言われても、余計なことは言わず、ただあいつの気に入るような鸚鵡《おうむ》返しをしていればいい」

ジェロが丸太のような太い腕を宙に突き出し、大口を開けてあくびをする。

その足元へ骨を咥《くわ》えた菊千代が近づき、うずくまった。

「あんな人でも、できるのかしら」

「何をだ」

「仕事……。彼、ちょっと可哀想な人でしょう」

ボンベロは、やれやれと首を振った。

「殺しは莫迦じゃできない。あいつが見たまんまの男ならとっくの昔に焼却されるか、金網に入れて海に捨てられている」

「金網？」

「死体に重りをつけて捨てるのは素人だ。プロは魚が通れる程度の隙間《すきま》のある金網に入れる。網なら潮の影響も受けにくいし、腐敗ガスが充満しても浮かび上がることもない。身は魚が綺麗に骨にしてくれるし、網が錆《さ》びて壊れる頃には骨も崩れて跡形もない」

「それ、みんな知ってるの」

「幼稚園レベルだ」

ジェロは次に頭を掻《か》きむしると躰を左右に揺らし、テーブルを手でぽんぽんと叩き始めた。小声で何か歌っているのか口も動いている。

「とにかくあいつは外に出ればまともなんだ。何食わぬ顔で冷静に仕事をする。但《ただ》し、ここに来ると赤ん坊返りする。それがあいつにとって重要だし、なにより気分が良いらしい」

「じゃあ、お芝居なのね」

ジェロへ視線を向けたボンベロは催促するようにテーブルを叩き続けている男へわかっているというように頷いた。

「それが、よくわからんのだ」

ボンベロの目に困惑が浮かんだ。

「初めの頃はそれこそ〈真似〉だったんだが、最近では、〈真似〉が〈本物〉を浸食し始めちまってるのかもしれん。噂によると風俗で赤ん坊返りしてソープの女を洗い殺しちまったそうだ」

「洗い殺す、ですって？」

「どうやったかなんて俺に訊くなよ。客だ」

ブザーが鳴ったので、ボンベロはモニターをチェックしに向かった。

ジェロが熱っぽくわたしを見つめている。

「客を案内する前にジェロにこれを持って行け」

ボンベロが調理台の上の赤いおもちゃのバケツみたいな容器を指さした。なかには白いどろどろしたものが詰まっている。

「ミルクセーキだが、普通の奴には飲めた代物じゃない。砂糖がじゃりじゃり飽和状態になるまで突っ込んだのに蜂蜜《はちみつ》やらバタークリームやらシロップやらが団子になって入ってる」

「聞いてるだけで頰が痙《つ》るわ、なぜかしら」

「それが普通だ。ジェロはそれを六リットルほど、つまりそのバケツで六杯はお代わりする。さっさと持って行け。少なくともその間はおまえを無闇に呼びつけたりはしないだろう」

わたしはメニューを小脇に挟むと手で直接、バケツを摑みストローとフォーク、スプーン、ナイフのセットをエプロンのポケットにしまった。

わたしが近づくとジェロは明らかに何か仕掛けたそうに目を輝かせた。意図したわけではないのだろうが、べろりと赤い舌で唇を湿らせたので足が停まりそうになった。

「なあ……」わたしがテーブルにバケツを置き、スプーンなどをセットすると彼の手が肘《ひじ》の辺りに触れた。ジェロは躰中から古い軍手のような臭いをさせていた。

「なんですか」

「お、俺は……」

その時、足元で菊千代が軽く吠《ほ》えた。何か布で包んだ拳銃《けんじゅう》を撃ったような奇妙な声だった。

ジェロは軽く仰《の》け反《ぞ》り、椅子を大袈裟《おおげさ》に動かすと菊千代から離れようとした。

「こ、怖い犬だな、これは」

「怖い犬よ、それは」

わたしは怯《ひる》んだ顔のジェロを残してドアの前に立った。圧搾空気がボルトを撥《は》ね上げる音を耳にした時、ちょっと、スキンのことを思い出して寂しくなった。けれど、ドアが開ききった時には前のことに集中しようと心を決め、頭を上げた。

その途端、〈あ、大変だ！〉と心のなかで思わず叫び声をあげた。〈この人は知らずに迷い込んでしまったに違いない〉そう動揺した。

だって目の前にいるのはブラウン管やスクリーンに登場する類《たぐい》の女の人だったから。日焼けした肌、アップにした長い髪、細身の黒いドレスに身を包んでいたけれど、バストからヒップにかけてのラインは女のわたしでも思わず見とれてしまうほどだった。

つまり、最もこの場所に似つかわしくない人物がいたからだ。

彼女は彫像のように屹立《きつりつ》したまま動かず、彫りの深い大きな瞳で、まっすぐわたしを

見つめていた。単なる美人顔ではなかった。下手をすると嫌みな顔になってしまう派手さが、絶妙の加減で美しさの側におさまっていた希有《けう》な例。彼女が微笑《ほほえ》めば、誰もが好もしく感じるだろう……でも、今は笑っていない。それが下手なヤクザの睨《にら》みよりもこちらを緊張させていた。

「あの……此処は」〈会員制なんです〉と言いかけて、わたしは、すっと逸らされた視線がまっすぐ店内に向けられたのを感じた。

彼女は何も言わずにわたしの横を通り過ぎた。その躰から嗅いだこともない良い匂いが漂い、わたしの鼻をぶった。あとでそれが世界最高級といわれている香水、ジャンパトゥ1000《ミル》のパルファムによるものだと教えられた。

「ボン」

カウンターに近づいた彼女がキッチンのボンベロに声を掛けた。

すでに夏油とジェロは手を止め、阿呆になって彼女を凝視している。口元でバケツが斜めになったままジェロの胸の上に白い筋を描いていた。

しかし、この店のなかで唯一、ボンベロだけが彼女を無視している。

ドアの閉じる音がした。

思えば彼女が何者であるのかを確認した上でドアは開いたのだ、間違いであるはずが

ない。わたしは今さらのように彼女を目の当たりにした自分がどんだけ動転していたのかを知った。

「お客様、どうぞ」

わたしは空いた席に案内しようと声をかけたが、耳にも届いていないようだった。

ボンベロは焼き上がったばかりのパンケーキの山にカットを入れているところだった。

傍《かたわ》らには夏油に出すつもりのプレートがあり、焼き上げられたばかりのチョリソーとバンズに載せられたパティが湯気を立てパインとレタスをかぶせられていた。

「ボンベロ！」

紅いルージュを塗った唇が歪《ゆが》み、真珠のような小さな歯が食い縛られた。

女の思いがけぬ声に店内に緊張が走る。

菊千代ですら骨を忘れ、女を見つめていた。

パティの上に特製ソースとマスタードを塗りおえるとボンベロがバンズで蓋をした。

さらにそのまま手を止めず別のプレートに蜂蜜を敷くと、その上にパンケーキを積み、間にカットしたバターの欠片をまんべんなく挟み、粉砂糖を厚く振り、生クリームで大きな蚊取線香のような渦を描き、温めておいたチョコレートでゼブラ模様を完成させた。

女は何も言わずにボンベロを睨みつけているだけだった。胸だけが別の生き物のよう

に大きく上下していた。

ボンベロは器用にプレートを手に持つと、カウンターにやってきて置いた。

そしてわたしを見た。

わたしは黙ってメニューをカウンターに置いた。

「炎眉《えんび》」

ボンベロはゆっくりと胸ポケットから吸いかけの葉巻を取り出し、長軸マッチをつけると、先端を炙《あぶ》り始めた。

「もう此処には来るなと言ったはずだ」

ボンベロは煙と一緒に話したので妙な具合に口から白い筋が溢《あふ》れ、顔の上を這《は》いあがっていく。

「開けたじゃない」

「ドアをぶち壊されては困る。あれは高いんだ。カナコ、冷めるぞ」

ボンベロがわたしの名前を呟《つぶや》いた途端、炎眉と呼ばれた女の目がわたしを射抜いた。

それは本当に射抜いたといってもいい硬い視線だった。

「なまえは?」

「オオバカナコ……です」

「本名なの」

「はい」

「どういうことなの？」

炎眉はボンベロに向き直った。

「仇名《あだな》でも、番号でもないの」

「それは飽きたんだ。……カナコ」

ボンベロが〈持って行け〉という風に顎《あご》をしゃくった。

わたしは炎眉に触れないようにプレートを持つと夏油の前に置き、また戻ってから両手で山盛りのパンケーキが載ったプレートを手にした。腕が震えるほど重かった。

「話を戻そう。炎眉、おまえは出入り禁止だ」

「用があったのよ」

「俺にはない。帰れ」

ボンベロが葉巻を捨てた。

「子どもができたの」

「どこにいるんだ」

すると炎眉は束の間、ボンベロから目を外した。

「……堕ろしたわ」

「なおさら用はない。さようなら炎眉。幸せになれ」

「そう……なら約束が違うわ」

「約束？」

「デルモニコはわたしにあなたをくれると約束したのよ」

「何度も言うようだが、俺は物じゃない。誰にやるとか、くれるとかは迷惑だ」

「あなたは物だったのよ、ボンベロ。ただの安っぽいチンピラでしかなかったあなたはデルモニコに目を掛けてもらえるまでは、街角の溝《どぶ》で腐っている青臭い屑《くず》でしかなかったのよ」

ボンベロが〈やれやれ〉と頭を振るのが見えた、わたしはプレートをジェロの前に置いた。

「わたしはデルモニコと叔父から反吐《へど》が出るような仕事をさせられたの。二十歳のわたしにしかできない仕事だったのよ。口にするのも穢《けが》らわしい仕事。デルモニコはその仕事にすべてがかかってると、わたしの前に手をついて頼んだの」

「その話はもう聞き飽きた」

「わたしはまだまだ話し足りないの。聞きなさいボンベロ。あなたにはその義務がある。

あなたが神のように崇《あが》め奉《たてまつ》っているデルモニコが本当はどんな男だったのかを知るべきよ。いくらあんたのように薄っぺらで、肝《きも》の小さい男でもね」

「ここは俺の店だ。そんな声を出すな、炎眉」

「わたしがくそったれな仕事をしたからある店よ」

「デルモニコから頼んだのは、あの一回だけだ。後はおまえが望んで続けたんだ」

「わたしを誰だと思っているの？　そんな安い詭弁《きべん》は、莫迦のように突っ立ってるあそこのマンコに突っ込んでおけば？　わたしはあれで道がついちまったのよ。ある体験が人をゼロに引き戻し、まったく別の怪物にしてしまうことを知らないわけじゃないわよね。あと戻りはできないの。化学反応みたいなもの。一度起こしてしまうと、元にはもう戻れない。スキンがなぜ、ああなったのか。あれも彼だけのせいだというの？」

と、その時、わたしの腕をジェロが握った。反射的に振り払おうとしたが、万力《まんりき》のように締めつけられ、動かせなかった。

「な、なに？」

「あの女は綺麗だが怖いな」

「綺麗だけれど、怖いわね」

「綺麗だけれど汚いな」

ジェロは興奮気味にテーブルにわたしの手を押しつけた。

わたしはバランスを崩しかけ、よろめいた。

「綺麗だけれど、汚いわ」

「きれいで、きたない」

「綺麗で汚い」

「きれいはきたない。きたないはきれい」

ジェロは突然、わたしの手でテーブルを擦《こす》りだした。まるで消しゴムを使って汚れを消そうとするかのように。焼けるような熱さに皮が悲鳴をあげた。

「きれいはきたない。きたないはきれい。きれいはきたない。きたないはきれい……」

「き、綺麗は！　ちょ、ちょっと！」

ジェロはわたしの声などまるで耳に入っていないようで、視線はぴたりと炎眉から離れない。

「わたしはデルモニコに縄張りの半分か、あなたを寄越せと言ったの。そして彼はあなたをくれたのよ。あなたも承諾したと聞いたわ」

「まともな話だとは思えなかった。そのことは何度も説明したはずだ」

「あなたの命はデルモニコに預けたはずだわ」

「その通りだ。だが……」

「それをデルモニコはわたしに譲ったの。わたしの魂の代償に。もしも将来、あんたが殺し屋を辞めたら、もらうという約束でね」

わたしは必死になってジェロから手を振り解《ほど》こうとしたが、無理だった。テーブルの上に裂けた手の甲から伸びた血がジグザグになっていた。ジェロの力は尋常ではなく、手首が妙な方向に曲がり始めていた。

……ああ、折れる。

わたしは目をつぶった。

と思った瞬間、急に手首が自由になり、ジェロが何か喚《わめ》いて立ち上がると仰向《あおむ》けにひっくり返った。大男が自分の尻に食い込んだ大きな塊《かたまり》を取ろうと必死になって転がり、泣き叫んでいる。

菊千代だった。

キッドの頭を飲み込んだ時の鰐口《わにぐち》が再び、ジェロの臀部《でんぶ》を飲み込もうとしていた。驚いたことに菊千代の普段は不便そうなしゃくれ顎が、しゃくれているが故に口を閉じていても楽に呼吸ができるようだった。これならいくらでも噛みついていることができる。

「しりぃぃぃぃひぃ」

菊千代の攻撃は凄まじいの一言だった。

ジェロが引き剝がそうと太い腕で菊千代の躰を摑んで引いても頼りなく皮が伸びるだけで中身は依然として、どっしりと喰らいついたままでいたし、ジェロが躰を回転させて振り解こうとすると、菊千代はいち早く、それを察知して彼が体勢を変えようとするたびに肉を引き千切る勢いで激しく首を振り、激痛を加え、阻止した。

実際、ジェロの頑丈《がんじょう》そうなジーパンの生地が音を立てて裂け、血が黒い染みとなって広がり始めていた。

しかも、ただ相手を咬《か》んで制圧するのみではなく、常に咬む位置を少しずつずらすことで敵に新たな激痛を加えることを忘れない。咬む範囲は広く、常に急所を脅《おびや》かしているので相手に考える隙《すき》を与えない。

キッドの時といい、その加減がまた絶妙で、まるで生きた拷問《ごうもん》道具だった。

「ぐえぇぇ」

何かジェロの躰のなかで大きな激痛が走ったのか、びくんと躰が跳ね上がり、ひと声叫ぶと渾身《こんしん》の力を込めた一撃を菊千代の左の顔面めがけ叩き込んだ。

と、ベニヤを踏み抜く音がし、ジェロの口から呻《うめ》きとも悲鳴ともつかぬ声が漏れた。

寺の撞き棒のような拳が顔に衝突する刹那《せつな》、パッとジェロの尻を放した菊千代が、そ

の拳《こぶし》を丸ごと口に入れ、嚙み潰していた。

ぼりりりっ。胡桃を砕く音、蟹の甲羅《こうら》を潰す音、硬いキャンディーを嚙む音、それらが菊千代の口から続いた。

ジェロのもう一方の腕が上がり、鉤《かぎ》に曲げられた指が菊千代の眼球に突っ込まれようとした。

ドシュンッと重い音がし、そのジェロの左手がテーブルの脚に貼り付いた。掌《てのひら》のど真ん中にボンベロのハンティングナイフが突き立っていた。

ぼりりりりりっ、べきゃ。

それを合図に、ひときわ大きい音がした。

「ぐぶぅ」

ジェロは白目を剝《む》き、口から泡を噴き出すと伸びてしまった。

「餌《えさ》はやってるの。ずいぶん、おなかをすかせているみたいじゃない」

炎眉の間延びした声がした。

「当たり前だ。此処をなんだと思っている、ダイナーだぞ。飯は売るほどあるんだ。カナコ！　客だ。そいつは放っておけ。菊千代、少しは残しておくんだ」

わたしは菊千代とジェロから離れるとレジの脇にあるボックスからメニューを取り出

して、ドアの前に立った。

本当に今日は忙しい、どうかしている。

「いらっしゃいませ。ようこそキャンティーンへ」

目の前に夏油がふたり立っていた。

いや、正確には夏油そっくりの男がふたり。同じ服、同じ体型、同じ髪型、同じ眼鏡、同じ靴。まじまじと見たり、真っ昼間なら区別はつくだろうが、暗がりや初対面に近い状態でならば、三人はまるっきりの同一人物に見えるに違いない。

「あちらのお連れの方ですか」

ふたりは夏油同様、無言で店内を見まわすと彼がカウンターにいるのを見つけ、勝手に座った。

「こちらがメニューです」と差し出したが、彼らは受け取ろうとはしなかった。

「尻焼《しりやき》と道珍坊《どうちんぼう》だ。奴らは同じ物を食べるからメニューはいらない」

「待ちなさい」

調理台に戻ろうとしたボンベロを炎眉が呼び止めた。

炎眉に気づいた尻焼と道珍棒が目を見張っていた。

「約束を果たしなさい」

「デルモニコの件は俺の知ったことじゃない」

「違うわ。あなた自身の約束よ」

「俺の？」

ふたりの遣り取りをカウンターの三人が口を開けて眺めていた。

ジェロは相変わらず白目を剝いて菊千代に手を咬ませている。

「あの晩、別れるなら殺してねと言ったはず。あなたは約束したわ」

「もう三年以上も前の話だ」

「約束は、約束よ」

ボンベロは炎眉を睨みつけた。全身が大きく膨らみ、今にも破裂しそうに思えた。

「どうしてもわたしを此処から放り出したければ死体袋《ボディバッグ》に入れることね」

「何が望みなんだ」

「あなたと生きること」

「莫迦な」

「出て行かないわよ」

「勝手にしろ」

ボンベロはそう言い放つと調理場の奥に向かい、グリドルにパティを勢い良く並べた。

炎眉はしばらく、その様子を眺めていたが、やがて振り返りテーブルに近づくとジェロの座っていた椅子を直し、自分が腰掛けた。

「エスプレッソの六倍。それとこれをどかして」

炎眉はヒールの先でジェロを突いた。

菊千代がわたしと炎眉を交互に見上げた。

「ゴミは片付けるものよ」

「はあ」

わたしは屈《かが》むとジェロの上着を摑んで動かそうとした。が、岩のように重く、ぴくりとも動かない。

「あなた、ボンベロとは寝たの？」

いつのまにか炎眉が真横に並んでいた。

「いえ」

「でも、命令されたら断れないわね」

声音とは裏腹に彼女の大きな瞳には暗い光が凝《こご》って、鋭くなっていた。

「これを飲むのよ」

炎眉は綺麗にマニキュアを施した指先で小さな青いカプセルを摘《つま》んでいた。

「もし、そんなことになったらこれを飲むの。楽に死ねるわ。なんの苦しみもないの。あっという間、眠るのと同じ」

わたしはそれを受け取るとエプロンのポケットにしまった。

「ボンベロと寝たりしたら、もししていたら残念だけど許さない。あなた、生きたまま自分の腸で首を絞められるのがどんなに辛いかわかる？　膣《ちつ》から子宮を抉《えぐ》りだした後で腹壁を突き破ってわたしはそれをあなたにするわ。大抵は死ぬ前に痛みで狂うみたい、ゲラゲラ笑うわ。だから、もしあなたがもう彼と寝ていたりしたのなら、わたしがそれを知る前に飲むことね。わかる？　わたしは優しさでそれをあげたのよ。わたしは冷たい人間じゃないの、ちょっと変わってるだけなの。繁華街にいる若い子と同じよ」

「重くて動かせないわ」

カウンターではボンベロが尻焼と道珍坊に夏油と同じ物を載せたプレートを渡すところだった。

「こうするのよ」

炎眉は立ち上がるといきなりジェロを蹴った。腹に響く音とともにジェロの躰がいとも容易《たやす》く壁際へと吹っ飛んだ。めくれたドレスのスリットから炎眉の渓谷《けいこく》のように深い彫りの入った大腿部《だいたいぶ》の筋肉が覗いた。それはまったく贅肉《ぜいにく》のない競走馬を思わせた。

菊千代は間一髪で身を離していた。まったく見かけに似合わず、すばしっこい。

「ベイビー」

炎眉が手を広げると菊千代は渋々といった感じで近づき、抱きすくめられ、撫《な》でられるままになった。あの夏場の雑巾を思わせる舌が忙しく口の周りの血を拭って出入りしていた。

「何を話していた」

カウンターに戻り、炎眉のオーダーを伝えるとボンベロが眉を顰《ひそ》めて訊いてきた。

「寝たのかどうか、訊かれたわ」

「莫迦らしい。他には」

「別に」

「いずれコフィに連絡して奴を引き取ってもらう。それまでおまえはあまり奴に近づくな。それと絶対に気を許してはならん。奴が親しげにしてきても無視しろ。蠍《さそり》は蛙《かえる》と仲間にはなれんのだ」

すると夏油がボンベロを物欲しげに見た。

「ああ。カナコ、傷を見せてやれ」

わたしが言われた通りにすると三人は一瞬、停めていた手を再び、動かし始めた。

再び、ブザーが鳴った。

モニターを確認したボンベロが妙な顔をしているのが見えた。

ドアが開いた。

「いらっしゃいませ。ようこそキャンティーンへ」

長いトレンチコートを着た男がわたしを見て、目を丸くしていた。

「おまえどうして、まだ生きてるんだ？」

男はそう呟き、傍らにいる影のように存在感の薄い女とわたしを交互に見やった。

頬が腫《は》れ、唇が切れていた。彼女は明らかに殴られた直後に見えた。

彼は女を引っ立てるようにして店内に入ってきた。女は裸足にサンダルで、泥だらけだった。

「代わりのを連れてきた。早く前のを片付けちまえ」

男は拳銃《けんじゅう》を取り出すとわたしの胸元に向けた。

「ボンベロ！　俺がやるぞ、いいよな」

奴がカウンターに向かって叫んだ、わたしは男に体当たりをした。

まさか反撃されるとは予想もしていなかったのか男はわたしを突き飛ばしながらも尻《しり》餅《もち》をつくと再び、銃で狙いをつけようとした。

菊千代が突進してくるのが見えたが到底、間に合いそうになかった。

その途端、躰の上に覆い被さったものがあった。

連れの女だった。

「どけ！」

蹴り飛ばした男の靴が女の顔へもろに食い込んだ。

女はわたしの躰にしがみつくようにして、離れようとはしなかった。

白い塊が低い放物線を描き男の上に被さった。

「うわっ」

菊千代が前脚で男を押さえつけていた。

「どけよ。化け物」

菊千代の腹に銃口を突きつけた男がにやりと笑った。

が、その顔はすぐに引《ひ》き攣《つ》った。

ボンベロがバーベキュー用の長い鉄串を男の耳に当てていた。

「引き金を引けば、反対側の耳からこいつの先っちょを拝むことになるぞ、ソーハ」

「やってみろ。俺はコフィの命令で来たんだ」

「菊千代、降りろ」

ボンベロの声に菊千代がわざとやっているように、男の顔を足で踏み、髪の毛を踏みつけ、ずるずると顔に腹や性器を擦りつけるようにして退いた。

「ありがとう」

わたしは立ち上がり、彼女が立ち上がるのにも手を貸した。

彼女は目を合わせず、ただ頷いた。躰が震えていた。

「なんて畜生だ」

ソーハと呼ばれた男は菊千代を睨みつけながら口のなかに毛でも入ったのか何度も床に唾《つば》を吐いた。

「カナコ、こいつにモップを渡せ。ソーハ、床を汚したな。自分で磨け」

「ふざけるな」

男はそう言うと尻ポケットから携帯を取り出し、掛け始めた。相手が出ると何事か呟き、小さなスピーカーを接続するとボンベロに向けて突き出した。

『なぜ女を始末しない……』

コフィだった。

「すみません」

『代わりを送ったはずだ』

ボンベロは黙っていた。

『ファキールはあの女のせいで死んだ。悔しくはないのか』

炎眉の顔色が変わり、わたしを食い入るように見つめてきた。

『仇《かたき》を討て……わかったな』

「彼女を殺すのはスキンの遺志に反します」

『なんだと』

ソーハの連れてきた女が不安そうにわたしやボンベロの顔色を窺《うかが》っていた。

『ボンベロ、おまえはいたずらに事態を複雑にしている。私が求めているのは忠誠心だ。今、我々に迫っている事態が容易でないことはおまえも知っているはずだ。確実に裏切り者がいる。しかも、そいつらは組織の中央にいる人間だ。このような状況下では全員が一致団結しなければならん。そこで求められるのは忠誠心だ。おまえは変わらぬ忠誠心を私に保証できるのか』

「もちろんです」

『ならば、どうするかは明白だ。その女は我々の大事な友人を死に追いやった。ならば、それを償《つぐな》わせるのが当然のことではないか』

「ですが……」

『なんだ』

「スキンは彼女を助けようとしていたんです。だから彼女を買い受けると言い出したのだと思います」

『どうしてスキンがわざわざそんなことをしなくてはならんのだ』

「わかりません。ただあいつには昔から、そういうちょっと理解しがたい部分があって……」

『では、そんな男をなぜあんな目に遭わせてしまったんだ。その女は狂っているのか？』

「あれは完全な事故だったのです。彼女にスキンのトリガーを説明しなかった私のミスです」

今度はコフィが沈黙した。

『ならば、おまえの責任でもあるな』

「はい」

ボンベロが、ちらりとわたしを見た。

『その女は店で使い道があるのか』

「ええ」

再び、沈黙が訪れた。

『……では条件がある。今から二十四時間以内に人を殺させろ。あの女が生きるということは、我々側の人間として生き残っていくということだ。それ以外の選択肢は存在しない。無理ならさっさと始末してしまえ。これは命令だ』

わたしは一瞬、自分の耳を疑った。

「しかし、それではスキンの……」

『命令だ』

通話は切れた。

やりこめられた格好のボンベロを見てソーハは嬉しそうに携帯からスピーカーを外すとポケットに両方ともしまった。

「で、どうするんだ」

「どうするとは」

「こいつのことだよ」

ソーハは蒼《あお》くなって震えている女性に向かいを顎をしゃくった。

彼女は今、わたしの脇に身をくっつけるようにして立っている。わたしの腕が彼女の腹部に当たった時、ハッとしたわたしが顔を見ると彼女は目を逸《そ》らした。

「いま、言ったとおりだ。連れて帰れ」

「そうは聞こえなかったけどな」

「おまえにどう聞こえようと知ったことか。さっさと女を連れて出て行け」

ソーハは束の間、自分の足元に目を落とし、何か思案している素振りをみせた。

「それじゃあ、仕方がないな」

諦めたように彼は片手をわたしに――いや、今度は隣にいる彼女に向けた。

「コフィには、連れて帰るなと言われている。どうしても無理なら殺してしまえと、な」

彼女は銃口から身を守ろうとわたしの背中に躰を押しつけてきた。

「ほら。それじゃあ、こっちの女に当たっちまうだろう」

ソーハは彼女の腕を摑むと乱暴に引き倒した。

顔が床に当たり、鈍い音をたてた。

「ボンベロ」

わたしは呟いたが、彼は眉間に皺《しわ》を寄せたまま、動こうとはしなかった。

「苦しまなくて済むよう頭を抜いてやるぜ。俺は女にゃ優しいんだ」

ソーハは彼女の頭に銃口を突きつけた。

「やめてよ！」

わたしは彼女の横にしゃがみこんだ。

「カナコ、どいてろ。耳が聞こえなくなるぞ」

「ボンベロ、なんとかならないの！」

「これ以上は手が出せん。ソーハはコフィの命令に従っているだけだ」

わたしの耳に彼女が目を閉じて祈りの言葉を呟いているのが聞こえた。

「こいつはコフィのお手つきの後、あっちこっちの風俗で使い古された淫売覚醒剤中毒者《パンパンジャンキー》なんだ。生かしたって臓器売買用の部品取りにもならん女さ。遅かれ早かれ、あの世に行くことは決まっていたんだ。コフィは殺す前にウェイトレスの真似事でも良い、少しはまともなことをさせてみたかったんだろう。ここがまともかどうかは別としてもな、へへへ」

ソーハは話し終えると銃を握りなおした。きゅっと顔が引き締まる。

わたしには彼女がしてくれたように身を挺《てい》することができなかった——弱虫だ。

「莫迦ねえ、男は」

不意に炎眉がソーハの脇に現れ、銃を取り上げた。

「それじゃあ、絶好のチャンスが台無しじゃないの。見ちゃいられないわ」

彼女はわたしの手を取って立ち上がらせた。

なった。

ポンと拳銃を渡されたわたしは、見かけよりずっと重いのに驚いて取り落としそうに
「はい。これ」

「気をつけて。リボルバーは落とすと暴発するから」

炎眉はわたしが呆然《ぼうぜん》としているうちに手を添えて銃を握らせた。彼女の細くて長い指が引き金に掛かったわたしの指の上に重ねられた。

「この前、電話に出たのは、あんただったのね」

腕がぐいっと振り回され、へたり込んだまま動かない女性の頭へ向けられた。

「やめて！」

「あなたがこいつを殺せばボンベロは助かるのよ。ソーハだって顔が立つ。一石二鳥じゃない」

「いや」

「大丈夫、あなたはわたしが殺したと思えば良い」

「炎眉！」

ボンベロが叫んだ。

「格好つけるのはよしなさい、ボンベロ。あなたもこうするのが一番だってことぐらい

わかってるはずよ。ソーハ、良いわよね」

「好きにしろ」

「するわ」

重ねられた炎眉の指が、ぐっとわたしの指を絞り込んだ。

「いや！」

ドゴン！

大きな音とともに歯に響くような振動がきた。

「ちっ」

炎眉は舌打ちをすると、とっさに躰を強く捻《ひね》り、狙いを外させたわたしに苛《いら》つき、左肘を勢いよくわたしの横顔に叩き込んだ。

銃弾は女性の足元でパイン材の床に穴を開けていた。

肘の突端がこめかみを直撃するとわたしは目の前が白くなってしまった。

再び、炎眉がわたしの腕ごと構えなおした。

「だめ！　彼女はお腹に子どもがいるのよ！」

「珍しくもないわ」

ふらつく意識のなか、もう一度、今度は確実に炎眉の指が引き金を限界まで一気に絞

った。

わたしには抵抗する力が戻ってこなかった。

ガチッ。

撃鉄《げきてつ》の落ちる感じが確かにあった。

が、銃声はしなかった。

炎眉が息を飲む音で振り返るとソーハが真横にいた。

彼は銃身と撃鉄の間を摑んでいた。通常、引き金を絞ることで落ちた撃鉄の先が弾丸の底部を叩くことで内包された火薬に着火し、弾頭が音速で射出される。

ソーハがしたように撃鉄と銃身の間に障害物があれば、撃針が銃弾の尾部を叩けなくなる。当たり前のことだが、これでは弾丸は発射されない。

「なにをするのよ！」

「カナコ、本当なのか？　こいつがコレってのは」ソーハは腹の前で手を山に降ろした。

「さっき庇《かば》ってもらったときにわかったの。彼女、妊娠してる。彼女を殺せば、何の罪もないお腹の子も殺すことになるのよ！」

「何の罪もなく死ぬのも子どもの特権よ」

「ミコト、立て」

すると彼女がゆっくりと立ち上がった。目からは涙が溢れ頬の辺りを黒く汚していた。

「腹を見せろ」

ミコトと呼ばれた彼女は黒っぽいワンピースの裾《すそ》をたぐるようにして持ち上げた。いくつもの痣《あざ》の浮いた艶《つや》のない不健康そうな脚のあちこちに傷があり、それらのいずれもが新しいものではないことが、彼女が長年、虐待《ぎゃくたい》を受けていたことを教えていた。両脚の付け根から下着が現れ、そして丸く膨らんだ黄色く不健康な腹部が出てきた。

ソーハがごくりと唾を飲み込むのが聞こえた。

「炎眉、こいつは俺の預かり物だ。考えが変わった。今殺すのはやめよう。ボンベロ、何か喰わせてくれ。良いだろう？」

「かまわんが。何を考えている」

「いやべつに。ただ少し考えたいだけだ。時間が欲しい。悪いようにはしない」

ソーハは椅子に座り、ポケットから煙草を取り出した。

「それでも、あんたは彼女を殺すべきよ」

炎眉がなおも、わたしに向かって囁《ささや》いた。

焼けたグリドルの上でパティが熱い熱いと喚く声が、耳に心地よかった。

「カナコ」

カウンターに行くとなかに入るように言われた。

「炎眉とソーハ用だ」

カウンターの向こう側で三人組が顔を上げた。

たぶん、ウェイトレスにキッチンで本格的に仕事をさせるのを見たのは初めてだったんだろう。

わたしも正直、驚いた。

前にも料理を作るとは言ったけれど、それはあくまでも自分の範囲の作業であってボンベロのところへ手出しする気なんかさらさらなかった。

「パティを」

グリドルの上に次々と小判型のパティが並んでいく。

全部で十五枚。

†

「このパティは焦げ目がつく寸前でグリルに移せ。そこで仕上げる。肉汁と旨味を閉じ込めるんだ。普通に焼いてしまうとグリドルの上に大半が流れ出してしまうからな。難しいことではないが気を抜くな」

ボンベロのパティはグリドルに載せると盛大な音をさせながら動く。水分が脂で跳ね上がり、蒸気とともに焼き上がりつつある肉の香気が渦となってわたしを包み込んできた。臭みのない、胃をちくちくと刺激し、口の中に唾が一気に溢れてくる匂い。派手じゃなく、町を歩いていて不意に路地から流れてきて鼻をぶっていく類の荒々しい匂いだ。

ボンベロは調理台の上で次々に具材となる野菜を準備し、次にソースを作り出した。バンズは隣のグリドルの上で静かに温められていた。

キッチンの奥からホールを見るとカウンターではなにやら小声で新聞を見ながら話をしている夏油、尻焼、道珍坊の三人組。その向こうに炎眉、ソーハ、そして座ることも許されず立ったままでいるミコトの姿が見えた。

ボンベロはミキサーで挽《ひ》いた中身と、包丁で微塵《みじん》にした具材をボウルへ入れ掻き混ぜ始めた。

わたしはパティから目を離さないようにしながらも、なぜかボンベロの大きな背中に惹《ひ》きつけられていた。

その時、ほんの少しだけれど妙な現象が起こった。

〈どこか別の場所でボンベロとレストランができたら良いのに……〉

わたしは慌てて焦げ目が付き始めたパティを掬《すく》うと、バットに入れ、すべてあがったところでグリルに入れた。

手が震えていた。ボンベロに気づかれないように何度も振り返りながら、頭に浮かんだことを振り払おうとした。正直、ショックだった。たぶん、人質が犯人に慣れた時に起こるなんとか症候群っていうのが自分にも起きているんだと納得させた。

「そっちは俺が見る。飲み物が足りているか見てこい」

わたしは急ぎ足でボンベロの脇を通り抜けるとホールへ出た。

見ると気を取り戻したジェロが床に座り込んだままソーハに包帯を巻いてもらうところだった。

「俺は医者なんだよ」ソーハが呟いた。「産婦人科だ。それも堕胎《だたい》専門だったんだ。俺は掻き出すのが好きなんだよ」

「だから掻爬《そうは》なのね。趣味が悪い」

炎眉が眉を顰めた。

「需要があるから供給するのさ。面白いぜ。俺が好きなのは部分分娩といって胎児の躰

を刻んで出すやつなんだ。塩ビのベトベトした人形みたいなのがバラバラに出てくる。俺はそれを家に持って帰って製氷器でロックアイスに閉じこめるんだ」

「反吐が出るわ」

「それで飲む高級スコッチは格別なんだよ、お姉さん。溶けたらそのまま飲み込んでしまう。歯応えのある烏賊《いか》みたいなもんだ」

「俺は烏賊は好きだ。日本人だからな。日本人は烏賊が大好きなんだ」

ジェロがぼんやり呟く。まだ半分寝惚《ねぼ》けているような口調だった。

「ああ、わかるわかる」

「いつの間にか此処はロクデナシの巣になっちまったのね。ボンベロも辞めてしまえば良いのにこんな店……」

「俺にできるのはここまでだ。後は病院でやってもらえ。おい、上等のスコッチをロックでくれ」

「同じものを。食事の時にはマルゴーでも頼むわ」

ジェロは隅に押しやられていたパンケーキのプレートを摑み、左手で摘み始めた。

「行儀の悪いフランケンね」

「彼女を座らせてあげても良いですか」

「ああ。必要があれば呼ぶ」

「おいで」

わたしが誘うとミコトは頷き、ついてきた。

「なにか食べる」

「いらない」

カウンターの端に座ったミコトは依然として震えていた。

「でも、何か食べたほうが良いわ」

ミコトは前を向いたまま口を利こうとはしなかった。かつては艶のあっただろう黒い髪も今では蜘蛛《くも》の脚のようにぱさぱさで死んで見えた。

「あなた、わたしを殺すんでしょう」

「どういうこと」

「さっきそう話していたじゃない。あそこの女の人も言っていたわ。きっとあなたはわたしを殺すって。そうしないと自分が殺されてしまうからって」

干涸《ひか》らびた唇、瘦《こ》けた頰、すっかり化粧っ気のなくなった顔、老けた印象だが、それでも彼女はわたしより少しだけ若く思えた。

「わたしは人殺しじゃないわ。あなたと同じよ。連れてこられたの」

「同じ？　ははは」

　ミコトは躰を揺らした。

「同じゃないわ。あなた、此処がお似合いよ。馴染んでいるわ」

「そんな……」

「わたしなら一秒だってこんな怖ろしいところには居られない。此処にはまともなことなんてひとつもないじゃない。あの犬でさえ狂っているのよ」

　ミコトの声が高まり、ボンベロがちらりと顔を上げた。

「わたしはきっと此処で死ぬの。あなたが殺すんでも良い。でも、殺すときはいきなり殺して。自分でもわからないうちに殺してほしいの。じっくり死を味わって死ぬなんて厭なの」

「わたしはあなたを殺したりしないわ」

　ミコトが鋭い視線を向け、わたしのエプロンにあったナイフをすっと引き抜いた。

「じゃあ、あなたが死んでくれるの？　わたしは此処を出たらきっとあの変態に嬲《なぶ》り殺しにされるわ。あいつ、わたしから赤ちゃんを引きずり出すって自慢してたの。わたしの目の前で赤ちゃんを齧《かじ》るって……」

　彼女はそう言うと顔を覆った。

「だからお願い。此処で殺して。どうせ殺されるなら此処で。お願い。お願いします」

何も言えず、わたしはソーハのスコッチを取りに倉庫へと向かった。

棚にあるケースの中身を確認していると、ふわりと照明が揺らいだ。振り向かなくても誰だか香りでわかった。

「わたしが手伝ってあげるわよ。なんでもないわ、あんな女。気にすることないわよ」

不意に髪を下ろした炎眉の顔が目の前に現れ、唇を吸われた。

わたしは彼女の躰を押しのけ、後退《あとずさ》った。

「ボンベロは何故、あなたを特別視するかわかる？」

「されてないわ」

「あなたに興味があるのよ。でも手を出してないみたい。そこが気に入らない。なぜ」

炎眉はピアスに指を添えた。

「これ欲しくない？　あなたにはきっと似合うと思うわ」

わたしは首を振った。

「きっと似合うわよ」

そう言った瞬間、炎眉の髪がざわざわと逆立つように蠢《うごめ》いた。単に風が吹いただけかもしれないが、それは何やら卵形の顔の中心に生えた蛇《へび》がのたくっているように思えた。

「きっと似合うわ」

わたしの手からボトルが滑り落ち、床で砕けた。

炎眉がピアスに当てていた指を下ろした。

倉庫の暗い光の中、何かが一瞬、煌《きら》めいた。

細い糸――蜘蛛が吐き出したようなそれがピアスから指先へと一直線に伸びていた。

「首に巻いても良いのよ」

ほとんど逆光になった炎眉のシルエットが目の前に大きく立ち塞《ふさ》がった。

「また繰り返すのか」

その声に炎眉はハッと振り返ると指を離した。一瞬で糸がピアスへと戻った。

「三年前、なぜ俺に叩き出されたのかわかってないようだな」

ボンベロがうんざりした調子で呟いた。

「あれは、あなたが浮気したから……」

「働いているウェイトレスに話しかけることが何故、浮気になるんだ」

「必要以上によ！　それにこんな店だって必要ないじゃない。なぜ、あなたがこんなことをしなくちゃならないの」

「これは俺が好きでしているんだ。何度も言ったはずだ」

「どうしてよ？　わたしとふたりっきりでゆっくり暮らすことより、なぜこんな溝のゴミ浚《さら》いみたいなことのほうが良いのよ」

「おまえはわかっていない。俺たちにそんなことが約束されているはずがないだろう」

「なぜ？　お金ならあるし。外国で暮らせば良いじゃない」

「俺たちは人殺しだ。そんな結末で良いはずがない。人は自分のやったことのツケは必ず払わされるんだ」

「わたしは先払いしたのよ！　くそったれのカルト狂いの両親の間に生まれたおかげでね。幼稚園で鶏の首を切り落としてミルクに血を注いで飲んだり、教師の精液を混ぜて飲まされたりして育ったのよ。神様はわたしに苦労と残酷をプリペイドさせたのよ！」

「だから何をやっても良いというのか」

「……罰は受けてるわよ。あなたが手に入らないもの」

「炎眉、飯ができている。おまえの好きなゴルゴンゾーラをたっぷり使ったバーガーだ。それを喰って引き上げろ。俺は逃げやしない。また来たければ来れば良い」

「わたしを莫迦のように扱うのは止めて。わたしは出て行かない。そしてあなたが大切にしているものをどんどん殺して壊してやる。この店ごと」

　ボンベロの目に光が凝ったようになり、表情が消えた。

「そんなことをすれば、おまえを殺す」

「望み通りだわ」

炎眉はそう言い放つと左耳を摑み、ブッと鈍い音を立てて何かを千切った。

「ふたつあるの。ひとつあげる」

彼女はそう言うとわたしの掌にピアスのついた耳朶《みみたぶ》の欠片を載せ、出て行った。

わたしとボンベロはその後ろ姿が角を曲がるまで眺めていた。

「そのスチール棚に傷がある。わかるか？」

確かにわたしのちょうど、首の高さで斜めに鉄の棚が欠けていた。

「三番目だか四番目のウェイトレスは、そこで奴に首を落とされた。炎眉の爪にはダマスカス鋼《こう》をベースにした合金で作られた極薄の剃刀が仕込まれている。人の躰なんぞあっという間になますにされてしまう。それに奴のピアスには合金製のワイヤーソーが仕込まれている。下手な丸太ならものの数秒で切り落としてしまう。もちろん、人間の腕や首ならそれ以下の時間で行う」

わたしは棚の傷と手に残された耳朶を見てからポケットにしまった。

「奴は殺し屋というよりは暗殺者だ。気をつけろ」

「恐ろしい人ね」

「昔はただの哀しい娘だった。医者ですら手を付けられぬほどのトラウマを抱えた、可哀想な」

「どうしてあんなになってしまったの」

「半分は本人が望み。半分は俺が教えた」

ボンベロは俯《うつむ》いた。

「そこの掃除はあとで良い……飯が冷める」

深いため息をつくとボンベロは首を鳴らし、ホールに戻って行った。

†

「名前はゴーゴンの髪だ」

熱してとろとろになったゴルゴンゾーラ・チーズを熱々のパティにまんべんなく掛け回すとバンズで蓋をした。湯気があがり、白いチーズがパティ、レタス、トマトを覆い、プレートの上にまで溢れ出し伸びる。それはまるで触手や女の髪が広がっていくようにみえた。

「こいつは凄いな。ハンバーガーってのは、もっと素っ気なくて簡単な食い物だと思っ

てたよ」

「そういうのが本当だ。こいつは異端だよ」

ソーハは余計にひとつついているバンズを千切って溶けたチーズをひたひたになるまで吸わせると口に放り込み、次に我慢できないといった感じで袋も使わず、直《じか》にバーガーを掴むと、かぶりついた。ひと口、ふた口、頬がパティと野菜でまるまると膨らんだところでいったん、プレートに戻した。唇の周りが真っ白だ。ナプキンでそれを拭い、口を動かす。興奮しているように鼻息が荒く、目がとろんとしていた。笑顔が広がる。

「ありきたりだが、他に言葉が思いつかない……旨いな。どういうことなんだ」

「そこにあるのが答えのすべてさ」

ボンベロが返事をしている合間に、また手を伸ばすとソーハはバーガーに齧りついていた。

代わって炎眉は皿を前に組んだ脚を解こうともせず、長い煙管《きせる》を使って煙草を吸っていた。

「いらないのか」

「よすわ。まずそうだもの」

「そうか」

炎眉の前からプレートを持ち上げ、キッチンに戻りかけたボンベロはカウンターにいるミコトを見て、足を停めた。

「食べるか」

想像もしていなかったのかミコトは驚いた顔でボンベロを見、次いでプレートを見た。横では、あの三人組も同じ物に齧りついている。同じ背中、同じ服装が、同じリズムで揺れているのは何かの演奏をしているトリオのようだった。

ミコトが小さく頷く。

ボンベロは彼女の前にプレートを置き、溶かしたゴルゴンゾーラの入った小鍋を、バンズをずらしたバーガーの上で傾けた。

チーズの湯気を浴びて、わたしはその時、初めてミコトが微笑むのを見た。

ボンベロがキッチンに戻り、また別のものを作り始めた時だった。

機を狙っていたかのようにソーハが慌ただしく口のなかにバーガーの残りを詰め込むと立ち上がり、そしてミコトに何かを囁くと、ふたりして奥へ消えた。

「野暮なことはよしたら……」

わたしが後を追おうとすると炎眉が横目で睨んでき、唇をねじ曲げるように笑った。

「そんなことよりも、あんたは自分の心配をしていたほうが良いわよ。遅かれ早かれ、

あのカプセルが欲しいと思うはずだもの」

彼女はテーブルに爪を立てた。まるで柔らかいバターを掬うように表面が削れた。

ジェロが四杯目のお代わりをしたので、わたしはボンベロへオーダーしに行った。

「奴らは？」

カウンターとテーブルにソーハとミコトの姿がないのを見とがめたボンベロが眉を顰めた。

「ふたりで奥へ行ったわ」

「ふざけるな、すぐに呼び戻してこい。俺はいま手が離せない」

調理台の上のひときわ大きなプレートの上に岩石のようなものが載っていた。ボンベロはガスバーナーでところどころ焦げ目をつけている最中だった。

わたしはボンベロが新たに注いだミルクセーキのバケツを手にジェロの元に戻った。

「俺……あいつ。見たな。俺はあいつを見た」

ジェロはそう言ってわたしを見上げた。まだ菊千代ショックが抜けていないのか、目元がぼんやりしている。

「ああ、見たのね。わたしも見たわ」

するとジェロは首を振った。

「そうじゃない。二年前。やっぱりお腹が大きかった」

炎眉の弓形の眉が引き上げられた。

「どこでよ」

「うーん」

ジェロは頭を抱えるような仕草をし、

「わからない」

炎眉は話にならないという風に首を振った。

わたしはジェロが勢いよくミルクセーキを啜《すす》るのを待って、ふたりを追うことにした。

「きっと厭な物を拝むことになるわよ」

炎眉がわたしの背中に向けてそう呟いた。

トイレにはいなかった。すると呻き声が小さく倉庫のほうから聞こえてきたので、そちらに向かった。

暗い廊下の先にふらりと影が現れた。

ミコトだった。

彼女はわたしを見つけると壁にもたれた。

「大丈夫」

「うん」

「変なことされた？」

「当たり前じゃない。言わなくてはいけないの」

確かにその通りだった。今の彼女の状況では拒絶することもできない、口にするのも厭な答えを尋ねたわたしが莫迦だった。

「ごめんなさい。ソーハは？」

「疲れて寝てる」

ミコトはホールへと戻っていった。

倉庫を覗くとわたしが使っていたマットレスの上で、コートを顔まで掛けたソーハが鼾《いびき》をかいていた。麺を啜り上げるような濡れた音にわたしは気味が悪くなり、足早にホールに戻った。

途中でボンベロが顔を覗かせた。

「いたの」

「ちょうど、おまえとミコトが話し始めた辺りからな。彼女は酷《ひど》い目に遭ったようだ」

「起こす？」

「放っておけ。あんなやつに喰わせてはもったいない」

ボンベロはキッチンへ戻って行った。

テーブルの上には先ほどの大きなプレートに高さ五十センチほど、茶褐色の三角の物体が鎮座していた。表面は小さな気泡が開いており、硬く見えた。

テーブルの周りには炎眉、ジェロ、三人組がいた。

ミコトは相変わらずカウンターでプレートを前に動かずにいた。

「岩石を喰うのか」

「岩石を喰うのよ」

ジェロの台詞を炎眉が復唱する。

ボンベロがわたしが近づいたのを確認すると頷き、ナイフを岩石の表面に刺し込んだ。

誰からともなく声があがった。硬いとばかり思っていた表面は実になめらかなシュー生地だった。なかには小さなマジパンがクリームと蜂蜜のなかに埋まっていた。

ボンベロは人数分、切り出すと客のプレート（深皿に替えられていた）に置かれたそのスイーツの周りにホットミルクを注いだ。

「ぐちゃぐちゃにして食べろ」

彼はわたしにも小皿に採ったものを渡すと、いたずらっぽく言った。

スプーンで潰すとシューがミルクを良く吸った。中が甘すぎるのを牛乳の軽い甘さが中和させ、マジパンはアーモンドの軽やかな味がし、品良い甘さの生クリームが絶妙だった。

「Humvee's rock《ハムヴィーズ・ロック》だ」

「わかる。ハマーで砂漠を駆け巡った時にはこんなものがそこらじゅうにゴロゴロしていたもんだった」

たぶん、わたしの前にいる三人組の誰かが喋ったんだと思うけれど、誰なのかはわからない。三人とも口を動かしていたから。

ボンベロが炎眉のプレートにアイスを載せると彼女も口を付け始めた。

「ただのセムラじゃないの」

「構成は同じだが、中身と材料の選別、加工に腕がある」

炎眉の言葉をボンベロが返す。

「喉が重くなりそう。ワインをお願い」

「セラーにロートシルトがある」

わたしは頷くと倉庫に取りに戻った。

倉庫からはまだ鼾が聞こえていた。

わたしは真ん中にマットレスを敷いて転がっているソーハからできるだけ大回りをしながら、ワインセラーに近寄った。ロートシルトの瓶はラベルが読み難い。いつも扱い慣れている人ならなんでもないのだろうが、自分のように一本何万もする高級ワインには縁のない人間からすると、どのラベルも同じように見えてしまう。

突然、ソーハがひと際、大きく呻き声をあげて手足をじたばた動かした。最初、わたしはそれを彼がふざけてわたしの脚に触ろうとしているのだと思い、邪険に避けた。けれど、わたしに向かって伸びた腕は床に落ちたまま動かなくなった。

「ソーハ？」

わたしはソーハの顔にかかってるコートを捲《めく》った。

そこにはあるはずの顔がなかった。あるのはパイナップルのようにデコボコとした大きな凹凸のある毛の生えた肉のできものだった。

「うっ」わたしは強烈な腐臭っぽい臭いに顔を顰《しか》めた。

口から襟元までが吐きだした泡で汚れていた。ソーハはわたしを向いていたが、その目がすでに何も映してはいないことは確かだった。

「何をしてるの」

突然、ミコトが現れ、わたしとソーハを交互に見比べた。

「あなたがやったの」

わたしは頭《かぶり》を振った。

「そう」

ミコトはそう言うと入口から、ふらふらとおぼつかない足取りでわたしの元へと一直線にやってきた。ソーハの顔をサンダルで無造作に踏みつけた。

「たすけて」

彼女はわたしに躰を預けるように抱きついてきた。

お腹の膨らみがわたしの腰に柔らかく当たった。

「もう我慢できない。これ以上は……」

「お、落ち着いて。彼が居なくなれば、なんとかボンベロが話をつけてくれるかもしれないわ」

「もうつらいの。これ以上、我慢し続けるのは……」

彼女が強く押したので、わたしは後じさり、背後にあった棚にぶつかった。

「ちょ、ちょっと！」

「本当なのよ」

彼女はわたしの顔を両手で挟み、自分に向けた。

「もう我慢できない……」

その瞬間、ミコトの顎が突然、外れてしまったかのように大きく開くと白い氷柱《つらら》のような牙が後ろから前に立ち上がってくるのが見えた。

「なにそれ」

返事の代わりにミコトがわたしの首を噛みに来た。間一髪で躱《かわ》したけれど肩に激痛が走った。

「放して！」

わたしは追って来ようとするミコトの顔を殴りつけるとホールへと駆け出した。

「どうした」

ホールに戻るとすでに異変を感じていたらしいボンベロが鋭い声を掛けてきた。

炎眉が立ち上がり、三人組、ジェロ、そして菊千代もそれに倣《なら》った。

「ミコトが……」

「奴がどうした」

わたしの肩口を裂いて傷の確認をしたボンベロの顔が曇った。そこにはドリルで穴を

開けたような、小さい丸い穴がふたつ残っていた。

ボンベロは傷口に鼻を近づけると一瞬、顔を顰めて避け、それからペティナイフを突っ込んだ。

「痛いよ！」

「動くな死ぬぞ！」

ボンベロは裂いた傷に口を付けて吸い、吐き出した。

「見せつけてくれるわね、殺すわよ」

炎眉が皮肉っぽく呟いた、その目は何かを期待しているかのように熱っぽくぎらぎらしていた。

すると嬌笑《きょうしょう》のようなものが通路の奥から響いた。

わたしは不意に襲ってきた目眩《めまい》と吸い出される痛みに耐えようと椅子の背に摑まった。

「ボンベロ、あんたは失格だ」

今までのミコトの口からは聞いたことのないような声だった。ホールに出てきたミコトは堂々として見えた。もう先ほどのように人から目を逸らしたり、俯いたりと気弱に見せる必要もなくなったのだろう。小さな躰が倍も大きく見えた。

「たぶんおまえはその女を殺せないだろうとコフィは言ってたけど本当だったんだね」

ボンベロはわたしから離れた。

「せっかく、反省するチャンスを与えてもらったのに……。昔だったらあたしなんか足下にも及ばない存在だったのに、ただのコックに成り下がっちまったっていうのは本当だったんだねぇ」

「やっぱり、俺、こいつ知ってた。昔、見た」

「あたしも憶えてるけれど、あんたオツムをどうにかしちまったみたいだね」

ミコトはジェロに向かい人差し指をこめかみの辺りで回してみせた。

「で、御託《ごたく》は良いよ。あんた、ボンベロがこの女を殺《や》れない時のために来たんだろ？　まだ生きてるじゃない。腕は、その御大層な口ほどじゃないのね」

「ヒステリー女は黙ってな」

「いいの？　死ぬわよ、あんた」

「あんたがなんでこの女に嫉妬してるのか、わたしにはちゃんとわかってるんだ」

ミコトは炎眉に気味の悪い笑みをみせた。

「ボンベロ、その女はもうおしまいだ。あんたが殺してやらなけりゃ、じきに内臓が腐ってのたうち回りながら死ぬよ。もっともその頃には自分で殺してくれって言うかもしれないけどね」

「……ゾーラ」

ボンベロは呟いた。

「毒蛇《どくじゃ》を使う女がいると聞いていたが、おまえがそうだったんだな」

「へえ、ありがたいね。天下のボンベロさんに知っていてもらえるなんて」

「血清はどこだ」

「ないよ」

「嘘をついてもダメだ。おまえら蛇毒使いは必ず自分用に解毒剤を持っているはずだ」

急に膝の力が抜け、わたしは床に倒れてしまった。打ちつけた顔の痛みよりも床の冷たさが心地良い、躰が燃えるように熱くなっていた。

「ボンベロ、放っておきなよ。この胸糞《むなくそ》の悪い腹ボテは後でわたしが始末してやるから。このウェイトレスは所詮、此処までだったんだ。それでもよくやったほうだよ。死なせてやったほうがこの子のためだし、コフィにも義理がたつじゃない」

屈んでわたしの様子を窺っていたボンベロは次に首の脈を採った。

「頻脈《ひんみゃく》になりかけている」

「全身に毒が回り始めているんだよ」

「そのようだ」

ゾーラと呼ばれたミコトが冷たく言った。

「本当に血清はないのか」

「探してごらんよ。あたしゃ、丸腰でここに来たんだ」

ミコトはそう言うと両手を磔《はりつけ》されるように伸ばしてみせた。

ボンベロが近づき、彼女の躰を探り、頭をふった。

「見あたらん……残念だ。すまんな、カナコ」

「いいよ……大丈夫だよ」

「あんなこと言って。早く始末しちまったほうが良いよ。顔とか崩れちまうからさ。殺して血液の流れを止めてしまえば、さほどひどいことにはならないから」

と、薄く笑ったミコトの背後にボンベロが回り込んだ。

そして彼女の腕を摑むと、やおら奇妙な方向に捻《ね》じ曲げた。

「な！　うわっ」

虚《きよ》を突かれたミコトの躰からボギャッという厭な音が聞こえ、続いて反対の腕、そしてミコトが倒れると今度は脚をボンベロは摑みあげた。

「なにをする！　や！　やめ」

その言葉が終わらないうちに関節の外れる音がし、右脚の膝が広がり、くたくたと倒

れた。

「げぇ」

ボンベロはそんなミコトの反応などお構いなしに残った左脚を折り曲げると自身の脚を間にかませ、関節がいわば〈決まった〉状態にして待った。

「お、おまえ、こんなことをして……ただで済むと思うなよ」

「血清はどこだ」

「知るか」

バキッ。

左脚も完全に躰とは逆向きに折られた。

「きぃぇ！」

瞬《また》く間に、両手足をへし折られたミコトは木偶《でく》人形のように床の上に伸びた。

「時間がない。炎眉、悪いが、こいつの躰を調べてくれないか。女は血清を隠す場所がいくらでもある」

「いやよ。こんな化け物」

「それもそうだな」

ボンベロはミコトの前に屈むと自分で探り始めた。

「やめろ！　ぐふぁ」

彼女は躰を揺らし喚いた。

わたしは徐々に耳鳴りが始まったのに気づいた。

吐き気と頭痛が酷くなってきた。

そんななかミコトを探るボンベロを見つめる炎眉に気づいた。

彼女は泣いていた――ただ、それはよくある悲しみの表情とはまったく別の物に思えた。彫像に雨の滴《しずく》が当たって流れているような、何の感情もこちらに伝えることのない不思議な涙だった。

「ダメだ。前にも後ろにもない」

ボンベロが呟き、立ち上がろうとした。

と、その瞬間を見計らっていたかのようにミコトは上半身を捻るようにしてボンベロの腕に噛みつこうとした。

が、間一髪でボンベロは前髪を摑み、それを阻止した。

「危ない危ない」

ボキッとくぐもった音がするとミコトが何かを口から勢いよく吹いた。それはあまりにも素早い二段攻撃だった。

ボンベロは躰全体を躱すことができず、右の前腕で顔を庇《かば》う格好になった。彼の太い腕に白い棘《とげ》のようなものが突き立っていた。ミコトの毒牙だった。彼女は自らそれを砕き吹き矢代わりにしたのだ。

「むっ」

ボンベロは咄嗟《とっさ》にそれを振り落とした。

「はは。これでおまえも終わりだ。ボンベロ」

ミコトが悪態をついたが、それよりも先にボンベロはシャツを裂くと輪を作り、右腕を入れるとテーブルにあったフォークで絞りあげた。

「菊千代！　待て！」

今にもミコトに飛びかかろうとしていた菊千代をボンベロが制すると、彼はぺたりと尻をつけて牙を剝きだした。

ボンベロの右腕が真っ赤に充血していた。彼は自分のナイフを取り出すとそれを腕に突き刺した。勢いよく血が流れ出し、わたしのもとまで飛沫《しぶき》が飛んだ。

「無駄だ。そんなことをしてもどうにもならないよ。あの女同様、おまえものたうち回って死ぬが良い」

手足の砕けたミコトは胴体を震わせて笑った。激痛による脂汗がべったりと顔に貼り

つき、残った牙が口から覗いていた。

するとそのミコトの顔をヒールが踏みつけた。

「早く血清を出しなさいよ。ボンベロに何かあったらコフィがあなたを殺すわよ。店がやっていけなくなるもの」

「ふふ。コフィはこの店を近々、潰す。奴はボンベロをもう一度殺し屋に戻したがっている」

「俺はもうやらんよ」

椅子に腰掛け、床に広がる血を眺めていたボンベロが呟いた。

「やらなければ、それまでだ。殺し屋が辞めますで済むはずがない。おまえは始末されるぞ、ボンベロ」

「俺は店を続けられるよう、コフィを説得する」

「無駄だね」

「畜生！　早く血清を出せ」

「あんたがどうしてあたしを目の仇にするのか知ってるんだ」

ミコトが呟いた。

「あんた、石女《うまずめ》だろ？　子宮が腐り果てて用を為《な》さないんだ。だから、わたしみたいに

腹の大きくなれる女を憎んでるのさ」

「うるさい！」

「隠さなくったってお見通しだよ。特にあんたみたいなタイプはね。産めませんって顔に書いてあるよ、あっはっはっはっ」

「黙れ！」

炎眉が滅《め》茶《ちゃく》苦茶《ちゃ》にミコトの顔を踏みつけた。

わたしは何気なく手を動かそうとしたができなかった。

すると菊千代が近づき、またあの雑巾のような舌でわたしの顔を舐め始めた。

「菊千代……」

そう呟くと彼は躰を寄せてきた。

ひとしきり踏みつけ終わった炎眉が離れるとミコトの顔はあちこちの皮が裂け、魚の切り身のようになっていた。

「ふふ……ひでえ女だ」

ミコトは、ふっと口から丸い物を吐き出した。

細いチューブに小さなゴムボールがついていた。

「あんたが莫迦をするから、わたしも口を切ってしまったよ。毒が回った。一蓮托生《いちれんたくしょう》だ

ね、ふふふ」

「ミコト、血清はどこだ」

ボンベロが呟いた、顔色が悪く、汗をかいている。

腕の血はまだ続いていた。

「教えてほしいかい」

「ああ」

するとミコトは身を起こし、蛇のようにずるずると這《は》いながら、わたしに近づいてきた。

「そしたらこの女を殺しな」

上半身を起こしたミコトはわたしを見た。

「そしたら教えてやる」

「莫迦な。そんなことなら始めからこんなことはしない」

すると炎眉がわたしを振り向いた。

「あなたはもう助からないわ」

返事をしようとしたが口が開かなかった。

「ボンベロを助けたいの」

わたしは、こくんこくんと頷いてみせた。

「やめろ！　炎眉」

ボンベロがよろよろと立ち上がった。

彼女は右手を掲げるようにしてわたしの元に迫った。

と次の瞬間、右手が勢いよく振り下ろされ、わたしの前を過《よ》ぎって、ミコトの首を切り裂いた。

「あ、ごめんなさい。間違えちゃった」

ミコトは目を大きく見開いたまま血を噴き出し、横倒しになった。

「不意打ちにでもしなくちゃ、噛み癖が悪いからね、この女」

「どうするんだ」

ボンベロは床に膝をついた。

「ジェロがこの女を前に見たと言っていたのを思いだしたのよ。ずっと前も妊娠していたって。そんな妊婦いやしないわ」

炎眉がミコトの服を一気に取りはぐった。

膨らんだ腹が現れたが、何か奇妙な皮膚をしていた。

「やっぱり特殊メイクだわ。ソーハはこれを知ったから殺られたのよ」

炎眉は腹に向かって手を振り下ろした。

「待て！」

ボンベロが怒鳴ったが、炎眉の勢いは止まらず、そのまま偽の皮膚を切り裂いた。

ビュッー。

腹が破裂すると同時に中に詰まっていた液体が炎眉の上半身に降りかかった。

物凄い異臭と熱が充満し、何かが倒れる音がした。

ボンベロがドアを開け、排気ダクトを作動させた。

白煙が収まると床に炎眉が倒れていた。

「炎眉！」

ボンベロが抱き起こすと彼女は金属の容器を差し出した。顔が焼け爛《ただ》れていた。

「なかに隠していたわよ。早く打ちなさいよ」

ボンベロは炎眉を置くと、容器から注射器のセットを組み立て、わたしに打った。

横になった炎眉がそれを見つめているのがわかった。

「今日は終わりだ。おまえらは帰れ」

ボンベロの言葉にジェロと三人組が引き上げていった。

「自分には使わないのね」

「血清はひとりぶんしかない」

「炎眉、ありがとう」

「あなたのためにやったんじゃないわよ。この人が使わなかっただけ」

「医者へ行くぞ」

「この顔で？　そんなみっともないことしないわ。それよりエスプレッソの六倍を頂戴」

ボンベロは炎眉を見つめた。

「わかった」

ボンベロは彼女を抱き起こし、椅子に座らせた。

「カナコ、おまえは横になっていろ」


やがて、ボンベロがカップをふたつ運んできた。

「おいしいわ。こんな顔になったのは悔しいけれど、これでさっぱりした。こんな顔であなたといいたいなんて言えないものね」

炎眉は溶け崩れた顔に触れ、焼けた頭から駄目になった髪を引き抜いて捨てた。

「今は良い医者がいる。きっと元のように戻る」

「気休めはいらないわ。……ああ、おいしい」

そう呟くと炎眉の躰がぐらりと大きく傾き、倒れた。

「炎眉！」

駆け寄り、炎眉の右手首を見たボンベロの目が大きく開かれた。

「おまえ……」

「あの女、意外とやるわよね。首を斜《はす》ってやった時、嚙みついてたの。毒は残っていたのかしらね……」

ボンベロは炎眉を後ろから抱えるようにして抱きしめた。

「ねえ。子どもができないなんて噓よ。わたし、ちゃんとできてたんだから」

「わかった」

「ボンベロ、わたし死ぬと思うけど。忘れないで」

「ああ」

「はあ。もっとぎゅってして」

炎眉はそう言うと〈気持ちいい〉と呟いた。

わたしはゆっくり立ち上がると水を飲んで少し吐き、それから倉庫に戻った。

わたしはソーハがマットレスを占領していたので、端に段ボールを敷いて横になった。

ずいぶん、長い時間、眠った気がした。
ふと目を覚ますと呻くような声が聞こえた。
ゆっくり立ち上がってホールに行くと、あの時の姿のまま炎眉を抱いたボンベロが、
彼女の肩に顔を押し当てているのが見えた。
わたしは黙って倉庫に戻ると、再び、目を閉じた。

chapter 5

Tinman's heart & Chimp piss

〈ブリキ男の心臓とチンパンジーの小便〉

ボンベロは苦虫を嚙み潰《つぶ》したような顔で現れた。

頭を小突かれ、起きたわたしは周囲に籠《こ》もっている傷《いた》んだ生魚のような臭いに驚いた。

「腐り始めている」

ソーハを見下ろすボンベロは包帯を巻いた右手を庇《かば》うようにしていた。

「今回は処理屋を使わない。俺たちでやる」

毒が抜け切れていないせいか躰《からだ》がやけに重く、立ち上がっても床が船のように揺れて感じられ、思わず棚にしがみついた。

「いくぞ」

ボンベロがソーハの脇に手を入れて持ち、わたしは足を持った。

ソーハの顔は毒によって膨らんだ部分があちこちで崩壊し、割れた卵の殻のように破れ、黒ずんでいた。何かゴムのような黒いものが口からはみ出していた、舌だった。

ボンベロは倉庫の真向かいにある冷凍庫にソーハを入れた。牛の枝肉らしきものが鉤《かぎ》に掛かっており、その後ろには髪を垂らしたミコトがすでにぶら下がっており、背を

此方《こちら》に向けていた。脚の間から腹の人工皮膚がカーテンのように垂れ下がっている。

「いいか。下半身を持ち上げろ」

ボンベロは枝肉を彼らと離れた位置にずらすと、ソーハを持ち上げた。

「映画なんかだと人間を鉤に掛けるのに項《うなじ》を使うが、それは間違いだ。あれだとよほどうまく脊髄《せきずい》を貫通させない限り、首の皮や筋肉が自重で引きちぎれてしまう。プロは此処《こ》を使う」

ボンベロは手を伸ばし、ソーハの下顎《したあご》を外した。そうでもしないと顎は動かなかったようだ。そして持ち上げると鉤の先端を口に含ませ、当たりをつけると死体にしがみつくようにしながら思い切り体重を掛けた。

骨を踏んだような音がし、ばくりと口を開けたソーハが揺れた。鉤が上顎に喰い込み、天井に張られたチェーンが静かに鳴った。

「こうしておくには意味がふたつある。ひとつは腐敗が進んで奴らがどうにも扱いづらくなってしまうのを防ぐためだ」

「もうひとつは？」

そろそろ寒さに耐えられなくなってきたわたしは掌《てのひら》に息を掛け、足踏みした。

「時期が来ればわかる」

思えばこの時、すでにボンベロのなかにはある種の予感があったのかもしれない。

ふたりの死体をあまり見ないように視線を逸らすと、反対側に長い脚があった。全身がビニールにくるまれており、ここからでも綺麗にマニキュアを施した指が見えた。なんだか大きな花束みたいだった。

ボンベロはわたしの視線に気づいたけれど、何も言わなかった。

それから、ホールに戻った。

「座ってろ」

わたしの足元がふらついているのを見たボンベロがそう言った。

ボンベロがキッチンに入るとジューサーを回す音が始まった。

指先が小刻みに震えるのを止めることができない。両手をぎゅっと握ってみても関節が充分に曲がらないので握り締めることができない。胃の辺りがむかむかする。目眩《めまい》が始まったので顔を伏せることにした。

気がつくと時間が経っていたみたい。

テーブルの向かいでボンベロが面白くなさそうな顔をしていた。

「意識が途絶するのは毒の影響だ。目はちゃんと見えているか？」

「だと思うけど」

グラスがあった。

「それを飲むんだ。今さら、気休めかもしれないが俺たちは昔から毒を喰らうとそれを飲んでしのいできた」

毒々しいオレンジの液体が注いである。

鼻を近づけると獣《けもの》の便《べん》のような臭いがした。

「全部飲むんだ。飲みづらいが、飲め」

わたしはグラスに口を付けた。多少、冷えているけれど悪臭が容赦なく鼻を突いてくる。

「口を離すと飲めなくなるぞ。一気に飲んでしまえ」

「これ大丈夫なの」

「あの女は、たぶんハブ系の毒をベースとしたものを使っていた。後で躰が腐って良ければ好きにしろ」

わたしはグラスをもう一度、見つめた。

「それと、おまえがしなくてはならんことは、もうひとつある」

「なに?」

「コフィにおまえが生き残ったことを告げなくてはならん。ミコトは炎眉《えんび》に斃《たお》され、炎

眉はおまえに斃されたのだ」

「どういうこと」

「そういうことだ。コフィはおまえが人を殺せば生かすと言った」

「そんなことできないわ」

「では死ぬしかない。コフィはファキールへの償《つぐな》いのためにも引き渡せと言うだろう。そうなればおまえは酷《ひど》い目に遭う。おまえが今までに想像した最も残酷なことが、まるで幼稚園児の夢だったとしか思えないようなことを時間をかけておまえにするだろう。たぶん最後には狂ってしまうはずだ」

「そんなの……」

緊張に耐えきれず、ふっと笑いかけたが、ボンベロの表情は硬いままだった。

「これから電話を掛ける。相手は質問をするだろう。おまえはそれに答えるんだ」

「できっこないわ」

「いや、やる。おまえはやる。早くそれを飲んでしまえ」

ボンベロは立ち上がった。

「ちなみにそいつには名前がある」

「なんていうの？」

「Chimp piss《チンパンジーの小便》というんだ」

右腕をさすりながらボンベロは事務所へと歩いていく。

「こんちくしょう」

わたしは毒づき、グラスに口をつけると自分に向かって傾けた。

粘度のあるトロリとした液体が口の中に広がると腐った牛乳が暴動を起こしたみたいな臭いが鼻をブチ壊そうとした。胃袋が雑巾《ぞうきん》のように捻《ねじ》れる。

ただ物を飲むだけで気を失いかけたのは生まれて初めてだった。

†

事務所のなか、ボンベロは黒電話を前に葉巻をくゆらせていた。

わたしは今にも持ち上がってきそうな胃を必死で抑え込みながらパイプ椅子に座っていた。

「炎眉はミコトの腹から出た液体でダメージを受けた。その後、身動きできなくなった彼女をおまえは刺殺した。倒れた炎眉を真正面から一度だけ。ナイフは抜かなかった。いいな」

わたしは頷いた。

「……よし」

ボンベロは受話器を取り上げるとダイヤルを回した。

「俺だ」

緊張が高まってくると、またぞろ胃の辺りが蠢《うごめ》き始め、あの厭《いや》なチンパンジーの汁が舌の上に戻ってきた。

「そうだ……キャンティーンのウェイトレスの件だ」

何度か短いやりとりがあって、その都度、ボンベロは頷いたり、〈ちがう〉と短く応答した。

やがて、相手に聞こえないよう受話器を手で塞《ふさ》ぐとボンベロが振り返った。

「幹部が出る。相当に殺しの経験のある男だ。しくじるなよ」

わたしは黙っていた。

「今、代わる」

受話器を受け取ると、地に足の着かない気分が急速に高まった。

「代わりました……」

咳払《せきばら》い、古い紙を擦《こす》り合わせたような声が響いてきた。

『嘘つき』

「はあ」

『ボンベロはおまえを庇《かば》っている。おまえに炎眉が殺せるはずがない。たかがウェイトレスに』

「彼女は怪我をしていたの。毒液で目が見えなくなってて」

『話せ』

わたしはボンベロを見た。先を続けろという風にボンベロはゆっくりと頷《うなず》いた。まるで会話が聞こえているようだった。

「炎眉はミコトの腹を破ったの、そしたら毒液が飛び出して彼女はそれをもろに浴びたの。顔が溶けて……動かなくなったの」

『それを刺したのか。ふふ。下衆《ゲス》な女だ、怪我をした相手を』

「そうでもしなきゃ彼女を殺すなんて無理」

『何回刺したんだ』

「一回」

相手は沈黙した。

ボンベロを見たが、答えはどこにも浮かんでいなかった。彼は耳を澄ませていた。

『おまえは初めて人を刺したんだな』

「ええ」

『プロでも一発で済ませられる人間は少ないんだ』

「気を失っているのも同然だったから」

『不自然だ。信じがたい。どんな人間でも刺されれば抵抗する。炎眉ほどの人間ならなおさらだ。黙って殺されるということはなかろう。死んでから刺したのなら別だが……』

今度はわたしが黙った。

『しかし、その場合にはボンベロは嘘をついたことになる。コフィは殺させろと命じたんだ』

「なんと言われても、そうだったんです」

『弱者から強者を攻撃したときには手数が多くなるものだ。相手の反撃が怖くてそうなる。俺が最初に殺したのは義理の親父だったが、摘《つま》み損ねの豆腐のようにぐちゃぐちゃにしてしまった。なのにおまえは炎眉をたった一度で殺したと言う。ボンベロならば可能かもしれんが』

「彼は手が使えなかったの。ミコトに噛まれたんで切って毒を出してたから」

——沈黙。

わたしは額に手を当てた。汗がぬらついた。

ボンベロは鋭い視線を電話に向けていた。

『理由を教えろ』

「え？」

『なぜ滅多刺しにしなかった。炎眉は直《ただ》ちにおまえを道連れにしたかもしれない。なぜ、素人のおまえがとどめを刺したとわかった』

ボンベロは首を振った〈わからない〉とシラを切ることを勧めているのだとわかった。

でも、わたしにはそれが正しいとは思えなかった。

『どうした……ついにボロが出たか』

「鼓動よ」

不意に、炎眉を抱いていたボンベロの姿を想い出し、わたしはそう口走っていた。

『なに？』

「ナイフから心臓の鼓動が伝わってきたの」

ボンベロがわたしを凝視した。

『嘘をつけ。そんなことは、あり得ん』

「本当よ。どくん、どくんって刃から伝わってきた。それがだんだん弱くなって消えたの。心臓をやったんだって思った。だから抜かなかった。他に狙う所なんかないもの」

ため息をついてボンベロが首を振った。

相手は黙っていて、そのうち誰かと小声で話し合っている気配がしてきた。

『代われ』

ボンベロが受話器を摑んだ。

「知らん。俺にはそんな経験はない」

眉を顰《ひそ》め彼は背凭《せもた》れに寄りかかった。

ボンベロは相手の言うことを黙って聞き、受話器を戻した。

彼は何か考え込み、やがて首を振って顔を上げた。

「なんとかなるかもしれん」

ふーっと息が漏れた。

「確かに心臓を直に刺し貫いた場合、鼓動を感じることがあるそうだ。しかし、よくあんなことを咄嗟《とっさ》に思いついたものだな」

「それは……」

と、答えようとした途端に胃が持ち上がり口の中にチンパンジーのあれの混じった気

味の悪い唾《つば》が思い切り溢《あふ》れてきた。

わたしはトイレへ駆け込んだ。


「まだ終わらないのか」

戸の向こうでボンベロの焦《じ》れた声がする。

「もう少し」

すでに小一時間、床に膝をつき便器を抱えていたわたしは嘔吐《えず》き疲れ、躰が裏返ってしまいそうだった。

「効果覿面《てきめん》だったか、ふふ」

ボンベロの靴音が去っていく。

わたしは毒づくのも忘れ、釣り上げられた魚のようにのたうち回る胃袋を必死になだめようとしていた。


それからさらに何分か何十分かして、ホールに戻ろうと壁を伝っていると良い香りがしてきた。煎《い》りたてのコーヒー。舌がぴりぴり反応した。

「済んだか」

「ロケットで百回ぐらい射ち上げられた気分」

「顔をなんとかしろ。土砂降りを歩いてきたみたいだ」

通路に顔を覗《のぞ》かせたボンベロがポーチを放ってきた。

「使え」

トイレに戻り、ポーチを開いた。わたしには、とても手が出ないような高価な化粧品がいろいろと詰まっていた――炎眉のだ、と思った。


戻ると暗いホールから低い話し声が聞こえてきた。

カウンターで男がひとり腰掛けていた。

すぐ脇に立ったボンベロが憂鬱《ゆううつ》な顔をしている。

「できない相談だ」

肘当ての付いた焦げ茶のジャケットを着た男は六十をとうに過ぎているようだった。銀に近い白髪、染みの浮いた手にはふやけたような皮が寄り、頬にはいくつもの深い皺《しわ》が刻まれていた。口髭《くちひげ》も真っ白だった。

「それはできんよ」

ボンベロは念を押すように呟《つぶや》き、葉巻を咥《くわ》えた。

「考えたこともない……」

「じゃあ、今から考えるのさ。俺に飯を喰わせるのが厭になったのじゃあるまい」

「話のポイントがずれている」

老人はコーヒーの入ったカップを両手で温めるようにして持っていた。そしてその中に視線を落としながらボンベロの話を聞いていた。

「ボン、俺はもう決めたんだ。後戻りしたり考え直したりする気はないぜ」

「そうだろう。あんたはボタンを押しちまったんだ。でっかいイボ痔《ぢ》みたいな糞ッ垂れのボタンをな。後戻りはしようにもできんさ……莫迦《ばか》なことを」

ボンベロの顔はなぜか悔しげで、老人の飄々《ひょうひょう》とした感じとは真逆《まぎゃく》だった。

「第一、宣言なんかしないもんだ。それに今あんたがしてるもうひとつの提案も莫迦げている」

「宣言ってわけじゃない。意思の表明だ」

ボンベロは葉巻を口の端に寄せると老人を睨《にら》みつけたまま床に唾を吐き、革靴でそれを擦りつけた。彼がそんなことをするのを見たのは初めてだし——意外だった。

「なあ、オヅ。あんた脳味噌をどこかに引っ掛けたまんま忘れてきちまったのか？　あんたは俺にさっきから何を言ってるのかわかってるのか？　あんたが言ってるのは肥溜

めに落ちた入れ歯を探そうってのと同じだ。意味がないし、やるだけ周りを糞ッ垂れまみれにするだけだ」

「ボン、逢いに行くだけさ。ちょっと見るだけ。それで、もしも……」

「さっきも話したように此処はしばらく閉店だ。床や壁を見てくれ、あんたならわかるはずだ。血の染みや弾痕《だんこん》であっちこっち補修しなけりゃならない」

「そんなことお安いご用だ。手伝うぜ」

「間に合ってるよ」

ボンベロがそう言うと初めて老人はわたしを見、そして辺りを見まわした。

「こいつでか？　他には誰も見あたらんが」

「オヅ、敷石を今さらめくっても得体の知れない虫が出てくるだけだ。そんなことより自分のことに集中しろ」

「いらっしゃいませ」

頭を下げたが老人の目にわたしは映っていないようだった。

「オヅ、悪いことは言わない。黙ってこの街から消えるんだ、今すぐ」

老人はボンベロに挑むような視線を向け、やがて盛大な音を立てカップの中身を啜《すす》り上げた。

「俺に借りがあるはずだ」

ボンベロはオヅに哀しそうな視線を向けた。

「これだけ頼んでもか」

「俺は魔術師だ。これが済んだら見事にフケてみせるさ」

急に、足首が重くなったのでドキッとした。

菊千代が寄りかかっていた。

それに気づいた老人が菊千代に向かって人差し指を突き出すと、くるりと輪を描いてみせた。

途端に菊千代が床の上をくるくると転げ回った。

「ふふ」

老人はどうだ、と見つめたが、ボンベロは煙たそうに片眉を押し上げただけだった。

「頼む」

「俺は何も聞いちゃいない」

ボンベロが、そう呟く。

老人がスツールを降り、出入口に向かう。

ドアが開いた。

老人はその前で立ち止まっていた。

「オヅ、俺をがっかりさせるな……頼む」

ボンベロが葉巻の煙を吐いた。

老人が振り返った。

「その台詞は、そっくりそのままけえすぜ」

ふらりと躰が揺れ、老人の姿はドアの外へと消えた。

オヅと言われた老人が出て行くと、ボンベロはわたしに床や壁に開いた弾痕の補修を命じた。

「いずれ時期を見て専門の人間に直させるがな」

硬化剤の混じった木目を埋めるパテとピンセット、ボンド、ステンレスの汚れ剝《は》がし、サンドペーパー、壁紙のスペアなどが一式詰まった小箱を渡された。

「料理の巧い人間は修理も巧いはずだ。どちらも頭を使わなければならないからな。いいか、硬化剤はしっかりと充塡《じゅうてん》しろ。ケチるな。少し山になっても構わん。後で削ればいいからな。それよりもケチって凹みを作ると後で補充したものとの間に齟齬《そご》ができて剝がれ易くなってしまう。結果、またやり直しだ」

ボンベロはホールの中央にできた穴の脇に膝をつくと小型ナイフで器用に弾を取り出

した。

間近に見る銃弾は潰《つぶ》れたマッシュルームの親玉みたいで、こんなものが高速で躰の中を出たり入ったりするのかと思うと脇の下に汗が滲《にじ》んだ。

と、ボンベロがナイフを取り落とした。

乾いた音をさせて転がったナイフを見てボンベロは一瞬止まり、脇に落ちた銃弾とともに拾い上げた。銃弾を摘む時、指先が微妙に震えていた。

「後は適当にやれ。あそことあそこと、あの壁のところ、そして、あそこ」

ボンベロはホールのあちこちに残る弾痕を指差し、自分はキッチンへと戻って行った。

わたしは弾を取り出した穴の縁のバリを取り除き、大型の注射器に似たものの先端を中に突っ込んで充填剤をひり出した。

しばらくすると野菜を刻む音がキッチンから始まった。


「ほら、どいてよ」

菊千代が穴の上からどかないので苛苛《いらいら》した。

しかも、四つん這いの格好で作業を続けているので腰や背中、首の付け根から肩がぱんぱんになって悲鳴をあげていた。

わざとやっているのか菊千代は手の甲に尻を擦りつけるようにしてくる。

「どきなさいよ」

分厚い尻の皮を邪険に引っ張ってみても、びくともしない。隙間《すきま》から作業を始めたが、

「もう！」

わたしはピンセットを置くと、壁にもたれて休憩することにした。

菊千代が尻をずらし、穴を完全に塞いだ。しめたとか思っているのだろうか。

「怒られたらあんたのせいだからね」

菊千代は、暇な占い師のような顔で振り返った。

その時、わたしはオヅがしてたのを思い出し、人差し指を菊千代に向けくるくる回してみた。

大あくびが返ってきた。

よく見ると口の周りが汚れている。

厭な予感がして最初に埋めた穴を確認した。

充塡剤がきれいに舐《な》め取られていた。

「莫迦！」

わたしは立ち上がり、キッチンへ向かった。

ボンベロはお湯を出していた。

「菊千代のやつ、なんだか舐めちゃったんだけど」

聞こえていないようだった。

ボンベロは腕を伸ばして、シンクのなかに迸《ほとばし》る湯を覗き込んでいた。

「あの！」

わたしは叫ぶのを止《や》め、なかに入った。

「菊千代が……」

近づいたわたしを、ボンベロが振り向く。

「なんだ？」

「菊千代が充塡剤を舐めてしまうの」

「仕様のない奴だ」

ボンベロは苦笑した。

彼はボウルへ張った湯に腕を浸していた。右手の甲から肘近くまでの前腕に走った傷口が、ふやけて見えた。

「毒出しの際、腱を傷つけたらしい」

ボンベロは顔を顰めながら腕を揉んだ。

「痛むの」

「痛みより痺《しび》れのほうが問題だ。もしこれが切ったせいではなく、毒が残っているからだとすれば、いずれは切断しなくてはなるまい」

「大変じゃないの。早くお医者へ行かなくちゃ」

「無駄だ。時間が経ち過ぎている。今さら、何をしても手遅れだ」

「そんな……」

「葉巻をくれ」

調理台に置いた木の小箱を顎でしゃくった。

わたしは蓋を開け、並んでいる茶色の筒を一本取りだした。

「エプロンのポケットにマッチがある」

わたしはボンベロのエプロンの右前ポケットに手を入れ、マッチの箱を取り出した。

「手が使えん。火をつけてくれ。先端をそこのカッターで切るんだ」

小箱の横に奇妙な鋏《はさみ》があった。先端が鸚鵡《おうむ》の嘴《くちばし》のようになっていて真ん中が空いている。わたしは穴に葉巻の先を入れ、握りを絞って、切った。

「ギロチンっぽいね」

ギチッと音がし、ころりと先端が落ちた。

わたしは葉巻を咥えるとマッチに火をつけた。

炙《あぶ》りながら吸い込んだ途端、ひりつく濃厚な煙に咽《む》せ込んでしまった。

「はは。吹かすんだ《パフだ》。吹かす《パフィ》」

「う、うん」

わたしは湧《わ》き出る涙を拭い、もう一度、先端を炙るとなんとか煙を肺にまで吸い込まず、吹かすだけで着火させ、それをボンベロの口に運んだ。

彼が葉巻を咥えたので手を離した。

一服……二服……吹かすたびに白い靄《もや》が顔を覆う。

眉間《みけん》に皺を寄せつつボンベロがようやく湯から左腕を抜いて葉巻を摘み、長く煙を吐いた。しかし、右腕は湯に浸けたままだった。

「奴の言ったとおりだ……奴は俺の恩人だ」

すぐにそれが、オヅのことだとわかった。

「ある件でしくじってな。その時に組んでいたのがオヅだった。俺は敵に捕まり、オヅは巧く脱出した。俺は拷問《ごうもん》され、いよいよ殺されることになった。相手は回転数を極端に落とした電動ノコギリで獲物の手足を切り落とすのを楽しむ奴だった。刃が迫り、エンジンから噴き出す油煙が鼻を突いたとき、オヅが戻ってきたんだ。奴はその場で見張

り役の二人を斃し、電ノコの狂人も斃した。但《ただ》し、その為に股間に怪我をした。おかげで性器を摘出するはめになったんだ」

ボンベロは思い出したのか首を振った。

「戻ってくるなんて思いもよらなかった。あの瞬間、最も狂っていたのはオヅだった。百人が百人、俺を見捨てる状況だった。もちろん、俺だってそうしただろう。ところが奴は帰ってきた。もちろん、奴だけの意志でなかったことがあとでわかったが……」

「誰かに言われたのね」

「違う。おまえの言っている意味が命令や指図《さしず》といったものであるとするならば、答えはノーだ。奴はデルモニコに電話を掛け〈感じた〉のだと説明したよ」

「感じた?」

「ああ。そうすべきだと……デルモニコから、自分もそうすべきだと〈感じた〉のだと。頭ではなく直接、此処がそう決めてしまったのだと、奴はよく言っていた」

ボンベロは葉巻を挟んだ左手を胸にあてた。

「俺はあのふたりのおかげで命を拾った。オヅはデルモニコの幼馴染みだったんだ。だからこそ意を汲んで行動できたんだろう」

「ひさしぶりだったのね」

ボンベロは頷いた。

「最後に逢ったのは此処を開く前だ」

「そんなに」

「噂では死んだということだった」

「なら、たっぷり御馳走してあげなくちゃ」

ボンベロは大きく息を吸い、

「ああ」と、ため息のように言った。

「違うの？」

「当然、そうしてやりたい」

その時、ホールの暗がりでおならの音がした。

——菊千代だった。

「客を連れてきたいと言う」

「うん」

ボンベロはまた葉巻を咥え、ひと吹かしした。

「奴の娘だ」

「え？」

わたしの顔を見たボンベロが〈その通りだ〉というように頷いた。

「完全な素人。一般人だ。シブヤで本屋の売り子をしている」

オヅが座っていたスツールに目がいった。こげ茶のジャケットには肘当てが付いていたことを思い出した。

「二十年以上前に付き合っていた女に子どもができた。オヅはほどなく女と子を捨てた。オヅはあることがきっかけで興信所を雇い女の身元を捜させた。女は死んでいたが、娘は生きているのを知った。母親の古い友人だということにして逢いに行くそうだ。海外で暮らし、たまたま帰国した……としてな、で巧くいったら食事をしに連れてくる」

「でも、どうしてうちなの？　食事をする場所は他にいくらでもあるのに」

ボンベロは親指と人差し指を立て、話しながら折った。

「ひとつは最後に俺の料理が食べたい。もうひとつは此処なら安全が確保できる。奴は最近、仕事をしくじった。〈サラオ〉になっちまったんだ」

「どういうこと？」

「〈役立たず〉ってことだ。おまけに奴はコフィに〈殺しはもうやらない。誰にも邪魔されないところで静かに余生を送る〉と告げたんだ。……莫迦な。まったく狂ってる」

「どうして？」

「できるわけがなかろう。組織の秘密を毛穴から噴き出すほど知っている男を誰が放っておくんだ。敵はおろか、味方さえも口封じに掛かるに決まっている。警察に捕まる前に用済みになった者は消される。殺し屋に勇退はないんだ。〈こいつは終わった〉と思えば、それこそ日を置かずに虫の餌になるか、魚の餌《えさ》になる」

「そんな……」

「もちろん、潮時を知った奴らはみな黙って逃走を図る。それこそ殺しの仕事にかこつけて海外に逃げ出す奴もいる。しかし、逃げおおせたという話は聞かん。みな、一年以内にどこでどうなったかの報告が入る。当然、扱いは裏切り者へのそれと同じ――酷いモンだ。しかも最近では尻を捲《まく》りそうな奴に無理な仕事をさせて事前に掃除しちまおうっていう風潮さえある」

ボンベロは湯から右腕を抜くとタオルで拭き、顔の前で開いたり握ったりして見せた。

「どうするの」

「おまえならどうする？」

向き直った拍子にボンベロの瞳に明かりが凝《こご》って小さく光った。

「わからないわ」

「別に問い詰めているわけじゃない。純粋に意見が聞きたいだけだ」

わたしはボンベロの腕の傷に目をやり、そして床を見た。滑り止めの溝《みぞ》を切ったタイルが排水レーンを挟んで、びっしりと埋まっていた。

「そんなとこに答えが書いてあるのか」

「わからないけど……わたしなら食事をさせてあげたいかな……わからないけど」

ボンベロは頷いた。

「これから俺はやることがある。おまえはレタスとトマトとキャベツとアボカドの用意をしておけ。鍋に湯を沸かし、グリドルを温めておくんだ。牛の煮汁《ストック》があるから、外に出して解凍しておけ。それが終わったら、また穴ぼこの修繕だ」

湯から出した右腕はふやけているせいか傷口が大きく開いて中の赤身が裂け目から覗いていた。

ボンベロはタオルで腕を拭くと葉巻を口の端に転がした。

「かかれ」

†

それからボンベロは事務所に籠もると電話を使っているようだった。

次に彼が姿を現したのは言いつけられた具材の準備をとうに終えて、目立つ床の穴の補修を済ませ、今度はジュークボックスの脇なんかの壁に開いた穴を補修にかかってい
る時だった。

ボンベロはキッチンに向かうとそのまま料理の下拵《したごしら》えを進めていた。が、ふと気がつくと音がしなくなっていた。

菊千代が珍しく気配を窺《うかが》おうとしているかのように首を伸ばしていた。

わたしは立ち上がり、キッチンを覗いた。

ボンベロが調理台の縁を摑んで前の壁を睨んでいた。

「カナコ」

見なかった振りをして、またしゃがもうとすると声が掛かった。

「はい」

ボンベロは〈こっちへ来い〉と、顎をしゃくった。

「おまえが開けろ」

調理台にはチリソースの缶詰が三つ載《の》っていた。

「え?」

「開けろと言ったんだ」

ボンベロは手にした缶切りを放り出した。

「腕が巧く動かん」

ボンベロは右腕を庇うようにした。

「少しの間はどうにかなるんだが……くそ！」

指先が細かに震えているボンベロはそれを止めようとして握る開くを繰り返しているのだけれど、震えは止みそうになかった。

「ごめんなさい。わたしのせいね」

缶切りを拾い、缶詰を開けることにした。

ボンベロはその間にコンソメのストックを使ってスープの下地を作り始めた。

チリソースの缶をすべて開けてしまうとボンベロはまた別の用事を言いつけた。

わたしたちはそんな風にして一緒にキッチンに立ち、料理の準備を進めた。

ボンベロは自分と勝手の違うやり方をしているわたしに時折、苛《いら》ついたりもしたが、怒鳴ったり脅したりするようなことはなかった。

バンズを焼き、パティを用意し、盛りつける具材を準備し終える頃にはへとへとになっていた。

背中にいつもボンベロの視線を感じているというのがきつかった。

「よし。補修に戻れ」

「わかったわ」

ホールに戻ると菊千代が壁の穴に鼻面《はなづら》を押しつけて、やはり充塡剤を舐めようとしているのが見えた。

「こら！」

鋲《びょう》のある首輪を摑んで引っ張る、が、菊千代の躰は洪水の時に使う土嚢《どのう》のように重く、わたしの手には負えなかった。頭に来たのでキッチンから胡椒《こしょう》の罎《びん》を持ってきて菊千代がくっついている穴の周りにかけた。途端に、くしゃみを始め、短い前脚で顔を拭おうとしてるのが面白い。

「言うこときかないからだよ」

わたしは床の穴にも胡椒を撒《ま》いた。幸いにも此方《こちら》は舐め取られてはいなかった。でも、用心するに越したことはない。まったく油断も隙もない相手なのだ。

パティの焼ける音と香ばしい匂いが伝わってきた。

わくわくしながら待っているとボンベロがプレートをカウンターに載せた。

わたしがそれをテーブルに運んでいる間に、彼はオレンジジュースとコーヒーを用意して戻ってきた。

温かいバンズの間に二枚のパティ、それをレタス、トマト、アボカドのスライスが挟み、さらにチーズとアボカドを濾《こ》したソースで包んである。

「喰え」

ペコペコだった。いつものように両手で抱えるようにして齧《かじ》り付く。口のなかに肉汁とアボカドの甘みが広がった。

ボンベロは手を伸ばさず葉巻に火をつけた。

「んまい」

「そうか」

ボンベロは気がないような返事をした。

「うん」

構わず二口目を齧ったとき、パティの濃厚な塩気が舌の上に広がった。一枚目と二枚目のパティは種類が違っていた。

わたしが目を丸くしたのを捉えてボンベロがにやりとした。

「コンビーフブロックを使った。缶詰のような奴ではなく手製のものに天然の岩塩を混ぜた。塩気が縦に刺さるんじゃなくて、口の中で横に広がる感じがするはずだ」

頷こうとしたが、口が勝手にバーガーにかぶりついていた。

「そのブロックがTinman's heart《ブリキ男の心臓》だ」

「オヅを招待するのね」

「仕方がない」

ボンベロは頷いたが目は心なしか暗かった。

わたしは橙色《だいだいいろ》の液体の入ったグラスを持ち上げた。

「気をつけろよ」

そう言われてギョッとした。あの忌々しいチンパンジーの汁かと思ったのだ。しかし、ボンベロの顔を見て、からかったのだとわかった。

「平気よ」

恐る恐るストローを吸う——よく冷えた搾りたてのオレンジジュースだった。

「こっちもいけるだろう」

わたしが半分ほど食べると、ボンベロが自分の前の皿を押し出してきた。

「まだあるもの」

「いいから喰え」

わたしは同じものなのにと思いながら、ボンベロのプレートのバーガーに口を付けた。

「？」

もっと旨かった。味というよりは食感、嚙み応えが明らかに違っていた。具材が嚙むごとに口のなかで跳ね回る感じで楽しい。

「うーむ」

明らかにボンベロのほうが若干、冷めているのに最初に食べたわたしのものよりも味が引き立っていた。

「旨いか?」

「おいしい。なんでだろう。凄く面白い」

ボンベロは苦笑した。

「それはおまえが切った具材を使ったやつだ。最初に食べたのは俺が切ったやつ。差は歴然としてしまったな」

わたしはバーガーから口を離し、プレートに置いた。そして目の前のふたつを見やった。なんと言って良いのかわからなかった。

「舌や頰の内側は敏感なセンサーだ。ちょっとした違いでも見分けてしまう」

彼は煙を擦り寄ってきた菊千代に吹きかけた。

菊千代がまたぞろ、くしゃみをする。

「さあ、早く片付けてしまえよ。奴が来る」

ボンベロは立ち上がり、伸びをするとまたキッチンに戻っていった。

彼が、はーっと腕を下ろした時、そんなことを呟いたような気がした。

〈そろそろ潮時か〉

それからわたしはボンベロの指示で以前、思い立っていたウニのジュレカクテルを作り出した。これはウニの身にクリームを加え、ムース状に泡立てたものをコンソメのジュレでコーティングし、マティーニグラスで提供するものだった。いきなりだったので材料があるかどうか心配だったのだが、見事にすべて揃えることができた。しかも、一流の品ばかりだった。

わたしはそれを冷蔵庫にしまい、ホールの掃除を始め、ボンベロは固まった充塡剤の余分を削り取って平らにならしていた。

来客を知らせるブザーが鳴った。

一瞬、ボンベロの顔に緊張が走った。

「いいか。娘には真の姿を気づかれてはならん。ここはどこにでもある普通の食堂だ」

「わかったわ」

すでに菊千代は餌とともに倉庫へ閉じ込めてある。

ボンベロがキッチンに入り、モニターを確認した。

わたしはスタンバイのため、いつものようにドア前に立った。

が、ロックボルトを解除する圧搾《あっさく》空気の音は聞こえてこなかった。

代わりにボンベロがモニターの電話で相手となにやら言い合いをしているのが聞こえてきた。

『聞いてない』『知らん』という言葉の後、ボンベロは調理場の裏から事務所に入っていった。

たぶん、確認の電話をしていたんだ。

しばらくしてホールに現れたボンベロは味噌汁におしっこを入れられたような顔をしていた。

「畜生」

「お客さんね」

「客じゃない」

ロックボルトの外れる音がし、ドアが開いた。

Tシャツにでかい躰、袖から覗く腕にはタトゥー。

ブロウだった。

「よう」

「なぜ、事務所でやらないんだ」

「知らん。上の判断よ」

「上？　誰だ？」

「無礼図《ブレイズ》さ」

ボンベロの顔が険しくなった。

「昨日辺りからざわついている。良い兆候じゃないぜ」

ブロウが顎をしゃくると、ひとりの棒みたいな男が突き出された。全身ずぶ濡れでワイシャツのあちこちが破れている。長い髪、メンマ色の顔には殴られた痕。なんだか妖怪画の餓鬼《がき》そっくり。

ボンベロは伝染病の人を見るような目をして男が手錠しているのを見ると、頷き、「倉庫に転がしておけ」と呟いた。

わたしが倉庫に案内した。

「ねえ。お酒くれない？」

椅子に縛られると男はなんだかニヤニヤしながら、そう言った。

わたしは返事をせず、手下と共に外に出ると倉庫のドアを閉めた。

ホールではボンベロとブロウがカウンターで話し込んでいた。

相変わらずボンベロの顔には〈嫌な皺〉が、くっきりと刻まれている。

「頼むぞ」

ブロウは素っ気なく言い放つと立ち上がった。

ボンベロは見送りもせず、ポケットに突っ込んだ手でリモコンを操作するとドアを開けた。

階段を上っていくブロウの口笛がしばらく聞こえて、消えた。

ドアが閉まった。

「どうしたの」

「始末しろと。〈鋸糞〉らしい」

「ノコクソ？」

「大鋸屑《おがくず》のことだ。何の役にも立たんという意味だ」

胸が何かに摑まれたようにギュッとなった。

「どうするの？」

「奴は此処で殺られるとは思っていない。油断しているところを殺《や》る」

ボンベロは葉巻に火をつけた。

「無礼図というのはファキールの片腕だ。今は実質、跡を継いでいる。コフィも承知の命令《オーダー》だ。断るわけにはいかん」

「お酒が飲みたいって言ってる」

「奴はアル中だ。目つきと臭いでわかる。飲ませてやれ、そのほうが都合も良い」

ボンベロは葉巻をもみ消すと立ち上がった。

「一緒に来い」


男は縛られたまま前屈《まえかが》みになって鼾《いびき》をかいていた。

「おい」

ボンベロの声に顔を上げたが、どこか焦点があっていないようだった。

「しくじったな」

「え？　ああッ……俺じゃねえよ」

「何をした」

「知らねえよ。ボスのケータイが無くなったって騒ぎになって、それが俺のせいだって。でもよ、ちょっとしたら出てきたんだぜ。机の引き出しの奥に転がってたんだ」

「おまえを懲らしめろと言われた。シャキッとさせろとな」

「え」

男は目を丸くすると椅子を鳴らして震え始めた。

「厭だよ、痛いのは。もう勘弁してくれよ」

見ると手の爪が数枚抜かれていた。ゴワゴワしていて汚いので泥かオイルが付いていいるのかと思った。

「俺はただ楽しく、明るく、朗らかにしてただけだ。皆の幸せを願ってさ」

男の後ろに回るとボンベロはズボンの尻ポケットから札入れを抜き出した。

「なんと読む」

免許証をボンベロが見せた。

「九、きゅー。九十九九、つくもきゅー」

「名乗った途端に殴られたことはないか?」

「あるよ。文句は親父に言ってくれ、ハチオージの墓園にいるよ。電話しなくても大丈夫だ」

ボンベロは黙って九を見つめていた。

「なんだよ。告白しても付き合ったりしないぞ」

その時、来客を知らせる音がした。

ボンベロは背後に廻っていた九の腕だけを自由にすると躰の前で手錠を掛けた。

「カナコ、この莫迦でかい口を利く男の世話をよくみてやれ。下手にホールへ出すなよ。どんな善人でも、この面《ツラ》を見たら殺したくなる」

「おきゃあがれ」

ボンベロが行ってしまうと九は、上目遣いでわたしに酒をねだった。

わたしは飲料庫へ行き、なるべく安そうな酒を選び、調理場にコップを取りに行った。

するとボンベロがオヅと若い女をファミレステーブルに案内するところだった。

腰まで届くような長い髪の女は顔が隠れていた。ベージュのカーディガンに白っぽいスカートが見えた。


「へへへ。しこたまぶち込んでくれよ。景気よく」

九はステンレスのカップにウィスキーが注がれ始めると、俄然《がぜん》、生き生きとしてきた。

「ふぇっへへ。たまんねえな」

九は涎《よだれ》を垂らしそうに無精髭《ぶしょうひげ》だらけの顔を近づけカップの臭いを嗅いだ。

「良い酒だぜ、これは。なんて名だい？　此処は」

「キャンティーン」

「へえ。流行《はや》ってるんだな。こんな高い酒を置いてるんだからさ」

「流行り、廃《すた》りは関係ないわ。此処は会員制なの」

「へえ。じゃあ、夜は女がいっぱいなんだな」

「そんなんじゃないわ。此処はダイナーなの」

「ダイナー?」

「アメリカ式の定食屋よ。ハンバーガーとかそういうの」

「ふーん。小洒落《こじゃれ》てんだな」

九は、なみなみ注いだカップのウィスキーをあっと言う間に飲み干してしまった。

「でも、会員制の定食屋ってのは聞いたことがないな。どんな人間が会員になるんだ」

「あんた、とぼけてんの?」

「うぇあ?」九はカップの縁を指でコンコンと鳴らし、お代わりをした。

「一壜、空けてしまいそうね」

「良い酒だからな。良い酒、いい女、良い人間は、この世じゃ虹と同じよ。あっと言う間に消えちまう。だから逢ったら機会を逃さず、平らげてしまうことが大事なんだ」

「ふうん」

わたしは壜が空になりそうなので、もう一本持ってくることにした。

「ねえちゃん、名前は?」

「カナコ」

「俺の知り合いに大莫迦な子っていうのがいてな、ロクな死に方しなかった。あと、水《み》田《た》真《ま》理《り》。小《お》田《だ》マ《ま》リ《り》っていうのもいたな。みんな、ロクな死に方をしなかった」

「あんたもロクな死に方しそうにないわね」

わたしがそう言うと背中で九の、ふぇあふぇあいう笑い声がした。

すぐに戻ってやるのも癪《しゃく》だったので、わたしは裏から調理場に入った。

ボンベロがハンバーガーを作っていたけれど、手がやはり巧く動かないようだった。

あの父娘は何の会話も交わしていなかった。

「ずっと、あのままだ。娘は俯《うつむ》いたっきり、オヅは酒を舐めたっきり」

「何を話して良いのかわからないのよ」

ボンベロが鼻で嗤《わら》った。

「いくら母親の知り合いだからって、いきなり逢った人とそうしゃべれないよ」

「おめでたい奴だ。そんなレベルの話じゃない。おまえはいきなり現れた母親の知り合いだというだけの男と、わざわざこんな店に来るか?」

「まあ、珍しいとは思うけど。何か通じ合ったんじゃない」

「通じ合いすぎだ。水のグラスとナイフ、フォークをセットしてこい。行けばわかる」

〈カナコさぁん、お酒ぇ〉

倉庫から九の濁声《だみごえ》がした。

「ふふ、人気者だな」

ボンベロが嗤った。


「いらっしゃいませ。キャンティーンへようこそ」

そう挨拶してテーブルにグラスを置こうとして、手が止まった。

テーブルの縁に黒い糸のようなものが貼って並べたようになっていた。

髪の毛だった。

すると女が頭から毛を抜いてテーブルに載せた。

腕は干涸《ひか》らびたような茶色で、動かしている右手を左手が邪魔するように掻《か》き毟《むし》っていた。

オヅは何かに耐えているように悲壮な表情で女を見ていた。

「はやく……頂戴よ」

外見からは信じられないようなしわがれ声がし、女が顔を上げた。

あ、壊れてる……と思った。黒々とした髪の中に黄色く縮んだ老婆の顔があった。化粧っ気はまったくなく、目ばかりがギラギラしていた。

「おじさん、はやく」

呆気《あっけ》に取られたわたしとオヅの目が合った。

オヅは涙を浮かべていた。

「おいしいものができそうだね……」

絞り出すようにオヅの声がした。

「はい」

調理場から熱いグリドルにパティを載せる音がした。

「ばかやろう……」

女は口に指を入れるとガリッと音をさせた。

わたしは目を逸らすためにテーブルから離れ、調理場に入った。

ボンベロがわたしの顔を見て、頷いた。

「覚醒剤《ボン》中毒《ちゅう》の末期だ。発狂するか、自殺するか、警官に射殺されるか……それが明日になるのか、来週になるのか、そう長くはない。オヅの奴、知っていて連れてきたんだ。ここなら状態さえ良ければ、多少は親子ごっこができると思ったんだろう。シブヤの本

屋などと……莫迦な。あの女はドブ板売春でも拒否られる。ホームレス相手の百円淫売《パンパン》でもしていたに違いないんだ」

わたしはオヅを見つめた。

相変わらずふたりは黙りこくっていた。

自分の娘が見る影もないジャンキーとなって生きているって、そんな残酷があるだろうか。まして、それを目の前にするなんて。

「病院に連れて行ったら」

「この国にはジャンキーをまともに矯正する施設なんかない。あそこまで行ってしまったら刑務所に突っ込まれてもフラッシュバックやら禁断症状で虫けらのように殺されるのがオチだ。どちらにせよジャンキーに途中下車はない、地獄までまっしぐらさ」

わたしは暗い目をしているオヅを横目にしながら倉庫へ戻った。


「おいおい。麦でも踏みに行ったのかと思ったぜ」

九はメンマ色の顔をうっすらと赤らめながら、カップを逆さまに振ってみせた。

「そんなに、がっつくことないわよ」

「こっちは生き急いでるもんでね」

「あんた勝手にやってよ」

わたしは九に壜を押しつけてホールに戻った。

パティの焼ける香ばしい匂いが充満していた。

「おまえ、何か作っていたな。あれを前菜で出してくれ」

冷蔵庫を確認するとちょうど、良い具合にジュレが固まっていた。

わたしはテーブルにジュレの入ったグラスを置き、何か持ってきましょうかと尋ねた。

女はテーブルの縁に爪を立て、表面を削っていた。話しかけても耳に届いていないようで、目を凝らして一点を見つめたまま搔き続けている。昔飼っていたハムスターが回転輪を狂ったように回していたのを思い出した。

「赤を。銘柄は任すよ」

ワインを運ぶとベルが鳴り、ハンバーガーができあがった。しゃきしゃきのレタスがトマトと玉葱、そして肉厚のパティを載せ、その上にたっぷりとクリーム状のアボカドと、さらにスライスしたものが置いてある。バンズは焼きを軽くして嚙み心地を柔らかくしたライ。

わたしが運ぶとボンベロがテーブルのそばにやってきた。

「パティは、つなぎ無し百パーセントだ。肉汁が口の中を暴れまくるぞ。

「Tinman's heart《ブリキ男の心臓》だ」

ボンベロは女に気づいていないふりをしていた。

すでにジュレに手を付けていたオヅは頷いた。

「こいつも旨い。おまえか？」

「彼女だ」

「たいしたモンだ。ウニの甘みがふわっとしたクリームに閉じこめられていて、まったく臭みがない」

「長生きはしてみるもんだぞ、オヅ」

ボンベロはそこだけ強調した。

女は相変わらず、テーブルを削っていた。

「少し食べてみませんか……」

女はまったく動こうとはしなかった。

ガリリ……ガリリリ……ガリリ……爪だけが勢いよく左右に移動していた。

「無理には良いんだ、オヅ」

「食べれば、食べられるはずだ」

オヅがバーガーの載ったプレートをさらに女の前に押し出した。

すると女の指が止まった。抜毛のしすぎか、髪が薄く、地肌が覗いていた。汗を煮凝《にこご》らせたような異臭が躰から立ち上っているのに気づいた。

「……えよ。……くをよ……」

女は何事かを呟いていた。

「さあ少し」

突然、女はプレートを払い落とすと、床に落ちたハンバーガーを踏み付けた。

「あ」

わたしが拾おうとするのを、ボンベロが手で止めた。

女はサンダルを履いた足でバーガーを何度も踏み付けた。パティがアボカドが、レタスが泥のように汚くなっていった。

「……くれよ……くをよ……はやく……」

女が突然、顔を上げた。

「早くヤク寄越《よこ》せよ！　じじい！」

口に泡を立てて怒鳴る女の顔は凄まじかった。そこには人間の感情のようなものはなくて、故障したロボットのようだった。

「渡す！　渡すよ！　だから落ち着いてくれ」

オヅが立ち上がり、なだめようとした。ポケットからビニルに入った粉薬を見せる。

「ヤクならここにある。な、わかるな。ちゃんと座って食事をしよう。そしたら渡す」

「今だよ！　いまぁ！　もう頭のなかが明るくて眠れないし、暑いんだよ。太陽が沈まないんだよ。いつもぴかぴかなんだよ」

「とにかく座らなければ無しだ」

女はオヅの顔をしばらくの間、睨みつけていたが、やがて座った。

「いいか。食事をする。君も食べるんだ」

「作り直そう」

「必要ない。ここに俺の分がある。すまんな、ボンベロ」

「いいんだ」

ふたりは互いを見、それだけで何かわかったみたいだった。

「ヤクくれよぉ。ヤクぅ」

女が駄々っ子のように手を伸ばす。肘の内側に古いフジツボが並んでいるように小さな穴が開いていた。

オヅが嚙みしめたのが、顎の筋肉が張り出したのでわかった。

「食べたらだ。ひと口、食べたら」

皿のバーガーを両手で摑むとオヅはテーブル越しに女の前へ差し出した。

「ほら。食べてごらん。ひと口で良い」

女は焦点の定まらぬ目つきをしていたが、やがて、口をぱっくり開けるとバーガーを齧った。

「どうだ」

「旨い。さあ喰ったろ。ヤクくれ」

オヅは女の瞳を見つめた。何か、そのなかに探しているみたいに。

「早くよぉ！　くれよ！」

女が再び声を荒らげた。

オズは座り直すとポケットからあのビニル袋を取り出し、女に渡した。

「へへへ」

女はビニル袋をひったくると頭陀袋《ずだぶくろ》のような鞄から箸袋を取り出し、逆さに振った。テーブルの上に注射器が転がり出た。洗ったこともないのだろう、筒の内部に得体の知れない染みがいくつも貼り付いていた。女はスプーンに粉を入れるとそこにオヅの飲みかけのコーヒーを垂らし、ライターで炙ると溶液を注射器で吸い上げた。そしてゴムチューブで自分の腕の付け根を器用に縛ると肘をパンパンと叩き、打ちやすい血管を探し

始めた……が、そこらじゅう噴火口のようになってしまった腕には適当な血管が見あたらない、女は口を大きく開けると舌を丸め、注射器を近づけると、その付け根に針を立てた。

一瞬、オズが目を背けたが、すぐに女を見据え直した。

「ふぅ」

注射器を抜くと女は背もたれに、どさっと躰を預け、大きなため息をついた。

目を瞬《しばた》かせると、緊張していた顔が緩み、眉間の皺が消えた。何か全体的に年相応の柔らかさのようなものが甦《よみがえ》っていた。

「いくつなんだ」

「二十二だ。俺は彼女をふたつで捨てた」

オヅはそう言ったけれど、わたしにはどうしても目の前にいる女が四十前後にしか見えない。

「気持ちいいかい」

女はゆっくり視線を這わせるとオズに向かい頷いた。

「気持ち良いよぉ。これ上物《じょうもの》だね」

「ああ。最高級品だそうだ」

「ありがとね、おっちゃん」

女の口調がどこかぼんやりして、子どもじみてきた。

「死にたいなぁ。このまんま、こうやってるうちに死にたい」

「おとうちゃんのこと憶えてるか」

「良い匂いがしてた。優しかった。好きだった」

「そうか……」

「あたし、寂しかったんだぁ、ずっと」

「すまなかった」

その瞬間、オヅが立ち上がり、女のほうへ前のめりになった、わたしには咄嗟《とっさ》に女の涙を拭いてやろうとしたかのように見えた。彼は女の左側の下瞼《したまぶた》をあっかんべぇするように剝くと手を素早く動かしたんだ。

――それだけ。

オヅはまた席に座ると手にした物をテーブルに置いて、わたしが注いだワインを少し飲んだ。

テーブルの上には菜箸《さいばし》よりも長くて、髪の毛より少し太い針があった。

女は眠っているみたいに両目を閉じて椅子に凭《もた》れていた。

暗い目をして、オヅが項垂《うなだ》れていた。

ボンベロに肩を叩かれ、わたしは事務所へ行った。


「あの針は最先端技術の粋《すい》を集めた物だ。自由自在にカーブを描き、しかも決して折れたり、切れたりしない」

それから、ボンベロは葉巻に火をつけた。

わたしは事務所の不味《まず》いコーヒーを、ゆっくり舐めていた。

「どうした」

不意にボンベロが口を開いた。

「そこのウェイトレスに用がある」

オヅだった。

「あんた、死化粧してやってくれないかな」


女はファミレステーブルから奥の円型テーブルに移動させられていた。

「頼む」

「いいですよ」

わたしはボンベロに借りた化粧ポーチを持ってくると枕代わりに本をあてがわれた女の顔に化粧を始めた。

パフにファンデーションを付け、頬の内側から外に向かう。

「ボンベロから聞いているはずだ」

脇にいたオヅが口を開いた。

「はい」

「初めて逢った日、娘は幻聴幻覚のまっ只中《ただなか》にいた。奴は自分が大切に飼っていた仔猫を、すり鉢《ばち》に入れると擂《す》ってしまった」

頬が終わると目の下から耳の上、小鼻から耳の中央へと移った。

わたしはなるべくオヅを見ないようにした。自分の反応を見られるのがなんとなく怖かった。

耳を終えると顎、耳の下へと伸ばしていった。生前のきつい表情が消え、穏やかに見えた。ファンデーションを終えると眉を描き、リップを引いた。

すべてを終えると　童顔な女性の顔が髪の中央に浮かび上がってきた。

「ありがとう」

オヅは近づくと娘の髪に触れた。

「莫迦なことをした。しかし、俺がしてやれるのも此《こ》れだけだった」

語尾が震えていた。

「わたしにはあなたを責める資格はないから……」

不意にそんな言葉が口を突いていた。

オズが不思議そうに見つめてきた。

「わたしも昔、自分の子を殺したの。まだよちよち歩きもできないのに」

いったん、口にするとわたしの脳裏に苦い思い出が蘇ってきた。

わたしは専門学校を卒業してから友達の紹介で知り合ったふたつ年上の人と同棲を始めたんだ。しばらくして子どもができて結婚。出産後、彼の実家の援助を得ながら子育てをしていたんだけれど、わたしは躰が動くようになると、子どもをほったらかして友だちと出歩くようになった。それと同時に旦那も夜遊びをするようになったんだ。そして連日の夜泣きと出歩いて遊んでいることで慢性的な睡眠不足になっていたわたしは、ある日の明け方、胸の下で冷たくなっている娘に気づいた。おっぱいを欲しがって夜泣きされ、意識朦朧《もうろう》としたまま授乳していて眠り込み、押し潰してしまったんだ。旦那はその日も帰ってきてなかった。驚いて救急車を呼んだけれど遅くって……死因は窒息。旦那の両親は、なぜかホッとした感じで、ゴミでも捨てるみたいにさっさとわたしたち

を離婚させると、二度とわたしを寄せ付けようとはしなかった。

娘が死んだ日、わたしは胸に赤い虫刺されのようなものが並んでできているのに気がついた。よく見るとそれは小さな手で握った痕《あと》だった。押し潰された娘が何とか助かろうと、もがいた痕だった。わたしはそれを見て、初めて涙が溢れたんだ。わたしは風呂の中に顔をつけ、叫んで叫んで叫んだ。

それから、わたしはいろいろなことがどうでもよくなってしまったんだ……。

「今はどう思っているんだ」

わたしの話を黙って聞いていたオヅはポツリとそう呟いた。

「謝りたい……ごめんねって言いたい」

不意にステンレス台の上の白い灰が頭に浮かんだ。お茶碗で掬《すく》った程度の灰しかなかった。風がひと吹きしさえすればすべて持って行ってしまうほどの量。壺に骨を落とした時のカサンカサンという小さな音が、どんどんって凄く胸の奥を突いてきたのを憶えてる。

「だから、わたしにあなたを責めることはできないの」

「子殺しは大罪だ。俺もおまえも地獄へ行く」

「うん」

「人殺しが、こんなことを言う資格はさらさら無いんだが、罪は地獄で償うことと覚悟して、行けるところまで思い切り生きたらどうだ」

わたしは返事をしなかった。

「ふっ。やはり都合が良すぎるか」

その時、遺体の左目から紅い滴《しずく》がひと筋、流れた。

オヅは憑かれたようにそれを見つめ、動かなくなった。

紅い涙は目元から頬に向かっていた。

すると、オヅは指で涙に触れ、それから自分の唇に当てた。

「……奇蹟のようだ」

ポツリと彼が呟いた。

「オヅ」

その声に振り返ると、少し離れたところにボンベロが立っていた。

「此処へ行け」

ボンベロがやってくるとオヅにメモを渡した。

彼は無言で、メモを見つめた。

「手配は済んでいる。埠頭で船が待っているはずだ。それに乗って国外へ脱出しろ」

「俺は……」

「御託《ごたく》を聞いている暇はない。今日はあんたが俺に我儘《わまま》を通した。今度は俺の番だ。黙って行ってくれ」

「だが、娘をこのままにはしておけない」

ボンベロはテーブル上の遺体に目を向けた。

「彼女の世話は俺が責任を持つ。一般の墓苑に入れるようにする。ほとぼりが冷めた頃、俺を訪ねてくれ」

ボンベロは、オヅに一歩近づくと抱きしめた。

「あんたは俺の大事な人だった」

「おまえも最良の友だった」

〈針〉は中指にくるくると巻き付けると結婚指輪のようになって留まった。

オズはテーブルに戻ると、ハンチングを被った。

「ボン。コフィはジョーカーだ。最後まで持っていると負けるぞ。実はデルモニコも奴を心底は信用していなかった。たとえ甥であってもな」

ボフッと音がした。

菊千代がホールに半分顔を覗かせていた。

オヅは菊千代に向かい指をくるりとさせた。

菊千代が重そうな腹を見せてでんぐり返りを終えると、老人の脚に躰を擦りつけた。

「奴は、オヅから俺がもらい受けたんだ」

ボンベロが呟いた。

「カナコ……」

オヅはドアのところでわたしを振り返り、何か言いかけてやめた。

ボンベロが後に続き、ドアが閉まった。

わたしは菊千代を少し撫で、シャワー室からシーツを持ってくるとテーブルの上の遺体にかけた。そして、九の様子を見に行くことにした。

倉庫に入ると変な臭いが立ちこめていた。九はカップを落とし、壜を足元に転がしたまま依然として鼾をかいていたが〈うんち〉を漏らしているようだった。

「ねえ!」

きっと掃除をさせられるんだと思うと思わず、カッとなって大声をあげた。

「うぁっ?　うえっ、うんこでた」

「なんなの、いい歳《とし》して」

「俺、何回も呼んだよ。おーいおーいって。でも、誰も来ないからさ」

「我慢すれば？」

「努力はしたよ。でも俺は基本的に、人でも物でも束縛するのが嫌いでね。奴らの自由を徹底的に阻止するのが忍びなかったんだよ」

「最低。聴いてらんないわ」

「なあ、お酒」

「ふざけないでよ！」

「じゃあ、せめてシャワー浴びさせてくれよ。あのおっかない人に頼んでくれよ」

「今、いないの」

「気持ち悪いし、臭いし、このままじゃ吐きそうだよ」

九は躰を曲げて、うえっと嘔吐《えづ》いた。

「なんて人間なの」

わたしは廊下に出るといったん、考えた。勝手にシャワーを使わせたらボンベロは怒るだろうけれど、そんなに遠くへは行っていないはずだ。と、わたしはそこであることに気がついた。

ホールに出ると菊千代がドアの前に寝転がっているのが見えた。調理場に入り、モニターに近づいた。セキュリティーのしっかりしているマンションにはありがちなモノク

ロのモニターがあった。〈キャンティーン〉のロゴのあるドアマットが映っていた。画面の下に四つ、スイッチがあり、それを押すと画面が分割されたり、場所が移動したりした。店のものも含めて全部で三つのドアがあった。一番、地上に近そうなカメラの上のほうで行き交う車のタイヤの一部が見えた。歩道を行く人の足も。わたしは周囲を見まわすと〈開閉〉とラベルのある下の赤い大きなボタンに指を伸ばした。ドラマに出てくるロケットの発射ボタンに似ていた。全部のカメラが見えるように分割させた。ボンベロの姿はなかった。わたしは深呼吸すると一気にボタンを押し込んだ。

――何も起きなかった。

拍子抜けしたわたしは連続して押してみた。

しかし、いつものようなロックボルトの跳ね上がる音も圧搾空気の音もしなかった。

「鍵がないからだよ」

突然、声を掛けられわたしは悲鳴をあげた。

九が裏から顔を覗かせていた。

「ボタンの下に穴がある。そこに鍵を突っ込まないと」

「あんたそこで何やってんのよ！」

「いや。ぬるぬるが厭だなと思って躰を動かしていたらロープから抜けられたんだ」

「ちょっと、戻んなさいよ」

「わかったよ。その代わり、あれ頂戴よ」

九はカウンターの脇にある酒棚を指差した。

わたしは適当に一本摑むと九に押しつけた。

「ちょっ、ちょっとシャワーはよぉ」

「ないわよ！　そんなの」

倉庫に戻ると椅子の上にロープが解けていた。もう一度、縛り直そうとしたが、なんだか茶色いものがあちこちにくっついていて、わたしはウンザリしてしまった。

「菊千代！」

わたしが声を掛けると菊千代がのったりのったりとやってきた。が、倉庫のなかには入ろうとしない。

「いい、あんたが変なことしたら、あの犬が黙ってないから。凄く怖い犬なんだから」

「わかったよ」

九は床にしゃがみ込むとさっそく手錠付きの手でラムの壜を抱えて飲み始めた。

「ほんとにノコクソだわ」

「なんだって」

「あんたのことよ。何の役にも、たちゃしないってこと」

「ふふふ」

九は嬉しそうに笑った。

「何がおかしいのよ」

「あんたはどう見ても素人だ。そのあんたが実にこの店に馴染んだ言い方をする。さっきは忘れていたが、確か噂に聴いたことがある。殺し屋専門の店があるって。それが此処だろ？」

わたしは返事をしなかった。

「滅法《めっぽう》料理が旨くて流行ってるって噂だったが、組内でもその話はタブーでな。具体的にどこで誰が何をしているのかは皆目見当がつかなかった。それと、もうひとつ特徴がある。そこで働いているウェイトレスはみんな素人だっていうことだ。どこからか拉致《らち》されて奴隷《どれい》のように働かされ、必要がなくなれば殺される……あんたがそうなのかい。どうせロクでもないことして追い込まれてきたんだろう」

菊千代があくびをする。

九は、ぐびりぐびりと喉を鳴らしてラムの壜をラッパ飲みし、口に含んだものをプーッと霧吹きのようにした。

「汚いわねえ」

「臭い消しだ」

「アル中」

「へへへ、そのアル中が、あんたに良いことを教えてやる。もしかしたらあんた助かるかもしんないぜ」

九は狡《ずる》い目をして笑っていた。

「なんなのよ」

「あのな……」

九の話は、文字通り、わたしを吹き飛ばした。

chapter 6

Diva Premium Vodka

〈歌姫のウォッカ〉

「なに言ってんの？」

一瞬、九が言っている意味がわからなかった。

「なんだ寝てたのか。目が開いてるから起きてるのかと思ったのによ」

「起きてるよ。あんたの言ってることがわかんないのよ」

「わいほ〜？　日本語だよ。ジャポネーゼ。シー？」

「くだらない、くだるのはお腹だけにして」

「巧いこと言うじゃんか。だが本当だ。俺はそれを嗅ぎつけたから始末されかけた」

わたしは九がそこまで勘づいているとは思わなかった。

「そうさ。だからこんなカタコンベみたいな店に連れてこられたんだよ。俺はマテバの指示でコフィの身辺を洗っていたんだ。それで尻尾《しっぽ》を摑んだ。コフィは警察の犬だ。奴は情報を流す代わりに自分だけは守ってもらえる仕掛けになっている」

「そんなこと、わたしに言われても知らないわよ」

「それがそうでもないんだな。遅かれ早かれすべてバレる。しかも今日、明日中にだ。

そうなりゃ幹部はもちろんのこと、コフィが目を掛けていた店《ここ》もボンベロもあんたも命はない。奴らは裏切り者をペスト同様、根絶やしにするだろうからな」

九の目からニヤついた光が消えていた。

「だから、あんたはボンベロに、このことを告げてすぐにでも逃げたほうが良い。あんたが説明しろ。巧くいけば俺たち全員が助かる」

「信じられないわ」

「漏らしてるからか？」

「違う。あんたが、でたらめだからよ」

「やはり漏らしてるからだな。女は見かけが大事ってわけだ。俺がちゃんとしたスーツを着ていたら、あんたはすぐにでも信用したはずだ」

「だから、違うって言ってるでしょ」

菊千代が〈わふっ〉と吠《ほ》え、移動した。

「帰ってきたわ」

わたしは九を置いてホールに出ようとした。

閉まるドアの前で既にボンベロが肩の滴《しずく》を払っていた。

彼の躰《からだ》から久しぶりに嗅ぐ雨の匂いがした。

「オヅを送ったの？」

「駅まで」

ボンベロが鼻をひくつかせ、顔を顰《しか》めた。

「なんの臭いだ」

わたしは説明した。いつのまにか九がロープを抜けていたことも話した。

ボンベロは倉庫に行き、九を睨《にら》みつけた。

「立て」

九はおぼつかない様子で立ち上がった。

「シャワーを浴びて着替えるか、それともいま俺に殺されるか決めろ」

「浴びるよ……当たり前だろう」

九は泣き出しそうな顔をした。

ボンベロは、倉庫を掃除するようわたしに命ずると、九を〈従業員専用〉ドアを開けてトイレの隣にあるシャワーブースに連れて行き、手錠を外し、躰を洗わせた。

耳の奥に九の言葉がこびり付いていた。

わたしは事務所にいるボンベロのところへ行った。

「なんだ」

椅子に座ったボンベロが振り向いた。

何を言って良いのかわからなかった。

「着替えならウェイトレス用しかない。奴には、それを出せ」

「……九が気になることを言っていたの」

わたしは九に言われた通りのことを話した。

ボンベロは少しの間、考え、受話器を取り上げ、どこかに電話した。

二カ所、三カ所、四カ所。

いずれも呼び出し音が続くのみで誰も出なかった。

ボンベロは勢いよく立ち上がり、シャワーブースに向かうとカーテンを引いた。でも、そこに九の姿はなくて、シャワーが出しっ放しになっているだけだった。

ホールに行くと、わたしと同じ制服を着た九が屈《かが》み込んで菊千代に手を伸ばしているところだった。

明らかに菊千代はそれを不快に感じているようで、あのモーターの回転音と一緒に頬の皮が引っ張り上げられるところだった。

「腕がそれ以上、短くなってもいいのか」

九が、ゆっくりこっちを振り返る。ちょっと笑ったみたいだったけど、何もかも失敗

しているニューハーフもどきみたいだった。

「よう……聞いたんだな」

「でたらめなのか、本気なのかわからんが、おまえが死ぬことに変わりはないぞ」

ボンベロが一歩、前に出ると、九がしゃがんだまま掌を向けた。

「なんだそれは」

わたしからはちゃんとは見えなかったけれど、何か壁の落書きにあるようなイヤラシイ絵が描いてあった。

「何を企んでいるんだ」

ボンベロが襟元を摑んで引き起こし、激しく揺さぶった。

九は唇が切れ、鼻血が出ていたけど、ニヤニヤ笑っていた。その手がボンベロの脇で素早く動いた。

ボンベロが身を離す、九がわたしに突進し、あっという間に羽交い締めにされてしまった。あんな酔っぱらいにしては想像もできない速さだった。

頰にアイスピックが押しつけられた。

「サンドバッグじゃないんだ。無抵抗サービスはおしまいだよ」

「遠慮するな。ただのウェイトレスだ。人質にはならん」

「だったら動いてみな。ネーちゃんを抉りながら、そこの豚犬にも、こいつを叩き込むという芸当を見せるぜ」

菊千代が九の隙《すき》を狙おうとしていた。

ボンベロが、ふっと息を吐いた。

「青い豚《ブルーピッグ》か」

「コックは語彙が貧しいな。捜査官《エージェント》。もしくは潜入捜査官《アンダーカヴァー》と言えよ」

「自分を警察の犬だと認めてるんだぞ。気づいてるのか」

「いいか、これから言うことを耳の穴をダイヤのように澄ませて聴けよ。おまえもこの店も今日、明日で終わる。此処に居る限り逃げ道はない。俺に協力すればおまえと彼女だけは助けられる」

「なるほど。だから、おまえは殺せと言われるんだ。あっちこっち、その態《てい》でさえずりまくったんだろ」

「莫迦言うな、俺はそんなにおしゃべりじゃないぜ」

「おまえに比べりゃ、削岩機《ジャック・ハンマー》だって風鈴みたいなもんだ」

ボンベロが間合いを詰めた。

両肩が盛り上がり、瞳が針のように小さくなっている――殺すつもりだ。

九がふいと、溜息をついた。

「へへへ。歌姫《ディーヴァ》が寒がってたぜ……あんなところじゃ凍えちまうってさ」

途端にボンベロの顔が怒りで赤黒く膨らみ、次に蒼白になった。

「噂は聞いていたが実物を見るのは初めてだ。てっきり下品な成金が有り難がるものだと高をくっていたが……どうしてどうして、あれなら誰でも虜《とりこ》になる。大した別嬪《べっぴん》だ。なんでも、あれひとつで地下カジノがいくつも開けるらしいな」

あの一瞬だと、わたしは思った。縄を抜け出した九はわたしがモニターを弄《いじ》くっている間に冷蔵庫に忍び込んだんだ。

「どこにある」

「まず、そっちの返事を聞こう」

「俺はどこにも行かない。おまえは殺す。カナコ、そいつを見張ってろ。俺はそいつの言葉が事実かどうか調べる」

「時間の無駄だねえ」

ボンベロは足早に冷蔵庫へと向かった。

わたしはぶるぶる震えるアイスピックを手で押した。「危ないわね。もし刺さったらどうするのよ」

「そりゃ謝るよ。ごめんって」

「ボンベロはあんたを許したりしないわよ」

「まあ見てろ。生き残るってのは、どんな絶体絶命でも、その場を思い切り揺さぶるってことだ」

九はそこまで言うと辛そうに咳をした。

その瞬間、九の体が大きく吹っ飛んだ。壁に叩き付けられると呻き声を上げる間もなく、ボンベロに胃の辺りを踏み付けられた。

「待て！　そんなことをすれば歌姫は永遠におまえの手に入らなくなるぞ！」

九が叫んだ。

ボンベロは倒れた九を更に殴りつけた。

「ボンベロ！」わたしは悲鳴をあげた。

「くそ！　俺は自分を殺したくなった！」

わたしはボンベロの腕に取りついた、が、猛烈な勢いで振り払われ、尻餅をついた。

口と鼻から血を溢れさせた九は失神寸前に見えた。

来客を告げるブザーが店内に鳴り響いた。一度……二度。

「おぎゃぐざんだろお」九が、弱々しくドアを指差した。

ボンベロは息を整えていたが、髪の毛が逆立っていた。二度も同じ失敗をした自分に対し、憤怒の炎が全身を覆っているのが見えるようだった。

ブザーがくり返された。

ボンベロは九を捨てたまま、モニターに向かった。

「まずい……コフィーだ。歌姫を出せと言うぞ」ボンベロが振り返る。

「は。奴は犬だ。放っておきな」九が嗤った。

ボンベロは九を引き立たせると呻いた。「歌姫を返せ」

「殺すなら殺せ。俺は、あんたの取り乱し様を見られただけでも充分、満足だ」

「くそ」ボンベロが手を離すと九は床にへたり込んだ。

わたしはボンベロを見つめた。ボンベロの目のなかに逡巡に代わって冷静さが戻って来るのが感じられた。

ブザーが続けて鳴った。

やがて、ボンベロが九に告げた。「わかった。俺は殺さない。但し、他の人間がどうするかまではわからん……どうだ？」

「まあ、仕方ないだろう」九が血反吐を床に吐いた。「それで手を打つか」

「カナコ、こいつから歌姫を受け取って冷凍庫に入れろ。よく冷やしておかねばならん」

ボンベロはモニターに向かうと何やら返事をした。

「どこにあるのよ」

「ついてきな、お嬢ちゃん。潜入捜査官の生き様を見せてやる」

九はそう言うと先に立って歩き出した──トイレだった。

わたしはそこで信じられないものを見た。

「わたし、絶対にそんなの洗わないからね！　あんたやってよね！」

尻に手を回してボトルを抜き掛けている九に絶叫した。

「公共の安全と秩序を維持する厳しさが、おまえにもわかったか！」

耳鳴りと目眩が一度に押し寄せた。

「いらっしゃいませ、キャンティーンへ」

歌姫を冷凍庫に入れ、ホールに戻ると客が座っているテーブルに向かって頭を下げた。

顔を上げた途端、わたしは凍りついた。

「あんた、カナコ？」

男と女が立っていた。ふたりとも忘れようにも忘れられない人間だった。

「莫迦みたい、カナコじゃん。良かった！　あんただけは絶対に、ぶっ殺してやりたかったんだよ」

ディーディーは、わたしに唾《つば》を吐きかけると腕を絡めた刺青《いれずみ》男にディープキスをしてみせた。

その背後のテーブルにはブロウと最初にわたしを連れてきたゴリラ男の顔もあった。

いずれも黒い服の男たちばかり、全部で二十人ほどいた。

「ボンベロ」

ブロウが声を掛けた。

調理場からボンベロが姿を現した。

「預けた男の始末はどうした」

「まだだ」

「呼んでこい」

ボンベロが裏に声を掛けるとウェイトレス姿の九が出てきた。若干、青醒めている。

「なんだその格好《なり》は」

男たちがゲラゲラ嗤った。

九は嗤うなら嗤えといった風にむくれていた。

「どこにあった」ボンベロが訊いてきた。

「知らないほうが良い、殺すと思う」

彼は怪訝な顔をしていたけれど、わたしは無視してメニューを配った。

「こんなに大勢でどうしたんだ？」

ホールに出てくるとボンベロはわたしと九の側《そば》に立ち、ブロウを見つめた。

「今日は人間の棚卸だ」

「どういうことだ」

「こういうことさ」

後ろから声がすると体格の良いがっしりした男が前に割って出てきた。

四十代後半、黒っぽいスーツの肩や胸の筋肉が盛り上がっていた。目つきが異様に鋭い。

「無礼図《ブレイズ》……」

ボンベロの顔に緊張が走った。

「久しぶりだな」

「ええ」

「おまえには唐突に聞こえるかもしれんが、長老会は先程、裏切り者を見つけ、その真偽の確認を俺に委ねてきた。俺としては是非ともおまえの意見を聞かなくてはならんと思っている」

「どういうことですか」

ボンベロの言葉に無礼図は顎をしゃくった。コフィだった。頭から出血し、後ろ手に縛られていた。

ボンベロが前に出ようとすると、男たちが隠し持っていた銃やショットガンを一斉に構えた。

「慌てるなボンベロ。戦争《ケンカ》をしに来たんじゃない。それはおまえが此処で鍋を弄《いじ》くっている間に済んでしまったんだ。残念ながらな」

口を粘着テープで塞《ふさ》がれ、後ろ手に縛られたコフィは、この前やってきた時とは打って変わって小さく、無力に見えた。

椅子が運ばれ、コフィは座らされた。

「ボンベロ、デルモニコを暗殺したのはコフィだ」

無礼図の言葉にボンベロの躰が揺れた。

「が、コフィはエンブレムの件はデルモニコが偶然、自分のために別発注してくれていたもので、それはおまえも知っていると言う。本当なのか？　長老はそれを確認したがっている。エンブレムの件をおまえは知っていたのか。いなかったのか……どちらだ」

ボンベロは無言だった。

「おまえはデルモニコを父の如《ごと》く慕っていた。証拠の多くはコフィを黒と判定している。が、おまえの意見も必要だと、みな思っている」

コフィがボンベロを凝視していた。

ボンベロもコフィを見ていた。

「ボンベロ、すべては怖ろしい誤解だ。此は罠《わな》だ」

「コフィ……。どうしてなんです」

「そんなことよりも聞いてくれ。このなかに裏切り者がいる。警察の犬だ。長い間、我々を騙し続けていた奴だ。そいつの始末のほうが先のはずだ」

「誰だ？　それは」無礼図が訊いた。

コフィの指が持ち上がり、一点を差した。

九だった。

その瞬間、また忌々しいことに、わたしは躰を無造作に引き寄せられた。

「俺を殺せば担当官との連絡が途絶える。そうすれば直《ただ》ちに全組織を一斉急襲することになっている」

わたしを羽交い締めにしている九の腕が酷く震えていた。

男たちの銃口が今度は、こちらに向いていた。

奇妙な沈黙があり、やがて無礼図が口を開いた。

「おかま、おまえ、いくらもらっている」

ボンベロの顔に不審なものが走った。

「命を賭けるほどの額なのか？　どうせ家庭も崩壊してしまっているか、ひとりものだろう。おまえが俺のために働く気があるならすべてを水に流してやる」

九は貧乏揺すりのように躰を小刻みに震わせた。

「どちらにせよ拒否できない申し出だな。男同士の約束ってことにして貰おうか」

「承知か」

「ああ」

それを聞いたボンベロの顔が、うんざりした感じになった。

「警察の捜査情報を、潜入捜査官に関するものも含めてこちらに流せるか」

「やるよ。本当はこんな仕事、飽き飽きしてた」

「あんたって本当にわけがわかんないね」わたしは囁いた。

「生きるって綺麗事だけじゃ済まない哀歌《エレジー》ってことだよ、ねーちゃん」

九は、わたしを離した。「あんたを信じるぜ」

無礼図が顎をしゃくると、九は男たちのなかに混じった。

「私はどうなる、無礼図。裏切り者を教えたろ」コフィが焦って言う。

「あんたは別だ。ボンベロと話すんだな」

「ボンベロ、正直に言ってやってくれ。伯父が私の独立の近いことを知って、用意させていたものだと」

「コフィ」

「今日は孫娘の誕生日なんだ。躰の弱い子で、やっと家に戻ってくることができた」

ボンベロが悲痛な声を出した。

「なぜなんです、コフィ」

コフィの肩が、がっくりと落ちたような気がした。

また沈黙があり、そしてコフィが口を開いた。

「個人的な恨みではなかった。私は伯父を尊敬もしていたし、愛してもいた」

「じゃあ、なぜなんです」

「ビジネスだ。伯父は私を外そうとしていた。私をどこか外様《とざま》の組に放り出そうとしていたんだ」

「残念だ……コフィ」

ボンベロはそれだけ聞くと立ち上がり、コフィの元を離れた。

「ボンベロ、確か、此処には高い酒があったな」

「歌姫《ディーヴァ》ですか」

「ああ。それを持ってこい」

無礼図の言葉にボンベロは飲料庫に向かった。

「おい。用意しろ」

無礼図の言葉に男たちはコフィにショットガンの銃口を咥《くわ》えさせると、そのまま頭と銃身を巻いて固定し始めた。

くぐもった声がし、コフィが躰をばたつかせ、それを別の男たちが押さえる。

やがてディーヴァのボトルを手にしたボンベロが現れ、無礼図に近づいた。

「これがそれか」

「はい。グラスは」

「いらん」

口から銃身を突き出したコフィの頭部はスプーンを挿して忘れられたディップアイスみたいだった。

無礼図はディーヴァの銀色の栓を外すと透明な壜《びん》の中心を走るガラスの管を抜いた。

管の中にはキラキラした粒がびっしりと詰まっていた。

「ディーヴァ・ウォッカ……ダイヤで漉《こ》した酒。だが、それだけで億の値段がするはずがない。億の値打ちがあるのはこのガラス管に詰まったダイヤなんだ」

無礼図はガラス管をポケットにしまうと、壜に口を付け、ひと口飲んだ。

ゴクリッと喉の鳴る音がし、無礼図は、しばし味わうように目を宙に泳がせていた。

「コフィ。あんたのものだ」

無礼図はショットガンを銃床を下げて折らせると銃身から薬莢《やっきょう》を取り出させた。

「味わうが良い」

無礼図は銃身を漏斗《ろうと》代わりにディーヴァを注ぎ込み始めた。

直接、ウォッカを喉の奥へ入れられたコフィが頭を振り、何度も咽《む》せる。

「勿体《もったい》ない」

やがてすべて注ぎ終えた無礼図が立ち上がり、刺青男と代わった。

「受信状態を確認するには……」

また意味不明な言葉が男の口から垂れ流されている。

刺青男は実弾を装填《そうてん》すると銃床を戻した。

ガチンと大きな音がし、コフィの呻き声が大きくなった。

「静かに微調整つまみを右と左に動かしながら……」

「うーふ。うーふ」

菊千代がボンベロの足元に寄ってきた。

ボンベロが後ろに連れて行った。

ディーディーが嬉しくてたまらないというように飛び上がって前に出ようとしていた。

コフィの顔は赤くなったり、白くなったりしていた。

やがて刺青男が引き金に指を掛けた。

「うゔゔー」

耳をつんざく轟音《ごうおん》がし、煙で目の前が真っ白になった。

何かが倒れ、床に肩から顔の代わりに食い散らかした西瓜《すいか》か、真っ赤なぐちゃぐちゃした粘土をつけたものが転がった。肉の周囲の銀髪と耳の一部に火がついていた。

何人もが身を曲げて咳《せ》き込み、耳を押さえていた。

わたしも何も聞こえなくなっていた。

ディーディーが刺青男にむしゃぶりつきながら顔中にキスをしていた。

ボンベロだけが彫像のようにコフィの遺体を見下ろしていた。

耳鳴りが治まり、世界が戻ってくると無礼図はコフィの死体を隅に運ばせた。

「ところで、おまえの条件っていうのは、いくらぐらいになりそうだ」

その様子を眺めながら無礼図が九に訊ねた。

「まあ、年に二千はもらいたいもんだね」

咳き込んでいた九は青ざめた顔で呟いた。

「なるほど」

悲鳴はあがらなかった。息を吸い込むヒューヒューという音が九の口から聞こえ、顔色がみるみるうちに土気色になった。

「……卑怯だぞ」九の腹部に深々と無礼図の拳《こぶし》が突き刺さっていた。そして、その腕をゆっくり引くと袖口から飛び出していた細身のナイフが、ずるずると九のお腹から引き出された。

ふひゅうふひゅう、という呼吸音のまま九は激痛のあまり声も出せないようだった。

無礼図が背中を押すと九はわたしに向かって歩き出し、通り過ぎると部屋の隅で倒れ、そこで湧《わ》き水のように血を溢れさせた。

「下衆《ゲス》なドブ鼠が一丁前に人間面《づら》しやがって。男同士の約束ってのは人間がするもんだ、噛わせるな」

苦悶する九の身体を蹴ると無礼図は手首の辺りを押さえた。シュッとナイフが袖口に吸い込まれ、消えた。

「さて、おまえだ、ボンベロ」

ボンベロは無表情のまま倒れた九を見つめていた。

「長老たちは、おまえの忠誠を評価している。我々の調べでもおまえには一点のやましさもない。故に特別の配慮をもって、おまえは殺さず、追放処分とする。但《ただ》し、二度と此の世界に近づいてはならんし、この街に現れてもならん。おまえはたった今、この時点から一般市民として普通に暮らして死ぬのだ」

「店はどうなるんです」

「たった今、閉鎖だ」

ボンベロはため息をついた。

「彼女は?」

「臓器用の部品取りにしようという者もいたが俺がもらった。あれは姪を――炎眉《えんび》を殺した女だ。あれが感じた苦しみの数万倍を味わわせてやる」

それを聞いてがっくりと躰中の力が抜けた。

いきなり床がぐるんぐるん回り出すようでわたしは壁に躰を押しつけた。

「いつ、連れて行くんです」

「いま、この場でだ」

ボンベロが見つめていた。

なんだか涙がちょっと湧いた。

「少しだけ話をする時間をもらえませんか」

「いいだろう」

無礼図はそう言うと男たちに何か指図《さしず》を始めた。

「ちょっと」

そう言って急に胃がむかついてきたわたしはトイレに駆け込んだ。

吐こうとしたけれど何も出てこなかった。

わたしは鏡の前で手をゆっくり洗った。

ペーパータオルで拭いた手をポケットに入れた時、指先に小さく当たる物があった。

炎眉がくれた青いカプセルだった。すぐに死ねる、と彼女は言っていた。

鏡のなかに疲れ崩れた女の顔があった。

もう充分じゃない？　そんな声が聞こえた。

わたしはカプセルを摘《つま》むと唇に挟んだ。飲み込もうと思ったけれど、できなかった。

怖いというよりは、まだもう少しこの世に残っていたかった。辛くなったら、本当に駄目だと思ったら、その時には躊躇《ためら》わずに飲んでしまおう。

そう決心して、ホールに戻るとファミレステーブルにボンベロがいた。

テーブルの上にコーヒーカップが載っていた。

男たちの数が半分ぐらいに減っていた。

きっと外部との連絡が忙しくなったのだろう。

わたしはボンベロの真向かいに座った。

菊千代が足に擦り寄ってきた。

「飲め」

わたしはカップを両手で包むようにしてココアの香りのする液体に口をつけた。

「ベネズエラの濃い闇」

「そうだ」

「俺にはもう何もできん。何もなくなってしまった」

ボンベロは何度も拳を開いたり握ったりしていた。

「手は大丈夫?」

「どうも使い物にならんようだ」

「そう」

それからボンベロもわたしも黙っていた。

わたしはゆっくりゆっくりチョコシロップを飲み下し——そして終わった。

「じゃあ」

「ああ」

わたしが立ち上がるとドア付近にいた男がやってきた。

いつのまにか、彼以外、無礼図が連れてきた人間はいなくなっていた。

〈ぼふっ〉

菊千代が吠えた。

ドアの前で男が黒い袋をわたしに被せようとした。

振り返るとボンベロがテーブルの側に立っていた。

「さよなら、ボンベロ、さよなら。……いろいろ、ありがと」

そう言うと袋が被せられ目の前は真っ暗になった。

前に押され、ドアが背後で閉まる音がすると脇を抱えられて階段を上らされた。

何段上がったのか見当もつかなかった。ドアは他にもあり、いちいちその前で止まらなければならなかった。

『……刺青の倉庫に連れて行け』

そんな無線が不意に聞こえたので、わたしは怖ろしくなって無意識にエプロンのポケ

ットに手を入れカプセルを摘んで確認してみた。

が、その時、人がぶつかってきて腕が引かれたので手が外に飛び出してしまった。

「あ」

気がつくと指先に摘んでいたはずのカプセルを落としていた。

「あ！　ああ！」

袋の中で、そう叫んだ途端、躰が持ち上げられ急に落下するような感じになった。

反射的に首をすくめ、顔を守る。

怒号が聞こえ、足音が激しい。

不意に硬い床に投げ出され、全身に激痛が走った。

いきなり袋が取られた。

ボンベロが怒った顔でいた。

ドアは閉じかけるところで向こう側から叫びながら走ってきた男がいたが……間に合わなかった。

「なんなの……」わたしはボンベロを見上げた。

「冗談じゃないぞ！」

ボンベロは怒鳴るとドアの開閉ボタンがあるモニターのところへ行き、手斧《ておの》を倉庫か

ら持ってくると上部に延びていた太い電源コードを切断してしまった。

「なによ！」

「ありがとうってなんだ！」

「え？」

「ありがとうって。ありがとうなんて言われることは、ひとつもしてない！」

「そんな……」

「俺は、ありがとうって言われるのが大っ嫌いなんだ！」

その時、店を振動させる激しい衝撃が始まった。

「あのドアを破られるまでにはまだ少し時間がかかる。その前にやってしまわなければならないことがある。手伝え」

ボンベロと倉庫に向かおうとした途端、「おーい」と暢気な声が聞こえた。

九が、ひらひらと手を振っていた。

「なんだ、まだ生きてたのか」

「ほんのりな」

笑ってはいたが、メンマ色だった顔は真っ白で、お腹の辺りは血の海だった。

「しぶとい奴だ。カナコ、シャワー室からタオルを持ってこい」

ボンベロは九を抱き上げようとした。

「待て。それより先に電話だ。通報しろ。最悪、命は助かる」

「そうとは限らん。刑務所だろうが、裁判所だろうが、奴らはお構いなしに殺し屋を送り込んでくる」

電話が鳴った。

九を抱えていたボンベロがわたしを見たので、事務所に走った。

黒電話が跳ねて見えた。

「もしもし」

『ドアを開けろ』男の声がした。

「できないわ」

『皮の下を見ることになるぞ。おまえはまだ見たことがないだろう……自分の顔に皮がなくなったところを……それを見ることになるぞ』

「ドアは開かないわ」

『ノコギリで頭をゆっくり輪切りにしてやる』

事務所に入ってきたボンベロが代わった。

「突入すれば大勢が死ぬことになる。此処にはあちこちに仕掛けがあるんだ。警察も見

過ごしにはしない。何の意味も得もないことだ。俺に女を渡せ。そうすれば此処を出て行く。無礼図に一億で女を買うと伝えろ」

ボンベロが言葉を切った。

電話の向こうで相談しているようだった。

やがて相手が応答し、ボンベロは受話器ではなく、電話の架台に付いてるスイッチを指で押して、通話を切った。そしてもう一度、スイッチを押し下げした。

「電話線を切られてしまったんだろう……くちゃくちゃ話をしているからだ」

荒い息をついた九が事務所のドアに凭《もた》れていた。彼が手をつくたびに判子を押したように赤い手形が残った。

「武器はあるのか」

「今、取り囲んでいる奴らはたいした武器は持っていない。携行しているのは拳銃とショットガンぐらいだろう。応援部隊は何を持ってくるかわからん」

「トカレフか？」

「ああ。他にガバメント、ベレッタ、シグが少々」

「どうする」

「奴らの大半は銃の扱いに慣れていない。特にトカレフは有り難い、安全装置がないか

らな」

ボンベロは九を倉庫に運び込むと一丁の拳銃を取り出した。

「なんだウッズマンじゃないか。なんでこんな骨董品を」

「ソーハという莫迦が持ち歩いていたんだ。文句を言うな」

ボンベロは倉庫を出ると粘着テープと先のついていない電動歯ブラシを持ってきた。

「指で引くさ」

「いざというとき、力が入らず単発で応援されても何の意味もない。幸い十発全部、残っている。先端を引き金に押しつけるようにテープで固定すればスイッチオフで連射できる」

ボンベロはさらに長い電源コードを探し出しゴムカバーを引き裂き、金属部を剝き出しにした。

「カナコ。こい」

調理場に行くとボンベロは、すりこぎと牛刀を二本寄越した。

「すりこぎの先に牛刀をL字型に固定しろ。トマホークになる」

と、その時、何かが軋《きし》む音が始まった。

耳を澄ますとドアの辺りで聞こえる。

チェックしに行ったボンベロが舌打ちをする。

「くそ、油圧ジャッキだ。そうは長く保《も》たないぞ」

ボンベロは蛇口を全開にし、床を水浸しにし始め、次いでファミレスソファの椅子を壊すと倉庫に続く廊下に積み上げ、バリケードにした。

「これで何人かは調理場に入ってくる」

それからボンベロは冷凍庫から耐爆庫を運び出すとスキンの持っていた粘土のようなものを取り出し、あちこちに仕掛け始めた。

「カナコ、酒瓶を集めろ。アルコール度数の高いものから順にタオルの生地を突っ込んでテープで固定するんだ」

ボンベロは仕掛けが終わると余ったナイフを調理場とホールの腰高の潜《くぐ》り戸へ内側から外へ突き刺し、貫通させ始めた。あっと言う間に潜り戸は包丁で剣山のようになった。ボンベロは蝶番《ちょうつがい》の部分を弄《いじ》ると手を離した。ブンッと風を切って潜り戸が閉じる。下手に入ってきた者はナイフで下半身を串刺しにされそうだった。ボンベロは戸を開いた状態にするとそこから凧糸を水平に張った。わたしは二ダース分のタオル付き酒壜を仕上げた。

ビシッ。

一際、大きな音がするとドアの下から光が入ってきた。

「外枠ごと破壊するつもりだ」

それを見たボンベロが呟く。

「カナコ、手伝え」

ボンベロは食器棚にあったプレートやグラスを次々とホールの壁に向かって投げつけ割り始めた。高価な皿が砕け、床がたちまち破片だらけに変わっていく。手当たり次第に投げつけた。投げて投げて、投げているうちに声にならない叫びをあげていた。ホールに戻るボンベロについて行こうとした時、足に何かが当たった。見ると誰かが落とした拳銃だった。わたしはそれを拾った。

九の側に行くと彼はドアに向けて狙いをつけるように椅子を倒して重ねた物の後ろにいた。わたしも横に座ると真似してみた。

「カナコ」不意にわたしの後ろにいたボンベロが声を掛けた。

「おまえ一体、何をしてる」

敵が今しもドアを破って入って来ようとしているのだ、わたしはボンベロの問いに面食らった。「え？　わたし……わたしも戦う」

「おまえはおまえに〈今〉できることをしろ」

振り返ると九までがニヤニヤしていた。

「なによ」

「闘いで一番危ないのは、味方のへっぽこ銃だからな。危ない危ない」

「なんなの」

「カナコ、おまえは本当に〈今〉おまえにできることをしたほうが良さそうだ」

「どういうことなの」

「ああ。そうして貰ったほうが、俺も安心かもな」九が青白い顔でボンベロに頷く。顎の無精髭に掃いたような血の痕が走っていた。

「なんなのよ！」

ドアが鳴り、何かとても硬い物がぶつけられる感じがした。

気のせいか店の梁《はり》が揺れたようだった。

ボンベロはわたしの手から銃を取り上げた。「料理をしろ」

「え」

「おまえは料理が上手いということで俺は買った。俺はそれを確認していない。雇った以上、おまえにその価値があったと確認する義務が俺にはある」

「ボンベロ……」

再び、ドアに大きな衝撃音。

「行け！」

わたしは調理場に駆け込んだ。

ドアの向こうで、焦れたのだろう怒声と闇雲に銃を発射する音がした。

調理場の冷蔵庫を覗いた、挽肉とステーキの塊が入っていた。わたしは今まで自分が作ってきた物を思い浮かべた。かに玉に餃子《ギョーザ》、青椒肉絲《チンジャオロウスー》に肉じゃが、すき焼き、ハンバーガー、カレー、お粥、クリームシチュー、親子丼、カツ丼、きんぴら牛蒡《ごぼう》、卵焼き、浅蜊の味噌汁、けんちん汁、イカ焼き、ステーキ、ミートソース、ミートソースドリア、マカロニグラタン、オニオンスープ、ガーリックトースト、オムライス、ポテトサラダ、ミネストローネ、炒飯《チャーハン》、麻婆茄子、麻婆豆腐、麻婆春雨、酢豚、焼きそば、海老チリ、八宝菜、中華丼、春巻、焼売《シューマイ》、肉団子、アップルパイに大学芋……そのいずれもが、この瞬間に作るには虚しい、似つかわしくない物に思え、わたしは両腕から力が抜けるのを感じた。

大きな音がし、ボンベロが九とドアの隙間を塞ぐようにテーブルを押し当てた。九は本当に今にも死にそうに見えるのに、わたしと目が合うと少しだけ笑った。

その時、わたしはハッキリ、ハッキリと、ボンベロの背中を見たんだ。

大きな背中にはいくつもの焼け焦げのような汚れと裂け目があった。目の前の冷蔵庫にあるものと、それが不意に重なった。

自分でも何をしているのかわからない気分のまま、わたしの腕は勝手に冷たいステーキのブロックを引きずり出した。いくつものステーキ肉が真空パックのなかで漬け汁に浸されていた。わたしはそのなかで大きめの一枚を取り出すと大きなバットに入れた。思った通りTボーンステーキだった。次にボンベロが他の種とは違って、特別大事に使っていた挽肉のパティを引っ張り出すと、またドアが大きな音を立てた。

わたしは漬け汁たっぷりのTボーンに塩を強めに擦り込むとサーロイン側にカレー粉を、フィレ側に唐辛子の粉をまぶした。また店が大きく揺れた。爆竹を破裂させる音。それらが、さっきよりも生々しく聞こえ、九が何事か叫んだ。

パティからナツメグとガーリック、コリアンダーの混じった複雑な香りがした。わたしはそれをTボーンの両側にぎちぎちにTボーンと平らになるまで詰め込むとオーブングリルに入れた。

調理場の向かい側の壁が軋んだような音を立てた。見ると穴が開き、銃弾が飛び込んだのだとわかった。さっきわたしが立っていた場所に潰れた鉄の弾が転がっていた。

「カナコ！　早くしろ！」ボンベロが叫んだ。「ドアがもたない！」

「いま、グリルに入れたわ！」

次に小麦粉に牛乳を注ぐと同時に泡立て器を使って掻き混ぜた。ドアの衝突音と銃声、九やボンベロの息遣いとドアの隙間から聞こえる男たちの喚き声を耳からシャットアウトし、手元が震えないように、粉がダマにならないよう牛乳を注いで掻き混ぜるのは至難の業だった。白ワイン、塩、胡椒を入れ、ボンベロのスープストックを混ぜる。強火に掛けようとガスレンジに向かった時、歓声があがり、ホールの壁が一部、破裂した。隙間から銃を差し込んで乱射されたのだとわかった。木の破片が入らないようにわたしはソースの鍋を胸の下に隠した。そして鍋をガスレンジに掛け、沸騰するまで掻き混ぜた。別鍋でバターを溶かす。どっちも焦げないようにするため、立ち竦んでいると蜂のオバケのようなものが耳を掠め、調理場のタイルに大きな穴を開けた。

「頭を下げろ！　狙い撃ちにされるぞ！」ボンベロが隙間を撃つと派手な悲鳴があがった。

時間がなかった。

クリームソースを作ってもまだグリルのなかの肉は焼きあがらなかった。

背後にボンベロがいた。彼はスキンのコートを着、右手に彼の軽機関銃を手にしていた。「グリドルは使うか？」

「ううん」

わたしの作った酒壜を箱に詰め込んだボンベロはあの大きなグリドルの鉄板を外して倉庫へと向かった。そして再び戻ってくると先をカットした細い鉄パイプ、剝き出しの電源コード、ゴムの手袋をわたしに差し出した。

「パイプは棚に。コードは俺が合図をしたら棚の後ろにあるコンセントに繫げ。手袋を忘れるな」

わたしは言われた場所にパイプを置き、手袋をはめた。

倉庫の戸口に立ち、先を見つめるとホールへ続く廊下の入口にはファミレスソファの残骸と木箱、ジュークボックスまでがいつの間にかうずたかく重ねてあった。調理場から水が廊下に溢れ出してきた。すると手前のトイレの入口に佇《たたず》む菊千代が水をぺろぺろと舐めに出、ボンベロと目が合うと奥に戻って行った。

「菊千代は?」

「大丈夫だ。奴はちゃんとわかっている」

ボンベロは通路からホールを窺っていた。

大きくドアの軋む音が聞こえた。

「破城槌《バッティング・ラム》か?」

音を聞きつけた九が叫んだ。

「ああ！」

「いったいなんだって、やつらがそんなものを持ってるんだよ！」

「何も潜入してるのはおまえらの側だけじゃない。こっちからもお宅へ潜入してるのがブツの横流しするんだ」

「やれやれ。ＳＷＡＴと戦うような有り様にならなきゃいいが」

「こっちが時間を稼いだ分、向こうも武器を調達する余裕が出たんだ！」

わたしは調理場に戻った。

「気をつけろ、カナコ。もう撃つだけの隙間は充分空いている！」

ボンベロが警告した。

オーブンレンジを覗き込むとギリギリ焼き上がっているように感じた。わたしは顔が灼けるような熱気を放つ肉皿を引っ張り出すと、その上にホワイトソースを厚く塗り、パルメジャーノチーズを粗挽き用のチーズおろしで挽くと香草を混ぜたパン粉を振りかけた。

弾がホールを飛び交う。目の前の棚のグラスが破裂した。

バーナーを点火させるとホワイトチーズに焦げ目をつけた。

「これはなんだ？」

いつの間にかボンベロが横に立っていた。

店が大きく揺れた。ドアの悲鳴が段々、甲高くなっていた。

わたしは自分が予想もしていなかったけれど、やっぱりこれを目指していたんだというものを見た――それはわたしとボンベロの前にあった。四角いバットのなかにぎっしりと詰め込まれたステーキとパティ、その上にシャツを思わせるホワイトソース。シャツはパン粉によって、あちこちが焦げ、裂けて中身が覗いていた。

「……Bombero's Back《ボンベロの背中》」

ボンベロがフォークを突っ込み、ひと口、含んだ。

「悪くない」彼は頷いた。「が……次はもっと旨く焼け」

物凄い爆発音がし、店全体が揺れた。

わたしはボンベロに摑まった。彼は微動だにしなかった。

「よし。仕上げだ」

ボンベロは手斧を持ってきてコンロの裏にあるガス管を引き出すと叩き割った。猛烈な勢いで周囲がガス臭くなる。

ボンベロは百円ライターを四、五本集めるとアルミホイルでくるみ、電子レンジに入

れた。拡がっているドアの隙間を確認し、タイマーを十分後にセットした。

「行くぞ。倉庫のバリケードまで下がるんだ！」ボンベロの声に九が動く気配がした。

ガスの臭いが鼻をついた。

次にボンベロは冷凍庫で鉤《かぎ》に掛かっていたソーハとミコトを外した。

ソーハとミコトの躰はすっかり凍っていて服の端は摑むとぱりぱり音を立てた。瞼《まぶた》も眼球も、霜《しも》に覆われた人形みたいだった。

「厭な事実だが、凍った人体は弾除けになる」

倉庫から戻ると、また腹に響くような音がした。今度の音は前よりもうんと近くに聞こえた。

「あ、そうだ……こいつも何かの役に立つかもしれん」

バリケードで頭を低くしていると、九が血でベトベトになった歯磨きのチューブのようなものと折りたたみ式のナイフを取り出した。両方とも変な臭いがした。

「どこに隠していたの？」

「歌姫と同じさ」

「あなた、あそこは倉庫じゃないのよ」

わたしは顔を顰めながらタオルの切れ端でチューブを拭いてボンベロに投げた。

チューブを絞ると短い万年筆のようなものが出てきた。

「偽装銃《スティンガー》か？」

「ああ」

ボンベロはそれの端の螺子《ねじ》を外すと中を検《あらた》め、わたしに投げ戻した。

「カナコ、それは超小型のピストルだ。底が平たい側を相手に向け、反対側の丸い先端を押し込めば22口径弾が射出する。至近距離で撃て」

「そんなに巧く使えないと思う」

「だったら、もし俺が斃《たお》れた時に使え。自分のこめかみなら外しはしまい」

ボンベロは黙ってわたしを見つめていた。

わたしは頷き、ポケットにしまった。

衝撃音とドア枠のひん曲がる音が同時に起きた。古い木が厭がりながら倒れるような音——さらにもう一度。

男たちの声が、すぐ横で起きているようになった。

「来るぞ」ボンベロが呟いた。

その瞬間、地響きを立ててドアが倒れた。

ボンベロは素早く片膝をつくと銃を前方に向けた。

わたしはドアに身を寄せた。ガスの臭いがかなり強くなっていた。

先程の怒鳴り声は消えていた。ただ人が入ってきたことは床に散らばったガラスを踏む音でわかった。

ボンベロが時計を見た――レンジが爆発した。

太陽が駆け抜けたみたいに部屋全体がバッと明るくなると次に怒号と悲鳴、さらに火だるまになった人間がバリケードの向こうで倒れた。銃声がし、跳弾が蜂のような音をさせて近くを過《よ》ぎった。ゴーッと凄い音がする。きっとガス管から火炎が噴き出し、近くの人間を薙《な》ぎ払《はら》ったんだ。

ボンベロは一気にバリケードの手前に突進すると銃身だけ突き出し、ホールと調理場に銃弾を叩き込み、戻ってきた。

「カナコ！」

わたしは電源のプラグをコンセントに突っ込んだ。

胸糞の悪くなるような絶叫が調理場付近から上がった。

「抜け！」

わたしがプラグを抜くと、ボンベロがホールと調理場に向かって乱射した。

それに応戦して銃声が続く。

すると拳銃が床を滑って転がってきた。

わたしはそれを拾い上げた。

「ボンベロを撃つな。それだけ注意しろ」

背後で九が叫んだ。

ボンベロは調理場とバリケードの両方を狙撃できるトイレのドアに取り付いていた。

敵は細い廊下を通るたびに先頭から撃たれてしまうのに業を煮やしているようだった。

頻《しき》りに何か統制を取ろうとする声がした。

と、突然、数人の男が喚きながら団子になって廊下に駆け込んできた。

ボンベロが容赦なく発砲すると前の人間が倒れるが、次の人間がさらに前に駆け出し、それが倒れるとさらに次の人間が進んだ。まるで人間を盾《たて》に使っているようなやり方で、前の人はほとんど泣き顔になっていた。その一番後ろで、わたしを連れてきたゴリラが冷酷に前の人を押していた。

突然、ボンベロの銃が止まった。弾切れだ。

次のマガジンを装着しようとする前にゴリラがボンベロに接近し、銃口を向けた。

わたしは拳銃を捨て、駆け出すと手製のトマホークでゴリラの背を刺した。手応えはあった。が、ゴリラは表情も変えず、左腕でわたしを壁に叩きつけると、トマホークを

抜き、わたし目がけて振り下ろした。

「やられる!」

そう思った途端、白いバレーボールがゴリラの顔面に叩き付けられ、顔の解剖図のようなものが歯を剝き出して残った。

菊千代が一瞬にしてゴリラの顔面を毟り取っていた。

ゴリラが声に鳴らない悲鳴をあげ、額に赤い穴が開くと、もんどりうって倒れた。

ボンベロの銃声が戻っていた。ゴリラの援護に回ろうとした人間が背後で倒れ、後続部隊が奥へ引くのが見えた。調理場周辺は噴き出すガスの火炎でとんでもない熱さになっていた。

「カナコ! 下がれ」

ボンベロが叫んだ途端、わたしの背中が踏み付けられ、ミリタリーブーツを履いた太い脚が突進した。

ブロウだった。

菊千代がその脚に嚙みついたが、びくともしない。

ボッと奇妙な音がするとブロウの口から一メートルほどの火球が吹き出し、ボンベロの顔へ浴びせられた。

「伏せろ！」

九の声がし、ブロウの後ろから付いてこようとする人間を撃った。

わたしの頭の上をシュッシュッと弾が空気を切っていく。

「ぐをっ」

顔を焼かれたボンベロは外側から腕ごと羽交い締めにされていた。

九が援護射撃を続けていた。

ボンベロの手から機関銃が離れた。

ブロウが、また唇をＯの字にして何か吹き出そうとしていた。

「九！」

そう叫んで、わたしは廊下に落ちていた剝き出しの電源コードを背後からブロウの首に巻いた。

「どけ！　牝《メス》！」

ブロウの肘が左胸に突き刺さり、躰のなかで厭な音がした。

わたしが倉庫に駆け込んだのと、九がプラグをコンセントに差し込むのが同時だった。

青白い火花が散ると、ブロウの頭が口から出た火で、たいまつのように燃え上がった。

床に放り出されたボンベロは銃を拾うとブロウと今にもこちらに駆け込もうとしてい

る敵に銃を撃ち込み、そのまま菊千代とともに倉庫前までさがってきた。

「ジリ貧だな」

プラグを放り出した九に、ボンベロは険しい顔をして答えなかった。髪と頬が焦げていた。

廊下を煙が伝い始めていた。炎が内装に移ったのかもしれない。

「ボンベロ！　土産《みやげ》だ！」

突然、そんな声が響いた。

ゆらりと人影が廊下に現れた。大人と子ども……そんな印象だった。

「なんてこと」

キッドだった。しかし、その様子はわたしの知っている彼ではなかった。顔は腫れ、切り傷で歪み、髪は抜け、頬は痩け、躰がまともに動かないのか病み崩れた木偶《でく》人形のようにぎくしゃくとしていた。すでに少年の面影は跡形もなく、子ども服を着た小さな老人が怯《おび》え、戸惑っているだけだった。包帯で頭をぐるぐる巻きにした彼がディーディーにショットガンを突きつけながら近づいてくる。

「カナコ……」

ディーディーが呟いた。顔に殴られた痕が残っている。

「止まれキッド。撃つぞ」

キッドは、いやいやをするように首を振った。

「だめ、この人、何か食べさせられてるの！」

するとキッドの口の端から宙に飛んだものがあった。予め、釣り糸で結ばれていたものが引っ張り取られたように見えた。丸いピンだった。

「うう……」

駆け寄ろうとするキッドをボンベロが撃った。

キッドの腕を振り解いたディーディーが倉庫に駆け込む。

「手榴弾だ」

ボンベロが倉庫のドアの把手《とって》を引いた。

倒れたキッドがわたしを見つめ、手を伸ばしてきた。

ドアがその顔を遮《さえぎ》って、閉まった。

腹に響く湿った爆発音がし、次にボンベロがドアを開けたときにはキッドの代わりに、ぼろきれになった人形のようなものが隅に転がっていた。

九がキッドのショットガンを倉庫のなかに放り込んできた。

「カナコ……」

ディーディーがわたしに抱きついてきた。

その途端、ぐいと首が絞められ息が詰まった。首筋に冷たいものが押し当てられる。

「ちょっと！　女を殺すよ！」

ディーディーが絶叫した。

ボンベロと九が、こちらに向き直り、菊千代が攻撃体勢を取った。

「彼女を殺せば、この店にいる全員が死ぬぞ」

ボンベロが呟いた。

「ハッタリは通用しないよ」

「この店にはあちこちにプラスチック爆弾が仕掛けてあるんだ。操作は俺の手元である」

「銃を捨てな」

ボンベロは無視し、従ったのは九だけだった。

わたしは九に渡された偽装銃が棚の一番下の隙間に転がっているのに気づいた。いつの間にか、エプロンから落ちてしまったんだ。

ディーディーは手に収まってしまうほどの小さな銃を押しつけていた。

「助けてあげたのに」

「莫迦。あんたらが、こっちの作戦にまんまとはまったのさ」

「一歩でも動けば撃つぞ!!」

ボンベロが廊下の向こう側に警告をした。

「あたしを置き去りに自分だけ逃げやがって、絶対に殺してやると決めてたんだよ」

「刺青に乗り換えるなんて思いもよらなかったわ」

「生きるためさ、お互い様じゃゃん」

「あんたみたいなことはしてないわよ」

「青いね。あたしはこう見えても、もう四人も殺したんだ。肝は据わってるんだ」

ディーディーは、わたしを捕まえたままドアへ移動した。

キッドのショットガンがドアの手前に落ちていた。

「下手なことをすると本当に殺すよ。あたしは別に吹っ飛んでもかまやしないんだ」

「へえ、ブスなだけじゃなくて莫迦でもあるんだな」

脇を通り抜けようとした時、九はいきなり折りたたみ式ナイフで、ディーディーの胸元を切りつけた。ディーディーが発砲し、九が倒れた。

「銃を捨てて！」

わたしは咄嗟にキッドのショットガンを拾い上げ、ディーディーに向けた。

ディーディーはチャイナドレスが裂け、心臓の真上を斜めに走った切り傷から出血していた。

おっぱいが丸出しで妙に赤い乳首が変だった。彼女はおかしくて仕方がないという風に、ケタケタ嗤った。

「莫迦だねえ。作戦だって言っただろう。それは空砲なのさ。ただの囮《おとり》なんだよ」

「へえ、そうかい」

九が、驚いているわたしの手からショットガンを横取りすると、ディーディーの傷口に向け発砲した。確かに空砲だった。でも、物凄い圧力を受けた胸が傷を中心にして信じられないほど大きく割れ、血を噴出した。

彼女は仰向けに倒れると大量に吐血し、二、三回痙攣《けいれん》してから動かなくなった。

「トウシロウが」

九はそのまま横倒しになってしまった。

「九！」

わたしが抱き起こすと、ドアの向こうでボンベロがまた撃ち始めた。

「もっと優しくしてくれよ。死んでる最中なんだからさ」

九は、わたしの胸を触った。

「へへ。一回触ってやろうと思ってた」

手が滑り落ち、わたしを見る目がどんどん遠くへ離れ、やがて九はあの気弱な笑い顔のままいなくなってしまった。

一瞬、ボンベロが九を見ていた。

その瞬間、彼の体が弾けるように揺れ、その場で蹲《うずくま》った。

「ボンベロ！」

わたしが近づくとボンベロは〈来るな〉と手で制した。

『カナコ！』

突然、ホールから男の声に呼びかけられた。

相手の攻撃も止んでいた。

『周りを見ろ！　たったおまえひとりのせいで人が大勢、死んでいる。おとなしくすれば命の保証はしてやる。ボンベロは腹を抉られている。そのままではじきにふたりとも犬死にだ。諦めて出てこい』

ボンベロが首を振っていた、だけど体は壁に凭《もた》れたままで反撃できる余裕はない。

『勝ち目はないぞ！』

わたしは足元で倒れている九とディーディー、そしてかちかちのソーハとミコトを見、

棚の下に転がっていた偽装銃をエプロンにしまった。

『どうなんだ！』

「わかったわ！」

なぜ、そんなことを言ったのか自分でもわからなかった。ただ九がいなくなってしまった以上、ボンベロひとりでは無理だと思ったのかもしれない。せめて彼だけでも助けたかった。

――偽装銃があれば、いざとなったら自殺できる。

「菊千代もよ！　彼も助けてくれなければ厭よ！」

『いいだろう』

わたしがドアから出ようとするとボンベロが手で制した。

「よせ！　何をする」

「どちらにせよ、このままじゃふたりとも助からないわ。菊千代も」

「おまえが行ったって何も変わらん」

「やってみなくちゃわからないわ」

ボンベロはわたしを睨みつけた。

わたしも今度は目を逸らしたりしなかった。

「莫迦な奴だ……」ボンベロはそう呟くと声をあげた。

「無礼図！　女を渡す。取りに来い！」

『ふざけるな！　こっちに来させろ』

「今来ないと、二度と炎眉にはお目にかかれないぞ」

間があった。

『くそ。そんなところに隠してやがったのか』

「あんたのことを一番嫌っていたからな。渡すに忍びなかったんだ」

『今から行く。但し、一人連れて行く。下手な手出しをすればお互いに死ぬぞ』

「ちょっと待て。部下を全員、ドアの外へ出させろ。そうでなければ取引はしない」

『なんだと』

「でなければ、あんたを人質に取って動くことになる。女を盗られて俺は蜂の巣なんてのはごめんだからな。それが厭なら部下を外に出せ！」

ボンベロがバリケードから確認しに行った。

人が移動する気配が続いた。

「よかろう。進入すれば気配でわかる。その時は無礼図の命はないぞ」

ボンベロがそう宣言し、戻ってきた。

やがて無礼図とショットガンを手にした刺青男が現れた。

「いいか。互いにゆっくり動くんだ」

ボンベロが機関銃を無礼図に向けた。

「わかった。まず炎眉を見せろ」

「冷凍庫だ」

「冷凍庫？」

ボンベロが背後を顎でしゃくった。

「待て、武器を置け、刺青。互いにゆっくり足元に置くんだ」

無礼図は顔を赤くしてボンベロを睨み返していた。

刺青がショットガンを置き、ボンベロもそれに倣った。

無礼図が冷凍庫に入った。

そして隅で横たわっている炎眉を見て抱きしめ、担ぎ上げると冷凍庫から出て来た。

「騒ぐな」

ボンベロが無礼図の背後に回ると竹槍状に先端をカットしたパイプを背中に押し当てた。

刺青男が手を伸ばしてきたので、反射的にわたしはボンベロの後ろに逃げた。

「汚いやつだ」無礼図が呻く。

「多勢に無勢なんでね。刺青、車を用意させろ。俺たちは無礼図と三人で脱出する」

刺青男は、ぼんやりと突っ立っていた。

「おい。何をしてるんだ」

「……かけて青空が広がるでしょう。行楽日和の所が多くなりそうです。東北北部と北海道は」

不意に刺青男はボンベロに近づくと、ふっと息を吹きかけた。

「うっ！」

ボンベロの右目に爪楊枝ほどの含み針が突き立っていた。でも、その場にいた全員がボンベロの反応が眼を貫かれた者のそれと違うことにびっくりしていた。ボンベロは一瞬、顔を顰《しか》めただけで針を抜こうともせず、刺青男の胸にパイプを深々と突き立てていた。

「げぶうっ」

予想だにしない反撃に刺青男は完全に虚を突かれていた。

心臓を杭《くい》のように貫いた中空のパイプからは血が間歇泉《かんけつせん》のように遠慮なく噴き出した。

ボンベロは炎眉の躰を抱えながら逃げ出した無礼図の背中に弾を叩き込んだ。無礼図

は調理場の向こうへと倒れ込んだ。しかし、ボンベロは刺青男を撃とうとはしなかった。

「じゃがいもに付いた水分を飛ばします。粉ふきいもを作るかんじです。電子レンジで……」

刺青男はもがき、血を吐きながら徐々に動かなくなった。

蜘蛛や蟷螂《かまきり》が死ぬみたいだった。

「危ない！」

ボンベロが叫び、わたしを押し倒した。

バリケードから一斉射撃が始まった。

躰の上のボンベロに弾が当たった。

「早く行け！」

ボンベロがわたしを引きずるようにして倉庫の内側に飛び込んだ。

ドアが勢いよく閉まった。

「弾避《たまよ》けにするぞ。凍った人体はライフルでもなけりゃ弾を通さない」

ソーハとミコトの躰をドアに凭れかけさせ、ボンベロは竹槍パイプで突き刺し、固定した。

菊千代がドアを押さえ込むように躰を押しつけた。

「伏せろ！」

ドアの真ん前に細かい穴が開き、敵が殺到したのを知らせていた。

倉庫のなかは跳弾が駆け巡った。

ボンベロはグリドルを両手で掲げると防弾にした。

「俺の後ろにつけ」

銃弾がグリドルに跳ね返る音が響く。

見るとボンベロの躰のあちこちから血が噴き出していた。

ボンベロはいったん、グリドルを壁に立てかけ、その後ろにわたしを隠すと左側の棚を引き倒した。

派手な音がし、倉庫のなかは食品と雑貨で、しっちゃかめっちゃかになった。

ボンベロは機関銃を構え直すとドアに向かって銃撃を始めた。

悲鳴があがり、人の倒れる音が続いた。

棚の裏にダストシューターのような小さな鉄扉が現れた。

ボンベロはそれを開けた。

「入れ」

「え？」

「早くしろ！」

弾が耳元を掠めた。

わたしは無理矢理、足から先に押し込まれ、潜り込んでいた。

「先へ進め。これは古い排気口で数ブロック先まで続いている。行き止まりに梯子《はしご》がある」

弾がボンベロの耳を千切り、わたしの顔に血が跳ねた。

わたしは悲鳴を噛み殺した。

「ボンベロはどうするの？」

「菊千代がいる。俺たちはここを通れない」

「いやだ！」

「だめだ！　行け」

「やだよ、一緒にいるよ」

「無駄死にするな。何のために俺が……」

「わたしにそんな……人を犠牲にして生きる価値なんかないよ！」

「負け犬のおまえが、なぜ生き残れたのかを知りたい」

「勝手だよ！　勝手すぎるよ！」

ボンベロはいきなり自分の右目に指を入れ、摑みだした。

「！」

「中に口座と暗証番号を書いたものが入っている。店でも開け。必ず喰いに行く」

掌に義眼が載っていた。

片眼になったボンベロはわたしの頭をさらに強く押し込んだ。

「わかったら、教えろ」

切り取った窓のような空間にボンベロの顔が覗いていた。

「面白かったぜ！　オオバカナコ」

ボンベロは微笑み、ドアが閉じられた。

銃声が一気に激しくなった。

「ボンベロ！」

わたしは闇の中で叫んだ。鉄扉に銃弾の当たる音がした。わたしはそこで少し留まり、やがて手探りで進んだ。しばらくすると突然、建物自体を振り回すような凄まじい振動と轟音で耳が押し潰され、失神してしまった。

epilogue
a digestif

〈食後酒〉

アントニオは肉問屋として値段の割に良い肉を扱うけれど掃除が下手だった。だから手間が三倍掛かる。わたしはTボーンステーキの特にサーロインの筋や臭みの残りそうな余分な脂を徹底的に剝いでから繊維をズタズタにする。オニオンとガーリックを強めにした漬け汁に塩、胡椒。コツはビールを入れること。これで肉がグッと軟らかくなる。焼き加減はミディアムレア。グリルで焼く時にもガーリックとスパイスは欠かせない。バット一杯に広がったシャツを思わせるホワイトソースを見ると、いつも背筋がシャンとした。バーナーで焦げ目なんか付けず、白いままの〈背中《バック》〉を出せよ、という客がいるけれど、そういうのには帰って貰うことにしていた。

外の風は相変わらず砂っぽいけれど気持ちがよかった。

砂地が続く平野に囲まれた周辺のモーテルや雑貨屋、ガソリンスタンドでは寄ると触ると、そろそろ一家心中か夜逃げでもしようという本気とも冗談ともつかない話題で持ちきりだった。先月、開通した幹線道路に車を取られ、すっかり石器時代に戻されてし

まった感のあるこの街道筋では常に不景気は糞にたかる蝿《はえ》のようにセットであって切っても切れない間柄になっていた。

ドライバー向けのダイナーを始めて一年が過ぎようとしていた。

客の多くは長距離トラックの運転手かバイカーで、どういうわけか一癖も二癖もあるような手合いばかりが集まってきた。

当然、店での揉め事も多く、時には刃物をちらつかせたり、壜《ボトル》を割って粋がったりの喧嘩もあった。が、わたしにとってはすべてがお飯事《ままごと》のようにしか見えず、ナイフを持った相手の前に平然と立って「出て行け」と命じたりしていた。

そんな態度が変わっていると噂になり、うちの店だけは今でもトッポい人間が、少々不便でもやってくるようになっていた。

わたしは毎日、夜明け間際に起きる。

店の裏にくっついた1Kの住居部からまっすぐ一本に延びている道を見るのが好きだ。

夜明け前の静かな道路の彼方から今にもひとりの男がブルドッグを連れて来るような気がしてならない。

キャンティーンのあった建物は爆発で半ば倒壊してしまったとニュースでやっていた。

史上最悪の抗争事件と報じられ、その後、警察の大がかりな手入れが何度もくり返され、

組織はほぼ壊滅状態になったらしいなどという続報もあった——あの世で九は、しめしめと思っているだろうか?

死傷したなかに犬とボンベロらしき者は含まれていなかった。

ボンベロは犬死にするような愚か者ではない、あの時、きっと勝ち目があって勝負に出たんだ。


わたしはボンベロならきっと気づくはずの名前を店名にした。

昨日も日本中をバイクで旅をしているという若者がやってきて店名について訊ねていった。

「どういう意味なんすか?」

「天使の汗って意味よ」

「へえ」

その子は何度か口のなかで繰り返し、コーラを飲み干すとバイクに跨《またが》って去った。

〈Chimp piss〉

それが店の名前だ。

わたしはあの店で変わった。

それが良かったのか悪かったのか答えは出ていないけれど、前より獰猛《どうもう》になれたことは気に入っている。

人は自分に合った靴を履くべきだと思う。
押しつけられた靴ではなく、自分で探して納得した靴を。
そうすれば驚くほど遠くまで歩くことができる。
ボンベロは来る。
なぜなら、あの人の靴は、わたしなんかよりずっとタフで頑丈《がんじょう》だから……。

文庫版あとがき

育ちが悪いので、言葉が汚くなってしまうのを許して戴きたいのだが、昔から〈殺しにかかってくる〉話が大好きだった。それは殺人が起きたり、殺し屋が出るといった単純な意味ではなく、読者に対してグゥの音も出ないほど徹底的に小説世界に引き摺りこみ、窒息させるほど楽しませようとしている物語のことである。小説でいえば『コインロッカー・ベイビーズ』『羊たちの沈黙』『家族八景』、映画なら『タクシー・ドライバー』『ゴッドファーザー』『エイリアン』『砂の器』『仁義なき戦い』等が思い浮かぶ。

勿論、簡単に読者は殺されはしない。もともとこの本の売れない時代にそれでも身銭を切って活字を追おうというのだ。それだけでも背骨に筋が一本通っている。しかも、時間も金もすべてその人のものを使って貰うのだ。簡単なはずがない。下手をすればすぐに腹の底が見破られ、浅はかさを嗤われるだけだろう。でも簡単でないからこそ、やってみたい、やるなら徹底的にブン回しでやってみたいと思って始めたのが本作『ダイナー』だった。

連載は一年を越え、終了後、半分以上を書き直し、加筆した。書き上げたときには文字通り〈何も残らなかった〉。自分の持っているものを総動員して使ってしまったという実感があった。おかげさまで第十三回大藪春彦賞と第二十八回日本冒険小説協会賞をダブル受賞させて戴けた。

然し、本当にスッカラカンになってしまったわたしは今現在も長編が書けずにいる。書こうとするのだが尻に力が入らないというか、中身が詰まってないようなのだ。と、そうこうしているうちに三年が経って文庫を出すという運びになり、読み直してみると、どうしても直したい部分が散見でき、手を入れることにした。本来ならば単行本からの改編は潔しとはしないのだが、重要キャラクターの成否に拘わると判断したので、特に第六章は大幅に変えてしまったことを既読の皆様方には深くお詫びしたい。

解説は、これも〈殺すこと〉を目標とし書き続けている作家のひとりでもある福澤徹三に頼んだ。彼なら情に拠らない潔い解説を書いて貰えると信じたからだし、何よりも読んでみたかった。

前回に次いで今回も地獄の進行であったが共犯チームでは斉藤尚美氏、坂

野公一氏が最善の努力を振り絞ってくれた。感謝したい。

また、ボンベロの名を貸してくれた友人・嶋田正人と真藤順丈、松村進吉にも感謝を。

大藪賞の席上、北方〈ボス〉謙三氏と大沢在昌氏より、無理矢理、「年に三冊は小説を上梓せよ。それを三年続けろ」と御下命された。男と男の約束であるので、そろそろ果たさなくてはならない。

今回、文庫が満足のいく出来に仕上がったので、背中の重しが外れたようで珍しく、次の長編に動き出せる気がしている。

読者諸氏の一時の憂さ晴らしになれれば、これに勝る幸せはない。

夢

解説

福澤徹三

本書『ダイナー』は平山夢明が『メルキオールの惨劇』以来、九年ぶりに発表した長篇小説である。

ウェブマガジン「ポプラビーチ」連載に加筆訂正を加えたものだが、その誕生は波乱に満ちていた。ウェブでの連載はたびたび掲載が遅れた末、『ダイナー』は完結することなく書籍化へ持ち越された。「続きは単行本で」という連載の終わりかたは、小説誌においてそれほど珍しくない。けれども、その時点では物語の半分も進んでいなかった。

しかも平山夢明には「書き渋り作家」という異名がある。むろん意図的に書き渋っているわけではなく、作品へのこだわりと多忙さゆえだが、連載が途切れたままの長篇や単行本未収録の短篇が多々あるだけに、読者としてはいつ刊行されるのか気がかりだった。

「ポプラビーチ」の連載が終わってまもない二〇〇九年九月十二日、平山とわたしは怪談専門誌「幽」のイベントで顔をあわせた。その際に『ダイナー』の刊行時期を訊ねると、

「ぜんぶ書きなおして来月。八百枚くらいになるかな」

「そんなの、ぜったい無理でしょう。どうやって終わらせるんですか」

平山は眉を八の字にして首をかしげた。

わたしは、どう考えても来月の刊行は無理だと思った。とはいえ、平山は決して遅筆ではない。「それでもお前はおれのハニー」のように夜十二時から朝八時までという短時間で書きあげられた傑作があるし、常識では考えられないスケジュールで刊行された書籍もかなりある。

第五十九回日本推理作家協会賞を受賞し、二〇〇七年度「このミステリーがすごい！」国内部門一位に輝いた『独白するユニバーサル横メルカトル』でさえ、極めて短時間で書かれたはずだ。それでも今回ばかりは不可能だといわざるをえなかった。

ところが予想に反して『ダイナー』は、予定どおり刊行された。

ゴージャスで凝りに凝った装丁の分厚い本を手にしたときの驚きは鮮烈で、

マジックを見せられたような気分だった。ちなみに平山は執筆の途中にもかかわらず、あの北方謙三氏に書きかけのゲラを送って帯文を依頼している。信じられない暴挙だが、ページをめくるにつれて一段と信じられない思いにとらわれた。いうまでもなく傑作だったからである。

本書は平山作品には珍しい、女性の一人称である。よくいえば無垢で平凡な、悪くいえば無知でまぬけな女性を主人公に据えたのは、恐らくはじめてだろう。そのせいかオオバカナコというひとを喰ったネーミングに平山の含羞を感じるのは、うがちすぎだろうか。

カナコは三十万の金欲しさから怪しげなバイトに手をだしたせいで、会員制の定食屋「キャンティーン」で、たったひとりのウェイトレスとして働くはめになる。「キャンティーン」は闇の犯罪組織が合議して作った殺し屋専用の店である。

雇われ店主のボンベロは元殺し屋、相棒は獰猛なブルドッグの菊千代、客はすべてプロの殺し屋とあって店内は常に一触即発、暴力沙汰はもちろん殺人すら日常茶飯事だ。彼らにとってウェイトレスの命など羽毛よりも軽い。

現にそれまで勤めていた八人は全員が殺害された。

「せいぜい気をつけることだ。今日も客がやってくる。客のなかには気に入らなくておまえを殺そうとする奴もいれば、気に入ったから殺そうとする奴もいるだろう」

ボンベロのこの台詞だけで「キャンティーン」がどれだけ危険な店かわかる。

九人目のウェイトレスとなったカナコは連日のように絶体絶命の危機に瀕しながらも、ボンベロや殺し屋たちとの交流を通じて、力強く成長していく。

以上が基本的な設定だが、「キャンティーン」は物騒なだけの店ではない。ボンベロが腕をふるう料理がことごとく絶品なのだ。著者が狂気に満ちた残酷描写で他の追随を許さないのは、ファンならずとも認めるところだろう。その卓抜した技術は、料理の描写においてもいかんなく発揮されている。「究極の六倍」と名付けられたハンバーガーを筆頭に、蜂蜜のスフレ、メルティ・リッチ、ハムヴィーズ・ロック。凄惨な暴力シーンに吐き気を催したばかりだというのに、ページから熱い肉汁がほとばしるような描写に思わず喉が鳴る。読者はそんな自分に驚くはずだ。

狂気や暴力を描くには、あくまで理性的でなければならない。理性的であるからこそ、常識から乖離した世界を活写できるのであって、主観に溺れては、ただグロテスクなだけの表現に終ってしまう。美味という生理的な感覚を表現するのにも、おなじことがいえる。ただ旨い旨いとひとりよがりに陥っては、文章で食欲を喚起することなどできない。綿密な観察に基づいた高度な技術が求められるが、平山はそれを軽々と成し遂げている。凡百のグルメ本をはるかに凌駕する、至高の美味の数々をご堪能いただきたい。

著者一流の無国籍な雰囲気のなか、スキン、ブロウ、キッド、ボイル、コフィ、炎眉、ミコト、ジェロ、オヅといった客——すなわち殺し屋たちが次々に登場する。殺し屋たちの特異な性格と奇想天外な活躍は、山田風太郎の忍者小説を彷彿とさせて痛快である。ほとんどのシーンを店内に限定したハンデとして、殺し屋たちの過去を本人あるいはボンベロが語らざるをえないぎごちなさはあるものの、彼らの言動は荒唐無稽なようでいて、奇妙なリアリティがある。

それもそのはずで、殺し屋たちのキャラクター造形は著者の『異常快楽殺

人』で紹介されたヘンリー・リー・ルーカス、ジェフリー・ダーマー、アルバート・フィッシュといった実在の殺人鬼に材をとっているからだ。殺し屋たちが垣間見せる心の闇は、現実に起きた惨劇に根ざしている。『異常快楽殺人』は平山が世界の殺人鬼を克明に描いたノンフィクションの名著だが、圧倒的な情報量という点で本書に共通するものがある。

平山は単行本のあとがきで「ステーキにしゃぶしゃぶに寿司にカツ丼とハンバーグを載っけたような贅沢な読み物にしたかった」と書いている。その言葉どおり、本書には殺人や拷問や裏社会や料理やその他もろもろの知識が、ボンベロの料理さながら贅沢に盛りこまれている。

平山はかつて、小説にすれば傑作となるような素材を惜しげもなく投入して、『「超」怖い話』シリーズを「新耳袋」とならぶ怪談実話のベストセラーに育てあげた。最高の素材を惜しげもなく放出する姿勢はストーリーテリングでも一貫していて、個性の際立った登場人物を実にあっさりと殺してしまう。一幕物に近い設定のうえに登場人物の出入りが多いと物語性が希薄になるうらみもあるが、そのぶん山場の連続で、決して読者を飽きさせない。誰にも書けない小説を書こうという著者の信念が全篇にみなぎっている。

いささか過剰と思えるほどエンターテインメントに徹した本書は、ミステリやホラーといった既製のジャンルではくくれない。強いていえばノワールだろうが、それも従来の枠組みから大きく逸脱しているのは、次の文章を見てもわかるだろう。

「象のあそこから小人が出て、それに横っ面を張られたような気分。見たことを信じられない時の感じ——脳が俄雨《にわかあめ》になってた。」

「黒い袋のなかにあるのは躰は人間で首から上は別の……人間になり損ねた魚か、単なるでたらめがいた。」

荒削りで骨太の文体は斬新な比喩とあいまって、小説のジャンルどころか日本語の概念さえ破壊する勢いで、読み手の精神に揺さぶりをかけてくる。本書が第十三回大藪春彦賞、第二十八回日本冒険小説協会大賞のダブル受賞という快挙を成し遂げたのは、至極当然のなりゆきだろう。

また平山は映画についての造詣の深さでも知られるが、彼が愛する映画へのオマージュとおぼしいシーンが作中に散見される。それを読み解いていくのも、もうひとつの愉しみで、まことにサービス精神に富んだ一冊である。

もっともサービス過剰なせいで、これでもかと続く濃厚な料理に食傷する読者がいるかもしれない。ところが「キャンティーン」のドアはボンベロにしか開けられない。いったん店に入ったが最後、少々胃もたれを感じても、フルコースの最後までページを繰る手は止まらないだろう。

しかし心配はいらない。

やがて読者は狂気と暴力の裏に隠された、もうひとつのテーマに気づくはずだ。ラストには、いままでの満腹感が嘘のように、舌をとろかす極上のデザートが待っている。

（作家）

この作品は、二〇〇九年十月にポプラ社より刊行された
単行本に加筆・訂正しました。

ダイナー

平山夢明

2012年 10月5日　第1刷発行
2019年 5月30日　第18刷

発行者　千葉　均
発行所　株式会社ポプラ社
〒一〇二-八五一九　東京都千代田区麹町四-二-六
電　話　〇三-五八七七-八一〇九(営業)
〇三-五八七七-八一一二(編集)
ホームページ　www.poplar.co.jp
フォーマットデザイン　緒方修一
印刷・製本　凸版印刷株式会社

N.D.C.913/535p/15cm
ISBN978-4-591-13117-6
落丁・乱丁本はお取り替えいたします。
小社宛にご連絡ください。
電話番号　〇一二〇-六六六-五五三
受付時間は、月～金曜日、9時～17時です(祝日・休日は除く)。

P8101202